HEYNE BÜCHER

SCIENCE FICTION

Herausgegeben
von Dr. Herbert W. Franke
und Wolfgang Jeschke

Vom gleichen Autor erschienen außerdem
als Heyne-Taschenbücher

Transit nach Scorpio · Band 3459
Die Sonnen von Scorpio · Band 3476
Der Schwertkämpfer von Scorpio · Band 3488

ALAN BURT AKERS

DIE ARMADA VON SCORPIO

Fantasy-Roman

Deutsche Erstveröffentlichung

WILHELM HEYNE VERLAG
MÜNCHEN

HEYNE-BUCH Nr. 3496
im Wilhelm Heyne Verlag, München

Titel der amerikanischen Originalausgabe
SWORDSHIPS OF SCORPIO
Deutsche Übersetzung von Thomas Schlück

Redaktion: F. Stanya

Umschlagfoto: Futura Publication Ltd.
Printed in Germany
Umschlaggestaltung: Atelier Heinrichs, München
Gesamtherstellung: Mohndruck Reinhard Mohn OHG, Gütersloh

ISBN 3-453-30386-5

ANMERKUNG ZU DEN TONBÄNDERN AUS RIO DE JANEIRO

Ich hatte angenommen – und mit mir viele tausend Leser, die bestimmt ebenso betrübt waren –, daß der Bericht Dray Prescots mit der Abschrift der letzten Tonbänder aus Afrika zu Ende sein würde. Die Bearbeitung seiner unglaublichen Erlebnisse auf Kregen unter den Sonnen von Scorpio, das durch ein glückliches Geschick mir zugefallen war, hatte dazu geführt, daß jeder Band in sich geschlossen war und unabhängig von den anderen gelesen werden konnte. Nun waren nach den ersten drei Ausgaben nur noch wenige Seiten übrig.

Danach – nichts mehr. Ich hatte gehofft, daß Dray Prescot vielleicht ein Exemplar seines Erlebnisberichts sehen und mit mir Kontakt aufnehmen würde. Bis jetzt ist diese Hoffnung ohne Erfüllung geblieben.

Ich hatte gerade die letzten Worte des dritten Bandes niedergeschrieben und mich in meinem alten, mit Büchern vollgestopftem Arbeitszimmer zurückgelehnt, in dem Bewußtsein, über einem alten Freund den Sargdeckel geschlossen zu haben, als das Telefon klingelte. Geoffrey Dean rief aus Washington an. Dieser Zufall fuhr mir ziemlich in die Glieder, denn es war Geoffrey gewesen, der mir die Bänder aus Afrika überlassen hatte; er war sehr aufgeregt.

»Ich habe neue Bänder von Dray Prescot!« schrie er laut ins Telefon.

Als wir uns wieder einigermaßen beruhigt hatten, verabredeten wir ein sofortiges Zusammentreffen in Washington. Ein seltsames Paket mit zahlreichen ausländischen Stempeln und Beschriftungen war bei ihm eingetroffen, das er ahnungslos geöffnet hatte. Die Wahrheit dämmerte ihm, als er die Kassettenstapel in der Schachtel sah und aufgeregt ein Band kurz angespielt hatte – darauf war er sofort zum Telefon geeilt. Die Schachtel war offenbar durch die ganze Welt gereist – der Ausgangspunkt war jedoch Rio de Janeiro. Ich kann meine Empfindungen nicht beschreiben, als ich die neuen Bänder sah, das herrliche neue Eldorado exotischer Abenteuer auf Kregen unter Antares, auf diesem schönen, geheimnisvollen und ehrfurchtgebietenden Planeten, der vierhundert Lichtjahre von unserer Erde entfernt ist.

Geoffrey hielt mir einen Brief hin, der übersetzt worden war.

Lieber Mr. Fraser,

Mr. Dray Prescot hat mich gebeten, Ihnen diese Bender zu ibersenden. Mr. Prescot hatte grossen Anteil daran, daß ein Iberfall auf ein Linienflugzeug glimpflig verlief, dessen Passagier auch ich war. Die Banditen hatten es nur auf ein Lesegeld abgesehen. Wir stirzten im Dschungel ab, und ohne Mr. Prescots Hilfe hette keiner der Passagiere iberlebt. Wir hetten hinterher alles fir ihn getan – doch er bat nur um eine greßere Anzahl Kassetten und lieh sich mein Bandgeret aus. Und ich musste ihm versprechen, Ihnen die fertigen Bender zu schicken, was ich hiermit freudig tue. Ich bedaure sehr, daß ich die Texte nicht habe heren kennen, da mein Englisch zu schlecht ist, um das alles zu verstehen. Mr. Prescot hat Rio de Janeiro inzwischen verlassen. Wenn Sie ihn sehen, ibermitteln Sie ihm bitte meine herzlichen Grisse.

Francisco Rodriguez

»Und eine Hotelanschrift in Rio«, sagte ich.

Geoffrey seufzte. »Leider keine Spur von Rodriguez.«

Ich betrachtete die Kassetten, und meine Hände zitterten, als ich das mit »l« gekennzeichnete Band in das Gerät einlegte. Im nächsten Augenblick ertönte Dray Prescots tiefe, klare Stimme. Wenn ich auch persönlich nicht für den Wahrheitsgehalt des Berichts einstehen kann – so muß ich doch sagen, daß diese ruhige, selbstsichere Stimme mir unendliches Vertrauen einflößte.

Die kostbare Sendung war mit der Schiffspost an Dan Frasers Anschrift in Afrika gegangen; Dan Fraser war der Mann gewesen, der mit Dray Prescot persönlichen Kontakt gehabt und die ersten Bänder an Geoffrey Dean weitergeleitet hatte. Aber Fraser war inzwischen bei einem Autounfall ums Leben gekommen, so daß die Bänder uns auf Umwegen erst jetzt erreichten.

Und nun konnte die Welt neuen Anteil haben an den Abenteuern Dray Prescots! Nach der Beschreibung Dan Frasers ist Dray Prescot gut mittelgroß und hat glattes braunes Haar und intelligente braune Augen, die ruhig und seltsam zwingend sind. Seine Schultern sind ungewöhnlich breit.

Prescot, der 1775 geboren wurde, hatte sich zum Offizier der damaligen Britischen Marine emporgedient; in dieser Stellung war sein Erfolg jedoch bescheiden gewesen. Schon damals mag er innerlich überzeugt gewesen sein, daß ihm ein ungewöhnliches Schicksal bevorstand. Als er schließlich nach Kregen entführt wurde, genoß er förmlich die Gefahren, denen er zur Probe unterworfen wurde – und durch sein Bad im heiligen Taufteich am Zelphfluß von Aphrasöe wurde sein Leben verlängert, so daß er nun tausend Jahre alt werden kann, wie auch seine geliebte Delia von den Blauen Bergen. Von den Herren der Sterne – von denen er uns nichts erzählt – zum zweitenmal nach Kregen geholt, wurde er schnell zum Zorcander der Klansleute gemacht und stieg anschließend zum Lord von Strombor auf, einer Enklavenfamilie in der Stadt Zenicce an der Westküste von Segesthes. Später war er Sklave unter den Oberherren Magdags und hatte entscheidenden Anteil an dem Kampf der Sklavenarmee gegen die brutalen Herrscher. Mitten aus dem Kampf wurde er herausgerissen und in einen anderen Teil des Binnenmeers versetzt. Dort stieß er auf seine geliebte Delia, die den Luftfahrtdienst ihres königlichen Vaters eingesetzt hatte, um ihn zu finden, und die selbst zum Binnenmeer gekommen war, um ihren verlorenen Geliebten zu suchen. Delia und Dray Prescot flohen über die Stratemsk, das gewaltige Gebirge, welches das Binnemmeer vom Land im Osten trennt, von den Unwirtlichen Gebieten. Mit ihren Freunden Seg und Thelda stürzten sie ab und erlebten gefährliche Abenteuer, bis Prescot schließlich den Tiermenschen Umgar Stro töten und Delia retten konnte. Die endgültige Flucht auf einem Impiter – einem pechschwarzen Flugtier – gelang. Seg und Thelda, so berichtet Prescot voller Trauer, sind von einer Gruppe Halbmenschen niedergeritten worden. Ein Flugboot des vallianischen Luftdienstes greift sie schließlich auf – doch an Bord des Fliegers *Lorenztone* herrscht Verrat – am nächsten Morgen erwacht Prescot allein unter einem Dornefeubusch. In der Nähe findet er Waffen und Nahrungsmittel, was bei Delia den Eindruck erwecken soll, er sei geflohen, weil er Angst vor ihrem Vater habe, dem Herrscher über Vallia. Dray vermutet hinter diesem Schritt die vallianische Ractor-Partei, die etwas dagegen hat, daß Prinzessin Majestrix von Vallia ihn heiratet, einen Fremden, den diese Vallianer nicht als standesgemäß anerkennen.

Hier beginnt dieser Band *Die Armada von Scorpio*. An der Stelle, wo die Abschrift der alten Bänder aus Afrika endet und die der neuen Kassetten aus Rio beginnt, habe ich einen Vermerk angebracht, denn dort klafft im Handlungsablauf eine Lücke. Mein Studium der Kassetten hat ergeben, daß wir weitere Lücken in der Geschichte hinnehmen müssen. Ich bin aber überglücklich, daß wir überhaupt von den faszinierenden und erregenden weiteren Abenteuern Prescots auf Antares erfahren.

1

Nun war ich auf meine eigenen Füße angewiesen. Ich wollte quer durch die Unwirtlichen Gebiete wandern und im nächstbesten Hafen ein Schiff besteigen, um nach Vallia zu reisen. Dort gedachte ich den Palast des gefürchteten Herrschers zu betreten und ihn vor aller Ohren um die Hand meiner Geliebten, meiner Delia aus den Blauen Bergen, zu bitten.

Ja – und ob ich das wollte!

Das gefährliche Langschwert der Krozairs lag angenehm in meiner Faust.

Mein Kopf schmerzte noch von der Nachwirkung des Giftes, und mein Unterleib fühlte sich an, als trampelte ein Weinbauer fachmännisch auf mir herum wie in seiner Kelter. Aber ich setzte mich in Bewegung. Nichts konnte mich aufhalten – das glaubte ich wenigstens damals in meiner Wut und Enttäuschung.

Die Ebene setzte sich in leichten Wellen fort und stieg zu einer Hügelkette am Horizont an. Lange helle Grashalme bogen sich im Wind. Über all der Weite lag das gemischte Licht der Zwillingssonnen von Antares.

Meine Wasserflasche war halbvoll. Kein Zweifel – der Unbekannte, der mich vergiftet und in das Loch unter dem Dornefeubusch geworfen hatte, wollte mir nicht helfen; er hielt mich vermutlich für tot.

Die fehlenden Nahrungsmittel und Waffen sollten nur die anderen an Bord der *Lorenztone* täuschen.

Wenn ich, Dray Prescot, mit den mir zur Verfügung stehenden Waffen nicht am Leben bleiben konnte, hatte ich es nicht besser verdient!

Wie Sie inzwischen wissen, bin ich kein verweichlichter Ignorant aus der Großstadt – wenn ich mich auch zivilisiert nenne, kann ich doch damals wie heute je nach den Umständen ebenso wild und barbarisch sein wie die Horden, die vor vielen Jahren aus dem öden Norden Kregens herabstiegen.

Ohne nachzudenken, stürzte ich mich in den ersten Fluß, auf den ich stieß. Ich scherte mich nicht um die Ungeheuer, die unter der Wasseroberfläche lauern mochten. Am anderen Ufer befanden sich kleine Erdhaufen, denen ich respektvoll aus dem Weg ging.

Vor mir wurde das Gras niedriger, und der Boden zeigte erste staubige Trockenstellen. Die lange, schwarz- und rotschimmernde

Kolonne näherte sich schräg von rechts. Ich zögerte nicht, ihr nach Nordosten auszuweichen.

Von einem niedrigen Hügel aus sah ich den scheinbar endlosen Strom der Ameisen. Ich nenne sie bei ihrem irdischen Namen, weil man mit den kregischen Bezeichnungen für die verschiedenen Ameisenarten ein ganzes Buch füllen könnte. Hier handelte es sich um schimmernde schwarze Tiere, die unruhig einem unbekannten Ziel entgegenzogen. Die Doppelsonne versank langsam hinter mir, und das Gebiet vor mir schimmerte im abendlichen Licht Zims und Genodras'.

Plötzlich tönten Schreie aus den länger werdenden Schatten.

Jetzt kannte ich das Ziel der Ameisen.

Soldatenameisen, riesige, kräftige Burschen, deren Beißwerkzeuge durchaus geeignet waren, normales Leder zu durchnagen, wachten rings um die Kolonnen der Arbeiter. Die Soldatenameisen waren meiner Schätzung nach gut sechs Nägel lang. Sechs Nägel ergeben eine Schnalle. Nach dem kregischen Maßsystem ist eine Schnalle etwa zehn Zentimeter lang. Die Ameisen waren also riesig.

Und das Geschrei nahm kein Ende.

Parallel zur Kolonne eilte ich weiter, wobei sich das Licht der sinkenden Sonnen auf den gepanzerten Leibern und Beißwerkzeugen spiegelte.

Weiter vorn schwärmte die Kolonne aus. Die Ameisen bildeten eine wirbelnde Masse, einen unangenehmen schwarzen Fleck auf dem Boden, der sich ständig vergrößerte.

Der Mann war angepflockt.

Mit Hand- und Fußgelenken war er an vier dicken Pflöcken befestigt worden, deren obere Enden von Hammerschlägen zerfranst waren. Er wand sich hin und her; doch die Flut der schwarzen Leiber überspülte ihn bereits – ein lebendiger Teppich, der sein Fleisch bis auf die Knochen abnagen würde.

Es gab nur eine Möglichkeit, ihm zu helfen.

Schon mehrfach hatte ich mein Krozair-Langschwert gegen übermächtige Gegner eingesetzt; jetzt mußte ich es gegen winzige Mörder erheben, die nur zehn Zentimeter lang waren. Mit vier schnellen Hieben löste ich die Lederschnüre. Ich bückte mich, hob den Mann hoch, wobei ich ihn mit der Linken festhielt und dabei mit der Breitseite des Schwerts zuschlug. Schon schwärmten die Rieseninsekten an meinen Beinen hoch, über meinen Rücken, an den Armen entlang. Überall am Körper spürte ich schmerzhafte

Bisse. Ich hüpfte und trampelte herum und warf die zerquetschten kleinen Leiber in alle Richtungen.

Der Mann war offensichtlich nicht mehr zu retten. Ich hatte ihn nur vor der Todesart bewahrt, die andere Menschen – oder Kreaturen – ihm zugedacht hatten.

Als ich die letzte Ameise losgeworden war und meine Haut abgerieben und den Mann sanft in das weiche Gras legte, wußte ich, daß er nur noch wenige Minuten zu leben hatte. Der größte Teil seines Unterleibs und seiner Beine war bereits bis auf die Knochen abgefressen worden; sein Brustkorb lag teilweise bloß, nur der Kopf wies – bis auf die Augen – noch eine gewisse Menschenähnlichkeit auf.

Er versuchte etwas zu sagen. Krächzlaute kamen aus seinem Hals, und seine nutzlosen Arme versuchten sich in meine Richtung zu heben.

»Ganz ruhig, mein Freund«, sagte ich in der universalen kregischen Sprache. »Du wirst bald schlafen und keinen Schmerz mehr spüren.«

»So...«, sagte er. »Sos...« Er brachte schließlich das Wort gepreßt heraus: »Sosie!«

»Ganz ruhig, Dom.« Ich entkorkte meine Wasserflasche, füllte sie am Fluß und schüttete ihm Wasser über das Gesicht und zwischen die Lippen. Seine Zunge leckte gierig. Ein Teil des Blutes wurde fortgewaschen.

»Rette meine Sosie!«

»Ja.«

Er wußte wohl, daß er starb, und seine Stimme wurde fester.

»Ich bin Mangar na Arkasson. Sosie! Sie – die Teufel aus Cherwangtung haben sie gefangen . . . sie haben sie . . . die Ameisen! *Die Ameisen!*«

Wieder befeuchtete ich seine Lippen. »Beruhige dich, Dom, beruhige dich.«

Auf seiner Haut schimmerte nun der Schweiß im rosa Licht des vierten Mondes von Kregen. Er war ein stolzer und eindrucksvoller Mann gewesen. Trotz der Pein zeigte sein Gesicht Hochmut und Stolz. Seine Züge waren fast negroid zu nennen, hart und fest und mit einem großen, beweglichen Mund.

»Schwöre es!« flüsterte Mangar na Arkasson. »Schwöre, daß du meine Sosie von den Teufeln aus Cherwangtung erlöst! Schwöre es!«

Er lag im Sterben. Er war ein Mitmensch.

Also sagte ich: »Ich werde alles Menschenmögliche tun, um deine Sosie zu retten, Mangar na Arkasson. Du hast das Wort Dray Prescots, Krozair, Lord von Strombor.«

»Gut . . . gut . . .«

Seine Gedanken beschäftigten sich mit anderen Dingen, und obwohl ich wußte, daß er keine Ahnung hatte, was ein Krozair war, und obwohl er bestimmt noch nie von Strombor gehört hatte, glaube ich doch, daß er die – hoffentlich tröstende – Überzeugung mit ins Grab nahm, daß ich mein Versprechen halten würde.

Als er nach einigen letzten gemurmelten Worten starb, nicht ohne mir auf mein Befragen noch zu sagen, daß Cherwangtung am Zusammenfluß zweier Flüsse in der Nähe eines Berges im Nordosten lag, begrub ich ihn. Ich wußte nicht, welches Grabmal er sich gewünscht hätte, und beschränkte mich darauf, einen großen Stein über das Grab zu wälzen. Das würde die Lurfings der Ebene abhalten.

Kein Lurfing würde einen einzelnen Mann angreifen, es sei denn, die Rotte war groß genug. Sie hatten einen niedrigen, schmalen Körper und graues Fell und waren Aastiere mit spitzen Schnauzen, die sehr gut zu der ihnen von der Natur übertragenen Aufgabe paßten.

Ich richtete mich auf.

Inzwischen standen vier Monde am Himmel, und ihr vereintes Licht erhellte die östlichen Ebenen Zentralturismonds. Weit entfernt im Osten lag die Küste. An dieser Küste befanden sich einige Hafenstädte – die zu Vallia, Pandahem, Murn-Chem und einigen anderen Handelsländern jenseits der Meere gehörten. Ich mußte eine dieser Städte erreichen, an Bord eines Schiffs gehen und nach Vallia segeln . . .

Aber zuerst mußte ich das Versprechen einlösen, das ich einem Sterbenden gegeben hatte.

Ich wußte, daß meine Delia in Sicherheit war. Sie befand sich noch immer an Bord des Luftboots aus dem vallianischen Luftdienst und war auf dem Rückweg zu ihrem Vater. Meine Delia, Delia aus den Blauen Bergen, würde verstehen, was ich getan hatte.

Damals beschränkten sich meine Erfahrungen mit Schiffsantrieben noch auf das Ruder und den Wind. Die Schiffe des Binnenmeeres waren mit ihren Ruderbänken unabhängig vom Wind – doch ich hatte den Eindruck, als müßte ich den vallianischen Luftdienst mehr nach meinen Erfahrungen als Offizier eines britischen Kriegsschiffes beurteilen als nach den Monaten und Jahren, die ich als Ruderer und Kapitän auf dem Binnenmeer Kregens zugebracht hatte. Womit ich sagen will, daß ich keine Vorstellung hatte, wie lange es dauern mochte, bis Delia ihre Heimat erreichte.

Wenn die Pläne des Mannes, der mich vergiftet und unter dem Dornbusch zurückgelassen hatte, erfolgreich waren – würde dann Delia annehmen, ich sei geflohen? Würde sie wirklich glauben, ich sei vor einer Zusammenkunft mit ihrem furchterregenden Vater zurückgeschreckt?

Wenn sie dies annahm – nein, daran wollte ich gar nicht denken!

Wenn sie es nicht annahm, nun, dann mochte sie wie schon einmal vorgehen und eine Flotte von Flugbooten um die Welt schicken, um nach mir zu suchen. Und das war ein angenehmer Gedanke – wie ich offen zugeben muß.

Die Männer aus Cherwangtung, die Mangar na Arkasson angepflockt hatten, waren nicht weit. Sie hatten nur eine kurze Strecke zurückgelegt, ehe sie mit Sosie na Arkasson ihr übles Spiel trieben.

Sie schrie oder weinte nicht; deshalb fiel mir als erstes das Stampfen nackter Füße auf, das Dröhnen von Trommeln und das Singen und Leemkreischen der Cherwangtunger, die um den Pflock in der Mitte tanzten.

Die Szene gefiel mir ganz und gar nicht.

Die geschmeidige Gestalt Sosies war an den Pfahl gebunden; ihre schwarze Haut, die im Fackelschein schimmerte, bildete einen krassen Gegensatz zu den bleichen Männern, die sie umtanzten. Dabei schüttelten sie Äxte und Speere, und an ihren Knöcheln klapperten Glocken und Knochenstücke. Sie tanzten zwei Schritte vorwärts und einen zurück, stampften zweimal auf, glitten zur Seite und schüttelten ihre Waffen, und im Licht der Fackeln sahen ihre Gesichter leichenblaß und gierig und unglaublich böse aus.

Sosie hielt stolz den Kopf in die Höhe. Man hatte ihr die Kleidung vom Leib gerissen. Das Haar, im Stil einer irdischen »Afro«-Frisur gehalten, stand ihr zu Berge. Staub und Grashalme hingen darin, und an ihren Schenkeln befanden sich lange Kratzer. Ihren Rücken konnte ich nicht erkennen, doch ich nahm an, daß er ebenfalls ziemlich übel zugerichtet war. Vermutlich hatten die Cherwangtunger sie hierhergeschleift, um sie zu opfern.

Worum es bei dieser Opferfeier ging, was geschehen sollte, welche blasphemischen Götter hier verehrt wurden – dies alles wußte ich nicht. Vielleicht mischte ich mich hier in ein Ritual ein, das Gesetz und Sitte entsprach. Mangar und Sosie na Arkasson konnten sogar Verbrecher sein, die ihrer gerechten Strafe zugeführt wurden.

Aber kein zivilisierter Mann bindet ein junges nacktes Mädchen an einen Pfahl und umtanzt sie bei Fackelschein. Ich war sicher, daß ich keinen schwerwiegenden Fehler beging, als ich den Bogen zur Hand nahm, der mir von dem Unbekannten an Bord der *Lorenztone* verächtlich hinterlassen worden war. Es handelte sich nicht um einen großen Langbogen aus Loh. Ich verbannte jeden Gedanken an Seg Segutorio aus meinem Kopf, jenen Meister mit dem Bogen, der längst tot war – ich hatte ihn unter den Hufen vieler Nactrixes verschwinden sehen.

Aber wie konnte man jemanden wie Seg Segutorio vergessen?

Ich spannte meine Waffe. Ich durfte nicht an Seg denken. Dort drüben tanzten zwanzig Männer, und nach dem vierten oder fünften Pfeil würden die übrigen in die rosafarbenen Schatten fliehen. Sie sollten mir nicht entkommen; ich mußte mich also beeilen.

Ich zog die Bogensehne zurück und begann zu schießen.

Eins, zwei, drei, vier – vier Männer sanken zu Boden; Pfeilschäfte ragten aus ihren Körpern.

Das Trommeln und Singen hörte auf.

Einer der Männer brüllte etwas, und ich schoß ihm in den Mund.

Nun begannen andere zu schreien und davonzurennen, und ihre nackten weißen Körper schimmerten im rosafarbenen Licht der Monde.

Ich streckte drei weitere Männer nieder, ehe die übrigen in alle Winde zerstreut waren. Von nun an würde ich der Gejagte sein, nicht sie. Ich mußte mich beeilen.

Sosie musterte mich, als sei ich durch die Leinwand einer Schattenrißbühne gesprungen, eine greifbare Gestalt aus Fleisch und Blut, die wunderbarerweise die Rolle des Phantoms übernommen hatte.

»Sosie«, sagte ich kurz. »Ich bin gekommen, dich aus der Gewalt dieser Männer zu befreien. Mangar hat mich geschickt . . .« Während ich sprach, durchschnitt ich ihre Fesseln. Als die Schnüre zu Boden fielen, sank sie zusammen. Der Schmerz des sich belebenden Blutkreislaufes war zu groß; ich würde sie tragen müssen. Sie war keine Delia, die leichtfüßig an meiner Seite rannte und ein Schwert schwang, obwohl sie eben erst losgebunden worden war.

»Mangar, mein Vater!« stöhnte sie. »Ich habe gesehen . . . was sie mit ihm getan haben! Die Ameisen! *Die Ameisen!*«

»Zair wacht jetzt über ihn«, sagte ich.

Einen entsetzten Augenblick lang überlegte ich, ob die Menschen aus Arkasson vielleicht Grodno anbeteten, die falsche Gottheit der grünen Sonne Genodras. Aber Sosie ließ nicht erkennen, ob sie mich verstanden hatte. Ich rannte los. Ich verließ den Lichtkreis der Fackeln und stürzte mich in die rosafarbene Dunkelheit, die eigentlich keine Dunkelheit war; die vier Monde waren zu hell. Ich floh – und dann blieb ich stehen. Sosie hatte sich zu einem kleinen Busch niedergebeugt, einem Palinebusch. Sie begann die gutschmeckenden gelben Palines in den Mund zu stecken, die nahrhaft und erfrischend waren.

Am Boden liegend, suchte ich den Horizont ab. Einer der Folterknechte zeigte sich vor dem Himmel und wurde mit einem Pfeilschuß niedergestreckt.

Sein Schrei lockte weitere Männer an, die wie die Dummköpfe herbeiliefen und ebenfalls von Pfeilen getroffen wurden. Wie viele waren es noch? Mindestens zehn, überlegte ich.

»Sosie«, sagte ich drängend. »Ich bin Dray Prescot. Dein Vater hat mir das Versprechen abgenommen, dich zu retten. Du bleibst jetzt hier im Palinebusch liegen und rührst dich nicht. Ich komme dich holen.«

Trotz ihres betäubten Zustands begriff sie, was ich meinte.

In den nächsten Minuten machte ich mich auf die Jagd nach Männern, die Mädchen an Pfähle fesselten und folterten.

Einer nach dem anderen starben sie, bis sich schließlich fünf Gestalten zusammenkauerten, ihre Äxte und Speere schwangen und mich gemeinsam angriffen, während ich einen aus ihrer Gruppe niederstreckte, der mir einen Speer in den Bauch stoßen wollte.

Dies war der Augenblick, auf den ich gewartet hatte – wie ich beschämt gestehen muß.

Mein Bogen fiel ins Gras Das Langschwert der Krozairs wurde aus dem Gürtel gerissen – dem Gürtel, den mir Delia an Bord des Flugboots gegeben hatte. Ich ergriff die Waffe mit beiden Fäusten. Auf diese Weise vermochte das Schwert mit geschicktem Schlag die Speere und Äxte der weißhäutigen Barbaren zur Seite zu fegen. Die Männer stürmten wild brüllend herbei, ohne zu wissen, woher ich kam und wer ich war – ein Mensch wie sie, kein Halbmensch Kregens. Sie waren geschickt im Umgang mit ihren Waffen, wie man es auf Kregen sein muß. Aber sie kamen nicht gegen die Kampftaktik eines Krozairs an. Ich will mich damit nicht brüsten; ich stelle nur eine Tatsache fest.

Als sie zu dem gleichen Schluß kamen, war es zu spät, und als ich dann den letzten Gegner mit einem wilden Streich, der ihm glatt den Kopf von den Schultern trennte, niedermachte, spürte ich die Prahlerei in meinem Verhalten. Es waren Menschen; aber sie hatten sich nicht wie Menschen, sondern wie Tiere verhalten. Das ist wohl die einzige Entschuldigung, die ich für meine heftige Reaktion habe.

Als ich zu Sosie zurückkehrte, weinte sie. Ihr schlanker Körper wurde von Schluchzen geschüttelt. Ich hob sie hoch, so zärtlich ich konnte.

»Wo liegt Arkasson, Sosie?«

»Dort.« Sie deutete nach Norden.

Ich brummte etwas vor mich hin. Die nördliche Richtung hatte einen unheilvollen Einfluß auf meine Wanderung durch die Unwirtlichen Gebiete.

Mit einem nackten schwarzen Mädchen auf den Armen machte ich mich auf den Weg.

2

»Du kannst nicht einfach durch die Owlarh-Öde wandern, Dray Prescot!«

Sosie na Arkasson starrte mich aufgebracht an. Sie hatte die Hände in die Hüften gestemmt und musterte mich mit blitzenden Augen, doch ihre volle Unterlippe zitterte verräterisch.

»Ich muß, Sosie!«

»Aber Dray! Es gibt dort Leems und Stilangs und Graints und sogar Risslacas, ganz zu schweigen von den Teufeln aus Cherwangtung. Du darfst es nicht wagen!«

Ich bin kein Mann, der oft lacht – es sei denn in Momenten der Leidenschaft oder der Mühsal –, und ich vermochte auch jetzt nicht zu lachen. Doch selbst mit einem Lachen hätte ich Sosies Ängste nicht vertreiben können. Arkasson hatte sich als eine interessante Stadt erwiesen – eine Siedlung, die sich an eine senkrechte Felsklippe drängte, in der riesige Edelsteine im gemischten Licht Scorpios schimmerten. Die hiesige Architektur neigte zu schwungvollen Steinlinien und -ornamenten, zu massigen Trommeltürmen mit runden Dächern aus den schweren Schindeln der nahegelegenen Schieferbrüche. Es gab offene Grünflächen, doch wie fast überall in den Städten des Westens der Unwirtlichen Gebiete war kein bequemer Landeplatz übersehen worden. Die Abwehr von Angreifern aus der Luft war in Arkasson nicht so bis ins letzte Detail durchdacht worden wie anderswo, und die Stadtmauern waren in erster Linie zur Verteidigung gegen Bodentruppen bestimmt; dennoch hätte Luftkavallerie Mühe gehabt, in Arkasson zu landen.

Mangar, der auf so grausame Weise umgekommen war, hatte zu den führenden Männern der Stadt gehört; und obwohl ich eine Anzahl Würdenträger kennenlernte und mit großer Freundlichkeit behandelt wurde, drängte es mich, meine Wanderung nach Osten fortzusetzen.

Meine bleiche Haut erregte bei den schwarzhäutigen Menschen Arkassons berechtigtes Mißtrauen, obwohl mich die Sonnen Scorpios gebräunt hatten. Sosie hatte tatsächlich schnell eine Erklärung abgeben müssen, damit ich bei meiner Ankunft nicht gleich von einem Speer durchbohrt wurde.

Die Räuber aus Cherwangtung streiften in den Nächten durch das Land – die Gegend hier wurde Owlarh-Öde genannt. Am Tag zogen sich die Cherwangtunger in Höhlen und andere Verstecke zurück. Die Arkassoner hielten sie für abscheuliche Ungeheuer, die ihnen das Leben schwer machten. Die Farmen rings um die Stadt waren ausnahmslos durch Mauern und Gräben gesichert; aber die Ungeheuer aus Cherwangtung verschafften sich oft genug Zutritt und wüteten unter der Landbevölkerung. Sosies Hof war abgebrannt – ihre Mutter war tot, und auch ihr Vater lebte nicht mehr. Die weißhäutigen Räuber waren gründlich gewesen.

Noch heute erinnere ich mich deutlich an den Folterpfahl mit der schmalen dunklen Gestalt Sosies, an den Fackelschein, der über die tanzenden Körper der weißhäutigen Wilden zuckte, an die Gestalten, die waffenschüttelnd um ihr Opfer tanzten und kreischend nach seinem Blut gierten.

»Wenn du uns verläßt, Dray Prescot – sehe ich dich nicht lebend wieder.«

»Ich bitte dich, Sosie! Ich kann mich ganz gut selbst beschützen!«

Ein seltsames Gespräch. Sosie und ihre Freunde und die Verwandten, bei denen sie in Arkasson wohnte – bis sie heiraten und ihren Hof wieder aufbauen konnte –, hatten Mühe zu verstehen, daß ich wirklich weiterwandern wollte. Als sie es begriffen, bestanden sie darauf, mich mit Geschenken zu überhäufen. Doch ich nahm von Sosie nur Nahrungsmittel und etwas zu trinken an – und einen gut ausbalancierten lohischen Langbogen. Er war gut sechs Fuß lang, und der Spannungsdruck mußte gut hundert Pfund betragen. Ein Bogen, mit dem ich gut umgehen konnte – denn hatte mich nicht Seg Segutorio, der Meisterschütze aus Erthyrdrin, im Schießen unterrichtet?

Sosie lächelte, als sie mir den pfeilgespickten Köcher überreichte. Ihre Augen hatten den Ausdruck einer Frau, die einen Toten zur letzten Reise in die Eiswüsten Sicces schmückt. Aus reiner Höflichkeit untersuchte ich den Köcher und bemerkte die kostbare Perlenstickerei – Tiere und Blumen und Schmuckmotive in grellen Farben. Die Edelsteine schimmerten im Sonnenlicht.

»Die Steine habe ich selbst an den Klippen gesammelt, Dray. Ich habe viele Jahre damit zugebracht, den Köcher zu sticken. Es . . .« Sie hielt inne, und ihr schwarzes Gesicht war mir zugewendet, und ihre vorstehenden Lippen zitterten, und sie senkte die langen Wimpern. Und da glaubte ich sie zu verstehen.

Ihre Tante bestätigte meinen Verdacht.

»Eine Jungfrau Arkassons muß bei der Hochzeit ihrem Bräutigam einen Köcher, eine Tunika und Wildlederschuhe überreichen, bestickt mit Steinen, die sie an den Klippen gesammelt und selbst rundgeschliffen und fehlerfrei durchbohrt hat. Du bist ein seltsamer Mann, Dray Prescot. Wenn deine bleiche Hautfarbe nicht wäre, könntest du ein würdiger Bürger Arkassons sein.«

»Und nimmt kein junger Mann sie zur Frau, wenn sie diese Gaben nicht für ihn hat?«

Die Tante – Slopa war ihr Name; sie hatte ein runzliges Gesicht und graues Haar, was bedeutete, daß sie gut hundertundfünfzig Jahre alt sein mochte – sah mich gekränkt an. »Nein.«

»Da soll doch!« rief ich. »Dann kann ich den Köcher von Sosie nicht annehmen! Sie hat Jahre gebraucht, um ihn zu fertigen. Wenn kein Freier sie ohne ihn nehmen will, muß sie viele weitere Jahre warten und Juwelen sammeln und schleifen und durchbohren, ehe sie heiraten kann. Und was wird aus ihrer Farm? Tante Slopa – das kann ich nicht annehmen!«

»Du wirst ihr sehr weh tun, wenn du es nicht tust.«

»Ich weiß, bei Zim-Zair! Ich weiß!«

Tante Slopa schürzte die vollen Lippen. »Sosie hat das bestimmt nicht nur getan, weil du ihr das Leben gerettet hast. Dahinter steckt mehr.«

»Kannst du mir einen ungeschmückten Köcher bringen?«

»Ja. Aber das . . .«

»Bitte bring ihn mir, Tante Slopa.«

Als ich die Pfeile aus dem schön bestickten Köcher in den einfachen Lederbehälter umgesteckt hatte, trug ich Sosies Geschenk zu ihr. Sie saß auf einer Bank im Hof – über sich das Schutznetz aufgespannt – und las ein Buch, *Die Reise des Kyr Nath**, einen mythischen Abenteuerbericht, der mindestens zweitausend Jahre alt und in ganz Kregen bekannt war.

»Nath«, sagte ich. »Ich habe einmal einen Nath gekannt, einen netten Kameraden, und eines Tages will ich mit ihm und Zolta wieder trinken und lachen.«

Sie blickte auf den Köcher.

»Ich möchte gern leben, Sosie – und doch bringst du mich in höchste Gefahr.«

»Ich! Ich bringe dich in Gefahr, Dray Prescot? Wie kommst du darauf?«

»Siehst du, wie diese herrlichen Edelsteine und lieblichen Stickereien im Licht von Zim und Genodras schillern und funkeln?«

Sie streckte eine Hand aus und streichelte die Stickerei. Ihr Gesicht zeigte Zufriedenheit und Stolz, wie es einem jungen Mädchen anstand, das sehr wohl weiß, daß sie gut gearbeitet hat.

»Sie sehen wirklich herrlich aus. Auf deinem Rücken werden die Steine der Welt sagen, daß dieser Köcher für dich von einem Mädchen gemacht wurde, das ...« Sie hielt inne. Wieder begannen ihre weichen Lippen zu zittern.

Ich schlug den groben und herablassenden Ton an, den ich so sehr an mir selbst verabscheute: »Der Köcher ist sehr schön, Sosie. Aber ich bin ein Abenteurer, der gefährliche Landstriche durchzieht. Der Köcher könnte mir den Tod bringen. Er würde der Welt zeigen, wo ich bin; er würde der Welt zeigen, daß ich ein Vermögen auf dem Rücken trage; ich hätte keine Ruhe mehr.« Sie wollte aufbrausen und etwas sagen, doch ich brachte sie zum Schweigen. »Dieser Köcher muß im Haus des Mannes hängen, den du eines Tages heiratest, Sosie; des Mannes, den du lieben wirst. Für ihn wird die Stickerei ein Quell ewiger Freude sein. Mir würde sie nur den Tod bringen.«

»Aber ... Dray ...« Sie war verwirrt.

»Du verstehst mich doch, Sosie, ich weiß das zu schätzen ...«

---

* Das Wort ›Kyr‹ ist von Prescot in seiner Erzählung oft benutzt worden, und ich habe es meistens in »Lord« abgeändert. Nun gewinne ich aber den Eindruck, als sei diese Übersetzung unrichtig, als sei die Anrede »Herr« vielleicht besser geeignet. Als Teil eines Buchtitels kann das Wort sicher unübersetzt verwendet werden. Auch haben wir hier vielleicht einen Anhaltspunkt, warum es auf Kregen so viele Naths gibt.

Während ich ihr noch den schimmernden Köcher hinhielt, sprang sie mit einem erstickten Schrei auf. *Kyr Nath* fiel zu Boden. Sie umarmte mich und küßte mich mit der wilden Leidenschaft der Unschuld.

Der heiße, weiche Druck ihrer Lippen durchfuhr mich wie ein Pfeil. Dann ließ mich Sosie los und floh ins Haus.

Ich seufzte, bückte mich und hob das Buch auf.

Kyr Nath. Naja. Ich schlug eine Seite auf und las: »Und auf diese Weise besiegte Kyr Nath auf dem Rücken seines pechschwarzen Impiters die Legionen aus Sicce, die inmitten von Blitz und Donnerschlag vor ihm zurückscheuten, und Kyr Nath verscheuchte sie vom Sonnenaufgang bis zum Tag der Abrechnung, so daß sie zu Boden stürzten und sich in Höhlen unter den Bergen der Perlen und des Goldes versteckten, aus denen bis heute ihr heißer Atem weht.«

Ich legte das Buch fort. Sonnenaufgang. Die alten Völker im Auge der Welt, die den Großen Kanal und den Damm der Tage gebaut hatten, wurden die Völker des Sonnenaufgangs oder die Völker des Sonnenuntergangs genannt. Mir fiel auf, daß Kyr Nath in diesem Buch einen Impiter flog, ein Tier, das in den Unwirtlichen Gebieten bekannt war. In Sanurkazz wäre Kyr Nath auf dem Rükken eines Sectrix geritten, und als ich die Geschichte zum erstenmal im Wagenkreis meiner Klansleute von Felschraung hörte, war Kyr Nath ein Vovereiter gewesen.

Die Kultur eines Planeten ist ein kompliziert verwobenes Gebilde – und mit diesem Gedanken blickte ich auf und sah Tante Slopa vor mir stehen, die mich traurig musterte.

»Sowie läßt ausrichten, daß sie dich versteht.«

Obwohl ich mich so manchem wilden Tier gegenübergesehen hatte, fühlte ich im Augenblick keine Neigung, nach den Einzelheiten der Szene zu fragen, die diesem Satz vorausgegangen war. Was zwischen Slopa und Sosie geschehen war, hatte nichts mit mir zu tun. Im Grunde zwar doch – aber es durfte mich nichts angehen.

Tante Slopa sagte leise: »Wenn ein Mann stirbt, werden sein bestickter Köcher und seine Tunika und seine Lederschuhe mit ihm in die Funkelnden Höhlen gelegt.«

»Die Funkelnden Höhlen?«

Sie deutete mit einem Kopfnicken auf die Klippenwand, die Arkasson überragte. »Die Felswand ist von Höhlen durchzogen. Die Edelsteine im Felsgestein schimmern und funkeln.«

Eine weitere Anmerkung meinerseits schien nicht erforderlich zu sein; doch ich hielt es für möglich, daß ein unermeßliches Vermögen in dieser Klippe lag – eingebettet in das Felsgestein und neben den Gebeinen zahlloser Generationen liegend.

Ehe ich ging, tauchte Sosie wieder auf. Sie hatte ihre Tränen getrocknet und war nun wieder hübsch anzuschauen. Ihre schwarze Haut schimmerte, und ihre Afrofrisur war frisch gebürstet. Sie trug ein einfaches Kleid in einem dunklen Orangeton, das mit Steinchen bestickt war. Ihre Füße steckten in gelben Schuhen.

»Du wirst mir sicher verzeihen, Sosie . . .« begann ich.

Aber sie brachte mich sofort zum Schweigen, wofür ich ihr dankbar war. Ich habe es mir zur Regel gemacht, mich niemals zu entschuldigen – doch manchmal wirkt sich dieses Prinzip zum Nachteil aus.

»Du bist also entschlossen, die Owlarh-Öde zu durchwandern, Dray Prescot! Ich habe erkennen müssen, daß ich das nicht verhindern kann. Ich danke dir für deine Freundlichkeit . . .«

»Sosie, nein, *du* warst freundlich . . .«

»Aber nicht freundlich genug.«

Sie hatte recht energisch gesprochen. Sosie na Arkasson war keine Heulsuse, das mußte ich zugeben. »Ich wünsche dir alles Glück auf der Welt, Sosie – alles Glück auf Kregen. Mögest du den Mann deines Herzens finden und heiraten – möge deine Farm gedeihen. Mögest du glücklich sein. Zair gehe mit dir.«

Wieder äußerte sie sich nicht zum Gebrauch des Namens Zair. Man war sehr tolerant in Arkasson, soweit es die Religion betraf – im Gegensatz zu den Primitiven aus Cherwangtung.

»Und mit dir, Dray Prescot.«

Vor mir lag die Wüste, die Sosie die Owlarh-Öde nannte. Ich entfernte mich einige Schritte von den zerklüfteten Felsmauern, trat in das grelle Licht der Sonnen von Scorpio hinaus und wandte mich um. »Remberee, Sosie!«

Sie hob zum Abschied den Arm. »Remberee, Dray Prescot. Remberee!«

Ich blickte absichtlich nicht zurück, bis Arkasson hinter mir verschwunden war, bis es verschmolzen war mit der grauen Felsfläche, die hoch über die Häuser aufragte.

Während meiner Mittagsrast, während meines spärlichen Mahls überdachte ich meine Situation.

Um meine Hüfte zog sich das scharlachrote Tuch, das einen Lendenschurz bildete. Ohne daß ich davon wußte, hatte mir Sosie eine Schwertscheide und einen Gürtel aus einfachem weichem Leder gestickt, und das gefährliche Langschwert der Krozairs schmiegte sich nun sicher an mein Bein. Der breite Gürtel, den Delia mir an Bord des Flugboots geschenkt hatte, zog sich eng um meine Hüfte, die Silberschnalle war absichtlich verschmutzt; der Gürtel hielt das Seidentuch fest, denn Seide hatte die unangenehme Eigenschaft zu rutschen. Das Rapier hing links, und zwar nicht parallel zum Langschwert; es ragte vielmehr schräg in die Gegend. Die Main-Gauche war zur Rechten befestigt. Vielleicht belächeln Sie diese Vielfalt der Waffen und halten mich für ein wandelndes Waffenarsenal, doch ich war diese Bestückung gewöhnt und konnte mich ungehindert damit bewegen.

Der Köcher, der so große seelische Probleme verursacht hatte, hing auf meinem Rücken; die schwarzgefiederten Pfeilschäfte ragten über meine Schulter. So konnte ich ihn bequem befördern; wenn es schnell zu schießen galt, trug ich den Köcher an der linken Hüfte mit nach vorn geneigten Pfeilschäften. Den Bogen hatte ich ungespannt in der Hand. In einem Beutel aus gewachstem Leder war ein Dutzend Ersatzsaiten verstaut. Dann hatte ich noch den Proviantbeutel und die Wasserflasche bei mir. So wanderte ich, Dray Prescot, barfüßig auf die Ostküste Turismonds zu.

Wenn ich hier an dieser Stelle mein breites Jagdmesser nicht ausdrücklich erwähnte, das hinter meiner rechten Hüfte am Gürtel in einer Scheide ruht, so liegt das daran, daß ich seit meinen frühen Tagen an Bord eines 74-Kanonen-Schiffs der britischen Marine an dieser Stelle ein Messer trage. Es ist sozusagen ein Bestandteil meiner selbst.

Wer ein Abenteurer und Kämpfer sein will, sollte sich am besten nicht nur auf eine Waffe verlassen. Das Schicksal ist nur zu oft bereit, ihm seine Waffe zu entreißen und selten willig, sie ihm zurückzugeben. Der wahre Kämpfer, so meine ich, vermag mit allen Waffen zu kämpfen, die ihm in die Hände fallen.

Die Doppelsonne von Antares wanderte über den Himmel; der kleinere grüne Genodras stand gerade unter dem roten Riesen Zim, so daß beim zweiten Sonnenuntergang das Land aus rostigem Eisen zu bestehen schien – eine gewaltige Lichtflut aus Orange und Braun und Rot war mit einem letzten grünen Lichtstreifen der bereits untergegangenen Sonne durchsetzt. Vor mir erstreckte sich der Staub und die Dornefeudickichte der Owlarh-Öde. Es war nicht allzu schwierig, einen sicheren Rastplatz für die Nacht zu finden, und als Genodras vor mir wieder auftauchte und den Himmel mit grünen Streifenmustern füllte und die letzten Sterne übermalte, war ich bereits seit einiger Zeit unterwegs.

Bisher war ich von den Männern aus Cherwangtung nicht belästigt worden, was verschiedene Gründe haben konnte – der stichhaltigste lag vermutlich in Sosies Bemerkung, die weißhäutigen Barbaren ruhten am Tage und trieben sich nur in der Nacht herum. Ich war nicht so naiv anzunehmen, daß sie mich entdeckt, aber in Anbetracht meines ersten Kampfes gegen sie zu große Angst vor mir hätten.

Der Boden war karg und wurde immer wüstenhafter. Das Problem, das bald am dringlichsten wurde, war Wasser. Der Staub wirbelte um meine Füße hoch und zwang mich, vorsichtig auszuschreiten. Sosie hatte mir erzählt, daß Leem in dieser Gegend jagten und auf den Farmen einfielen, wenn die Zäune nicht repariert wurden. Ansonsten lebten sie von kaninchenähnlichen Wesen, die sich hier auf der Ebene ihre Höhlen gruben – und diese Tiere mußten auch meine Nahrung sein.

Weniger Sorgen machten mir die Risslacas – von denen es zahllose Arten gibt. Während ich mich im Auge der Welt zum Ruderkapitän emporarbeitete, war ich manchem furchteinflößenden Risslaca begegnet, Saurierungeheuern, Kaltblütler mit mächtigen Zähnen und Klauen, gepanzert mit Hornhaut und Schuppen. Nath, Zolta und ich hatten bei der Verteidigung der sanurkazzischen Südgrenze mehrere Ungeheuer dieser Art niederkämpfen müssen.*

Wie Sie sich vielleicht vorstellen können, habe ich mich nach meiner Begegnung mit echten Dinosauriern auf Kregen bei jeder Gelegenheit mit dieser Tiergattung beschäftigt, soweit es die irdische Vergangenheit betrifft. Dieses Thema ist faszinierend – für Kinder ebenso wie für Paläontologen. Bei meinen Studien versuchte ich Parallelen zu ziehen zwischen den längst untergegangenen Saurierkönigen der Erde und den sehr realen Risslacas Kregens.

Da gab es natürlich viele Übereinstimmungen. Ebenso gab es Risslacas, die sich von allem unterschieden, was sich je am Ende des mittleren Mesozoikums, im Jurazeitalter, auf der Erde bewegt hatte, gut hundertundvierzig Millionen Jahre vor unserer Zeit.

Viele dieser Tiere hatten kein Gehör. Einige stießen Schreie aus wie explodierende Wasserkessel. Manche jagten mit dem Auge, andere wieder nach dem Geruch.

Es war ein Trio der Gattung, die mit dem Geruchsinn jagt, das mich gegen Mitte des Nachmittags aufschrecken ließ – in einer Gegend, wo der Boden zwar noch immer recht trocken war, aber

* Ein weiterer Hinweis auf Ereignisse in Dray Prescots Leben auf Kregen, die uns aufgrund fehlender Kassetten nicht zugänglich waren. A. B. A.

doch ausreichende Bedingungen für Farngewächse bot. Ein Fluß hatte meinen Weg gekreuzt, und ich hatte ihn überquert und war weitergeeilt. Die Farngewächse ragten immer dichter und höher empor. Ich spürte ein seltsames Kribbeln zwischen den Schulterblättern. Das Licht der Doppelsonne brannte heiß herab, und die orangefarbenen und jadegrünen Lichtstrahlen schossen wie Speere zwischen den Blättern herab. Das Laubwerk wölbte sich über mir. Die zahllosen Farnstengel ragten über mir auf. Ich wanderte leichtfüßig dahin und schaute mich dabei ständig um. Meinen Bogen trug ich in der Hand, einen Pfeil auf der Sehne.

Schließlich erreichte ich ein Sumpfgebiet, das ich umgehen mußte. Da und dort schimmerte das Wasser, als sei es Bronze. Eine Mauer bewegte sich plötzlich vor mir. In der Mauer zuckten beschuppte Muskeln. Farbflecke – bernsteinbraun, jadegrün, schwarz – tarnten das Wesen zwischen den dichten Farngewächsen. Ich sah einen schmalen Kopf, der gierig Farnwedel verschlang, und die herabhängenden Blätter der kargen dornigen Bäume, die wie Palmen rings um das Wasser wuchsen. Ein schlangengleicher Hals drehte sich. Der Kopf stieg zwischen den Farnwedeln empor und legte sich schief, so daß das Tier äugen konnte – aber es beäugte *nicht mich*! Das Auge starrte kühl auf den gewundenen Pfad, den ich gekommen war.

Dort standen die drei Raubtiere. Sie schlichen auf dreizehigen Pfoten heran – und ich sah, daß die erste Zehe jeder Hinterpfote eine lange, sichelscharfe Klaue besaß, wie sie unseren irdischen Deinonychus ausgezeichnet hatte. Die auffällig golden und schwarz gestreiften Schuppen blitzten im Licht der Doppelsonne. Zehn Fuß lang waren die Raubtiere, und mindestens siebzig Fuß hoch war der camarasaurusähnliche Pflanzenfresser.

Und ich stand zwischen ihnen.

Die ruderähnlichen Schwänze der Deinonychus-Risslacas streckten sich steif nach hinten. Die gekrümmten Sichelklauen funkelten bedrohlich im Sonnenlicht. Mit einer unglaublichen Sprungkraft griffen die drei Raubtiere an.

3

Mit einem so schnellen Reflex, daß meine letzte Bewegung abgeschlossen war, ehe die Hinterbeine des ersten Risslaca den Boden verließen, schossen meine Finger den Pfeil ab, und das Geschoß sirrte davon. Ich hatte so schnell reagiert und so genau gezielt, daß es mir fast zum Verhängnis wurde.

Denn ich hatte nicht mit der unglaublichen Sprungkraft des Reptils gerechnet. Es schoß hoch in die Luft, den Schwanz starr nach hinten gereckt, während sich der Körper in die aufrechte Stellung brachte, die es den gefährlichen Krallen ermöglichte, sich tief in den Leib des Opfers zu bohren. Die Dinosaurier waren keine behäbigen, lethargischen Wesen; sie waren wendig, schnell und äußerst gefährlich.

Der Risslaca sprang über den Punkt hinweg, den ich anvisiert hatte. Mein Pfeil rutschte an seinem Bauch entlang und grub sich tief in die Schwanzwurzel.

Sosie hatte mir verschiedene Pfeile mitgegeben, so daß ich die Auswahl hatte zwischen dem dünnen, panzerbrechenden Nadelpfeil, dem kräftigen Jochpfeil, dem breiten Widerhakenpfeil oder dem üblichen Spitzpfeil. Vorsichtshalber hatte ich einen großen Widerhakenpfeil gewählt. Seine Spitze drang durch Schuppen und Fleisch des Risslaca und riß eine tiefe Wunde. Der Zufall hatte meinem Pfeil eine tödliche Präzision gegeben.

Der Deinonychus der kregischen Art hat einen gewaltigen Ballen aus Sehnen und Muskeln an der Schwanzwurzel; von hier aus wird der mächtige Schwanz gesteuert, der dem Tier die Balance gibt, die es braucht, um zielsicher zu springen und seine tödlichen Klauen einzusetzen.

Mein Pfeil durchtrennte diese Sehnen und Muskeln. Der Schwanz sank leblos herab. Der Risslaca überschlug sich zischend; er hatte die Kontrolle über seinen Körper verloren. Im gleichen Augenblick floh ich in den Schatten des Riesenfarns.

Die beiden nachfolgenden Risslaca übersprangen ihren kreischenden Artgenossen und gingen erneut zum Angriff vor. Mit einem gewaltigen Satz erhoben sie sich in die Luft. Ich hörte das schnaubende Röhren des riesigen Camarasaurus, als sie auf seinem Rücken landeten, der eine zwischen Schulter und Hals, der andere tiefer, wo sich seine Klauen in den Bauch des Pflanzenfressers bohrten und eine tiefe Wunde rissen.

In diesem Augenblick hätte ich vortreten und die beiden Raubtiere mit einfachen Pfeilschüssen töten können.

Aber ich töte nur, wenn es unbedingt nötig ist. Überhaupt liegt mir das Töten nicht, und doch lasse ich mich oft genug dazu hinreißen. Ich halte es im Grunde schon für eine Schwäche, wenn man bereit ist, jedes Lebewesen – ob Mensch oder Tier – zu töten, das einen angreift. Und hier vollzog sich lediglich ein Gesetz der Natur. Die Risslacas jagen und töten wie alle anderen Raubtiere – das hatten sie vor meiner Ankunft auf Kregen getan und würden es zweifellos auch weiter tun, wenn ich längst wieder verschwunden war. Es liegt in der Natur dieser faszinierenden Wesen – so wie es auch in der Natur des Skorpions lag, meinem Vater den tödlichen Stich zu versetzen.

Nach dem Lärm und dem heftigen Rascheln zwischen den Riesenfarnen zu urteilen, lief der Kampf nicht ganz nach dem Willen der Raubtiere ab. Unauffällig verließ ich den Schauplatz des Geschehens und wanderte vorsichtig um den Sumpf herum.

Vielleicht hatte ich die Chancen des Pflanzenfressers verbessert, indem ich einen seiner Gegner ausschaltete.

Natürlich war ich bis tief in die Nacht auf den Beinen, bis ich den Sumpf und die Farngewächse des Flusses weit hinter mir gelassen hatte und wieder auf trockenem, staubigem Grund dahinschritt. In dieser Nacht machte ich kein Feuer, sondern schlummerte nur vor mich hin. Drei Tage und drei Nächte später war die Gegend noch immer nicht freundlicher geworden. Ich hatte nur noch einen Mundvoll Wasser in der Flasche und mußte nun auf die Sitten unserer barbarischen Vorfahren zurückgreifen. Mein Pfeil traf sein Ziel und tötete ein dahinhuschendes rattenähnliches Wesen – keine kregische Rast, obwohl es eindeutig mit diesem unangenehmen Wesen verwandt war –, und ich trank sein Blut, um meinen Durst zu stillen.

Nachdem ich den Pfeil wieder an mich genommen und am staubigen grauen Fell des Tiers gereinigt hatte, wanderte ich weiter, wobei ich ständig nach Raubtieren Ausschau hielt. Zugleich suchte ich Nahrung – wodurch ich vermutlich zum gefährlichsten aller Raubtiere wurde, die die öde und bedrückende Wildnis durchquerten.

Gegen Abend des fünften Tages stieß ich auf eine der hochgelegenen breiten Straßen, die von den Eroberern des Walfargschen Reiches angelegt worden war. Diese Kämpfer waren vor langer Zeit von der Ostküste her vorgedrungen und hatten die gesamten Unwirtlichen Gebiete unter ihre Herrschaft gebracht.

Ich traf meine Entscheidung schnell. Natürlich kam ich auf der Straße weitaus schneller voran als auf der trockenen Ebene. Die ekkigen Pflastersteine waren noch immer gut in Schuß; nur die Kanten waren etwas verwittert, und das Unkraut, das durch die Fugen nach oben drängte, vermochte sich nur an Stellen zu halten, wo etwas Erde angeweht worden war. Die alten Techniker aus Loh hatten gute Arbeit geleistet. Andererseits bot ich auf der Straße ein leichtes Ziel.

So behielt ich die Straße lieber im Auge und wanderte in sicherer Entfernung parallel dazu, auch wenn ich auf diese Weise langsamer vorwärtskam.

Am achten Tag machte ich am östlichen Horizont einige schroffe Erhebungen aus. Allerdings schien es sich nicht um eine Gebirgskette zu handeln, was ich mir auch wirklich nicht gewünscht hätte – noch ein Gebirge wie die Stratemsk wäre zuviel. Delia, Seg, Thelda und ich waren über die Stratemsk hinweggeflogen, die unvorstellbar hoch waren und ein fast unüberwindliches Hindernis bildeten. Mit schroffer und eisiger Endgültigkeit trennten diese Berge die Ostländer am Binnenmeer vom westlichen Ende der Unwirtlichen Gebiete. Was ich vor gar nicht langer Zeit im Auge der Welt erlebt hatte, hätte sich ebensogut auf der Erde ereignen können – so wenig wußten die Menschen der Unwirtlichen Gebiete über das Binnenmeer. Und jetzt kam mir der Verdacht, daß vielleicht eine ebenso unüberwindliche Barriere zwischen den Unwirtlichen Gebieten und der Ostküste Turismonds bestand.

Wenn das der Fall war, mußte ich sie irgendwie überwinden, um die Küste zu erreichen.

Das Terrain wurde noch unwirtlicher; mein Weg führte durch trockene Schluchten und an scharfen Felsvorsprüngen vorbei. Das Wetter war unverändert heiß. Ich mußte mich jetzt um meine Nahrung wirklich bemühen – und vor allem nach Wasser Ausschau halten.

Der gezackte Horizont vor mir veränderte sein Aussehen nicht – auch dann nicht, wenn ich ihn von einem höher gelegenen Aussichtspunkt betrachtete. Immer wieder kribbelte es mir seltsam zwischen den Schulterblättern, und ich schaute oft zurück. Die einzigen Lebensformen, die sich hier hielten und die größer waren als Insekten und Eidechsen und andere Wüstentiere, waren eine Art sechsbeiniges Opossum und die Vögel, die beide von kleineren Tiergattungen lebten. Sie werden meine Erleichterung verstehen, daß die Vögel, die mir Tag um Tag folgten, nicht größer waren als irdische Geier. Warum sie mir nachflogen, war klar; aber ich mußte zu meiner Delia aus Delphond und hatte nicht die geringste Lust, diesen Aasvögeln als Mahlzeit zu dienen.

Knorrige Vegetation wuchs in den schattigen Rissen der durch geologische Kräfte emporgewuchteten Felsplatten. Es gab hier auch

Ameisen, um deren Burgen ich einen weiten Bogen machte. Ich war auf der Hut.

So geschah es, daß mich eine verstohlene Bewegung hinter einem Felsbrocken am anderen Ende einer flachen Senke sofort in Dekkung gehen ließ.

Ich wartete.

Die Geduld ist nicht nur eine Tugend des Jägers – sie ist zugleich sein Leben.

Gleich darauf erschien ein Chulik in der Senke.

Verblüfft hielt ich den Atem an.

Die Chuliks, die ich bisher auf Kregen gesehen hatte, waren kräftige, stämmige Männer mit zwei Armen und zwei Beinen und einer gesunden, öliggelben Haut. Sie trugen üblicherweise den Kopf kahl – bis auf einen langen Haarstreifen, der manchmal bis zur Hüfte hinabreichte. Aus ihren Mundwinkeln ragten zwei mächtige Hauer aufwärts, die gut sieben Zentimeter lang waren, und obwohl sie entfernt wie Menschen aussahen, hatten sie kaum etwas Humanes. Normalerweise galten sie als gute Söldner und Wachsoldaten und erzielten dabei höhere Preise als etwa die Ochs oder Rapas – Tiermenschen, die ähnliche Funktionen erfüllten. Nur wenige Chuliks hatte ich bisher als Sklaven erlebt.

Der Chulik, der vor mir stand, hatte langes, schmutziges Haar. Einer seiner Hauer war abgebrochen. Um die Hüfte trug er ein schwarzes Tuch, das wie sein ganzer Körper staubig und verschmutzt war. In einer Hand hielt er eine lange Stange aus zusammengesteckten Ästen. Diese Äste stammten von den kleinen, verkrümmten Büschen, die in dieser Gegend die einzige größere Pflanze darstellten. Am Ende der Stange befand sich eine jochähnliche Gabelung. In einem Korb aus trockenen Ästen hatte er vier kleine Opossum-Wesen. Der Chulik war damit beschäftigt, ein fünftes Tier zu fangen, indem er in einem flachen Loch unter einem Felsbrocken herumstocherte und sich dabei mit einer Schnelligkeit bewegte, die im Vergleich zu der Geschmeidigkeit und Energie der mir bekannten Chuliks lächerlich wirkte.

Ich wartete.

Ein paar Minuten später näherte sich eine zweite Gestalt der ersten.

Wieder war ich erstaunt.

Es handelte sich um einen Fristle, einen Halbmenschen mit einem Pelzgesicht, das dem einer Katze ähnlich sieht, mit Schnurrbarthaaren, Schlitzaugen und Fangzähnen. Obwohl ich immer noch eine gewisse Abneigung gegen Fristles hatte – Fristles hatten meine Delia in die Gefangenschaft nach Zenicce entführt, als ich zum zweitenmal nach Kregen geholt wurde – so war ich doch durch das mutige Auftreten der Fristlefrau Sheemiff sehr beeindruckt gewesen, die stolz den gelben Voskschädel-Helm getragen hatte, als sich meine Sklavenarmee in Magdag gegen ihre Unterdrücker erhob.

Dieser Fristle trug einen schwarzen Lendenschurz und war ebenso verdreckt und heruntergekommen wie der Chulik. Er trug einen Krummsäbel, wie er für die Fristles typisch ist, doch Waffengurt und Klinge waren sehr vernachlässigt.

Was hatte diese beiden Vertreter stolzer und hochmütiger Tiermenschen-Rassen so verändert?

Mein Eindruck, daß ich von den beiden nichts zu fürchten hatte, verstärkte sich.

Wie seltsam mir dieses Gefühl im Grunde war, muß all jenen klar sein, die meine Geschichte kennen.

Ich trat aus meinem Versteck und hob die Hand. »Llahal!« rief ich den kregischen Gruß, der gegenüber Fremden verwendet wird.

Die beiden blickten geruhsam auf, und nach einer Weile sagte der Fristle: »Llahal.«

Der Chulik fragte: »Warum arbeitest du nicht?«

»Ich gehe zur Küste.«

Im ersten Augenblick verstanden sie mich nicht. Dann lachte der Fristle – eine ungewöhnliche Reaktion für einen Angehörigen seiner Rasse. Fristles lachen im allgemeinen noch seltener als ich.

»Ich komme aus den Unwirtlichen Gebieten, bin durch die Owlarh-Öde gewandert und will mich jetzt nicht auslachen lassen – schon gar nicht von einem Fristle!«

Daraufhin blinzelte mich das Katzenwesen nur an. Seine Hand näherte sich nicht einmal dem Griff des Krummsäbels.

Der Chulik wich einige Schritte zurück, doch er erhob seine gegabelte Stange nicht gegen mich.

Ich stieß einen Makki-Grodno-Fluch aus.

Was war mit diesen Männern los? Welche Macht hatte sie zu solchen Jammerlappen gemacht?

Auch fiel mir ein, daß nach meinen bisherigen Erkenntnissen eine natürliche Feindschaft zwischen Chuliks und Fristles besteht – außer wenn sie den gleichen Arbeitgeber haben. So war ich nicht wenig beeindruckt, als der Fristle dem Chulik half, den Käfig mit den vier Opossum-Wesen auf den Rücken zu nehmen. Ich begann zu ahnen, daß die beiden Männer vielleicht gemeinsam schreckliche

Ereignisse durchgemacht hatten, die eine enge Bindung zwischen ihnen entstehen ließ – unabhängig von allen Rassengegensätzen.

»Der Grint ist fort«, sagte der Chulik. Seine Stimme hatte den weinerlichen Klang, der für Sklaven typisch ist. »Vier genügen natürlich nicht, aber mehr bekommen die Phokaym nicht.«

Als dieser Name erklang, schauderten der Chulik und der Fristle unwillkürlich zusammen.

Ehe ich etwas sagen konnte, trotteten die beiden davon und verschwanden zwischen den Felsbrocken am Ende der Senke.

Leichtfüßig folgte ich ihnen, doch als ich das felsübersäte Gebiet erreichte, wurde mir schnell klar, daß sie geheime Wege und Durchgänge benutzt haben mußten; ich hatte sie verloren.

In den folgenden Burs wurde das Vorwärtskommen noch schwieriger, so daß ich schließlich das Wagnis einging, die alte Landstraße zu benutzen.

Eine Tatsache war mir klar. In dieser Gegend gab es eine Macht, die so groß war, daß sie stolze Tiermenschen in unterwürfige Kreaturen verwandeln konnte, die sich mutloser verhielten als ein eben ausgepeitschter Sklave. Aus der Tatsache, daß der Fristle einen Krummsäbel bei sich gehabt hatte, schloß ich, daß die beiden keine wirklichen Sklaven waren. Doch der Widerstandswille der beiden schien gebrochen zu sein – Krieger, die unzählige Schlachtfelder siegreich verlassen hatten, waren hier seelisch und körperlich völlig zunichte gemacht worden. Und meine Vermutungen trafen zu – wie ich leider bald feststellen sollte.

Von Zeit zu Zeit erblickte ich in der phantastisch zerklüfteten und unübersichtlichen Landschaft zu beiden Seiten der Straße weitere apathische Wesen – Männer und Frauen, Ochs, Rapas, Fristles und Chuliks und auch Ullars und andere Halbmenschen, die ich nicht näher kannte. Diese Kreaturen ergriffen bei meiner Annäherung ausnahmslos die Flucht und verschwanden in Höhlen oder Felsspalten. Niemand wagte sich auf die viereckigen Steine der Landstraße.

In dieser Nacht schlug ich mein unbequemes Lager in einer Felsspalte nahe der Straße auf und legte mich hungrig schlafen; die wenigen Streifen Trockenfleisch an meinem Gürtel griff ich nicht an. Ich war fest entschlossen, möglichst viel Proviant für die ungewisse Zukunft aufzuheben.

Am nächsten Morgen erhob ich mich im grünroten Sonnenschein, reckte mich und war sofort bereit, den Gefahren des Tages gegenüberzutreten. Ich wanderte die uralte Straße entlang und sah trübes Wasser in Vertiefungen und Felsspalten und eine seltsame, knorrige Pflanzenwelt, deren Wurzeln sich wie erstarrte Schlangen in das stinkende Wasser reckten. Die unvorstellbaren Gerüche nahmen mit jedem Meter zu, und mir begann schwindlig zu werden. Ich blinzelte, schüttelte den Kopf und eilte weiter. Die Straße schien vor mir hin und her zu zucken, wie es einem manchmal an heißen Tagen auf irdischen Asphaltstraßen passiert – ein schimmernder Strom sich überlagernder Vibrationen, die einem die Aussicht behindern und zugleich alles seltsam vergrößert erscheinen lassen.

Ich war ganz allein. In der bedrückenden Leere regte sich kein Lebewesen.

Vor mir lag die Küste – und Delia. Kein Schwächeanfall sollte mich aufhalten! Ich begann zu taumeln. Als ich mich zusammenriß, brach mir überall am Körper der Schweiß aus. Ich starrte die uralte kregische Straße entlang – und sah plötzlich einen Dreidecker mit hundertundzwölf Kanonen! Die rotbemalten Geschützpforten öffneten sich, und die Vierundzwanzigpfünder und Achtzehnpfünder wurden ausgefahren, grinsten mich an und spuckten Flammen und Rauch aus, ohne daß ich etwas hörte.

Die gewaltige Breitseite mußte mich in Sekundenschnelle vernichten. Der vertraute gelbe Rauch hüllte mich ein, und unwillkürlich kam das alte Seefahrergebet über meine Lippen. Im gleichen Augenblick verschwand der Dreidecker, und an seiner Stelle sah ich ein Schiff des Binnenmeers, einen schmalen, gefährlichen Hundertruderer, der sich in meine Richtung wendete, bis der bronzene Rammsporn genau auf mein Herz gerichtet war.

Ich schrie auf – und in dem bebenden Nebel und Rauch, im Schimmer der Doppelsonne zeigte mir der zunehmende Wahn in meinem Kopf den Freund Zorg – Zorg aus Felteraz, der mich mit hochgezwirbeltem Schnurrbart angrinste. Zorg, der im Binnenmeer den Chanks als Futter gedient hatte!

Sein Gesicht verschwand, und schon sah ich Nath und Zolta, meine Ruderkameraden, die zusammen mit Zorg und mir als Galeerensklaven geschuftet hatten. Nath und Zolta grinsten mich an, der eine mit einem ledernen Weinkrug, der andere mit einem kichernden Mädchen auf den Knien.

Ich rief ihnen etwas zu.

Dann stürzte ich vorwärts – und sah nun Gloag, meinen guten Freund aus Zenicce, der nur ein Halbmensch war und doch mehr menschliche Wärme kannte als – Glycas, der schlaue grausame

Magdager, und seine Schwester, die schöne böse Prinzessin Shusheeng – und ich sah auch Lilah, die Königin des Schmerzes in Hiclantung, und ich sah Hap Loder und meine Klansleute auf ihren mächtigen Voves – ich sah Prinz Varden Wanek aus dem Hause Eward. Ich sah viele Leute in ihren Rollen, die sie in meinem Leben gespielt hatten.

Ich sah Seg Segutorio und Thelda – und begann zu weinen.

Und dann – dann sah ich meine Delia, ihre herrliche schlanke Gestalt in dem roten Hüfttuch und mit den blendend weißen Lingpelzen, die ich ihr geschenkt hatte.

Und in diesem Augenblick erkannte ich, daß ich träumte. Ich schüttelte den Kopf.

Auf der Erde der Gegenwart weiß man heute viel über halluzinatorische Gifte – und im Lichte dieser Kenntnisse wäre mir sicher schneller bewußt geworden, was mit mir geschah. Opium und Haschisch waren mir natürlich bekannt, wie auch das wirksamere, allerdings trügerisch sanfte Kaf, das von den Schwachen auf Kregen genommen wurde. Der Genuß von Rauschgiften zur Flucht vor dem Ernst des Lebens deutet im allgemeinen auf eine dekadente oder gelangweilte Gesellschaft hin – und auf Kregen war das Leben zu wild und hektisch und anstrengend, als daß der Rauschgiftgenuß mehr als eine Randerscheinung sein konnte.

Ich torkelte die Straße des alten Imperiums entlang, und die Gestalten aus meiner Vergangenheit nahmen Form und Gestalt an und starrten herüber oder verhöhnten mich, lächelten oder schimpften oder streckten mir nur in freundschaftlichem Llahal die Hände entgegen.

Als ich damals die Barriere vor der Ostküste zum erstenmal zu durchqueren versuchte – sie hieß Klackadrin, und ich sollte sie noch besser kennenlernen, als mir lieb war –, bin ich noch jung und ahnungslos gewesen. Die verseuchten Tümpel gaben Minerale an die kargen Pflanzen ab, die ihren Teufelsatem in die Luft hauchten und die Sinne von Menschen und Tieren verwirrten. Die Klackadrin riegelte die Ostgrenze der Unwirtlichen Gebiete ebenso wirksam ab wie die Stratemsk die Westseite.

Delias Traumbild verschwand, und an ihrer Stelle tobte um mich plötzlich die angreifende Kavallerie von Waterloo. Ich fuhr mir mit der Hand über die Augen, und als ich wieder hinschaute, sah ich den riesigen Umgar Stro, der mich mit der gespenstischen Nachahmung des Schwertes angriff, das ich im Augenblick trug!

Seltsame Gebilde ringelten sich aus den sumpfigen Felsspalten links und rechts der Straße und legten sich über meinen Weg. Zuerst hielt ich sie für Täuschungen und dachte an die Morfangs, gegen die wir in einer Höhle der Unwirtlichen Gebiete gekämpft hatten. Im nächsten Augenblick wickelte sich ein dicker Tentakel um mein Fußgelenk und begann zu zerren.

Mit einem Schlag meines Krozairschwerts durchtrennte ich den angreifenden Arm.

Weitere schlangengleiche Tentakel ringelten sich vor mir auf der Straße – auf den ersten Blick sahen sie wie obszön winkende Arme aus, die mich dazu verführen wollten, mich in ihre Umarmung zu stürzen. Ich mußte mich durchkämpfen!

Plötzlich drang ein Geräusch an meine Ohren. Ein hartes, widerhallendes metallisches Klirren auf dem Pflaster der Straße.

Ich fuhr herum.

Noch heute glaube ich, daß ich mich im ersten Augenblick noch für verhext hielt, daß ich Phantomgestalten zu sehen glaubte.

Diese Vermutung führte zu einer Art Lähmung, geboren aus der törichten Vermutung, daß mir all diese Halluzinationen nichts anhaben konnten und daß die einzige reale Gefahr von den winkenden Tentakeln ausging.

Was ich sah, erfüllte mich dennoch mit Übelkeit – und doch konnte ich noch daran denken, daß diese Wesen offenbar keine Halbmenschen waren – sie waren halb Tier, halb Ungeheuer.

Es waren die Phokaym.

Sie ritten Tiere, die mit den mir bekannten Risslacas verwandt waren – riesige Reptilien, die sich mit einer Schnelligkeit bewegten, wie sie einem Sectrix anstand. Auch die Phokaym stammten eindeutig von den Risslacas ab. Sie waren Kaltblütler, wie ich später feststellen sollte, und hatten das breite, zahnbewehrte Maul des fleischfressenden Risslaca, kurze Vorderbeine, die sich zu Armen und Klauenhänden ausgebildet hatten, dazu mächtige Hinterbeine und den Schwanz des fleischfressenden Dinosauriers. Der Reptilienschwanz war hinter dem Sattel zusammengerollt. Die Kreaturen waren mit Speer und Schwert bewaffnet und trugen barbarische Schmuckstücke, und ihre Schuppen waren zu geometrischen Mustern von kalter reptilienhafter Schönheit eingefärbt und lakkiert worden.

Täuschten mich meine Sinne, oder waren diese Wesen wirklich vorhanden?

Intelligente bewaffnete fleischfressende Dinosaurier auf gesattelten grasfressenden Dinosauriern?

Sie *waren* wirklich vorhanden.

Aber die Erkenntnis kam zu spät. Ich hatte zu langsam reagiert. Dicke, blutrote Striemen fielen rings um mich herab, klebrig, lähmend, einschnürend. Mein Schwertarm wurde herabgezogen, Bogen und Köcher waren umschlossen, ich wurde von den Schultern bis zu den Füßen in das enge Netz eingehüllt und stürzte zu Boden.

Als ich mit dem Gesicht auf die harten Pflastersteine fiel, erwachte ich aus meiner Betäubung. Aber es war zu spät.

In Fesseln wurde ich über die harte Straße gezerrt, zurück nach Westen, fort von der Küste – in eine Sklaverei, wie ich sie zwischen den Felsen und stinkenden Tümpeln schon wahrgenommen hatte.

Mit Triumphgeschrei zerrten mich die Phokaym fort.

4

Eine Och-Greisin kam in die Ecke der Höhle, in die mich die Phokaym mitsamt den blutroten Fesseln geworfen hatten. Ihr gebleichtes Haar hing in wirren Strähnen herab. Sie hielt den übelriechenden Wasserbehälter mit den mittleren Greifgliedern und schöpfte mit einer ihrer oberen Hände den Schaum vom Wasser, während die andere den Steinlöffel hineintauchte und mir die Flüssigkeit zwischen die Lippen träufelte.

»Du sollst frisch und munter sein für die Voryasen.«

Der Löffel war ein einfaches gerundetes Steinstück, das an einem Ende ausgehöhlt worden war. Der größte Teil des Wassers rieselte in meinen Bart – der länger und wirrer war, als ich es sonst zuließ – doch die Tropfen, die ich trotz des üblen Geruchs schluckte, schmeckten besser als der vorzüglichste Zond-Wein.

Die Och-Frau machte keinen Versuch, mich zu befreien. Beim geringsten Geräusch zuckte sie zusammen, schloß die Augen und zog den Kopf ein. Sie träufelte mir mehr Wasser ins Gesicht, als ich trinken konnte, doch schließlich fühlte ich mich ein wenig erfrischt. Ich stellte ihr ungeduldige Fragen, und als ich mich soweit im Griff hatte, daß ich sie beruhigen konnte, vermochte sie zu sprechen, wenn auch stockend und mit angstvollen Blicken über die Schulter. Draußen schienen sich zahlreiche Menschen zu bewegen, Stein tönte auf Stein. Die Sonnen waren untergegangen, doch es war noch immer heiß.

»Die Klackadrin.« Die alte Och-Frau seufzte. Sie hieß Ooloo. Sie hatte keine klare Erinnerung an ein früheres Leben; doch mußte sie irgendwie in diese Gegend gebracht worden sein, wenn sie nicht hier geboren war. Aber sie erinnerte sich nicht. »Die Klackadrin. Böse Geister wohnen hier. Niemand kann sie durchqueren – nur die Straßen . . . nur die Straßen . . .

Wie viele arme Teufel hatten schon über die Straße zu fliehen versucht – und waren von den schrecklichen Phokaym auf dem Rücken ihrer Risslacas wieder eingefangen und den Voryasen zum Graß vorgeworfen worden?

»Teufel sind das«, murmelte sie und warf einen entsetzten Blick zum Höhleneingang. Die Klackadrin, so berichtete sie, lag nicht weit entfernt im Osten, eine Barriere, die ziemlich unregelmäßig verlief, die sich aber in allgemeiner Nord-Süd-Richtung bis weit nach Nordturismond hinein erstreckte und ihrer Meinung nach erst tief im Süden endete, vielleicht erst am Cyphrischen Meer, wo der Zimstrom die Küste berührte.

»Böse Träume, Alpträume, Wahnsinn – das bringt die Klackadrin. Es gibt dort Ungeheuer . . . Ungeheuer . . .« Sie schloß die Augen. Ich hatte lange nichts mehr gegessen, und als ich etwas von ihr erbat, brachte sie mir ein rohes Stück Opossum-Fleisch, das mir helfen konnte, bei Kräften zu bleiben. Es war strähnig und hart.

»Vielleicht gehen die Phokaym eines Tages fort und lassen uns endlich in Frieden«, sagte Ooloo. Aber es war klar, daß sie daran nicht mehr glaubte.

Indem ich es immer wieder versuchte, vermochte ich schließlich meine Finger in den blutroten Fesseln ein wenig zu bewegen. Ich bemühte mich weiter, wobei ich in wohlabgewogenem Takt einen Muskel nach dem anderen bewegte und auf diese Weise den Blutkreislauf in Gang zu halten versuchte. Wenn ich fliehen wollte, hatte ich keine Zeit, mich erst von den Nachwirkungen der einschnürenden Fesseln zu erholen.

Ich war gerade mit meinen Oberarmen beschäftigt, als waffenklirrend die Phokaym eintraten, um mich zu holen.

»Die Voryasen!« flüsterte die alte Ooloo. Als ich mit viel Geschrei ins Freie gezerrt wurde, sagte sie: »Jikai! Jikai!«, und ich glaubte sie schluchzen zu hören.

Wir Krieger fanden die Ochs immer ein wenig lächerlich, wenn sie mit ihren kleinen, runden Schilden zum Kampf antraten, doch seit meiner Begegnung mit der alten Ooloo in der stinkenden Höhle der Phokaym sind diese Wesen in meiner Achtung gestiegen.

Wolken trieben am Himmel dahin, und die Frau der Schleier, der vierte Mond, glänzte heller als sonst, während die Jungfrau mit dem Vielfältigen Lächeln, der erste Mond, bereits tief über der Owlarh-Öde stand.

Die Sklaven der Phokaym waren in erster Linie mit dem Sammeln von Nahrung und der Herstellung von Werkzeugen und Gebrauchsgegenständen beschäftigt. An diesem Abend sollte nun ein besonderes Schauspiel stattfinden, eine Gelegenheit für die Phokaym, ihre absolute Macht zu demonstrieren. Ein Mann sollte den Voryasen zum Fraß vorgeworfen werden. Dementsprechend wurden mehr Fackeln als üblich angezündet, die Sklaven wurden aus der Umgegend herbeigerufen, und zahlreiche krumme Äste, die mühsam gesammelt worden waren, wurden von den Phokaym in Brand gesteckt, um die Feier zu erhellen.

Auch zahlreiche Phokaym hatten sich eingefunden, und ich sah, wie Steinkrüge von Klaue zu Klaue wanderten. Schuppen glitzerten im Licht der Fackeln. Es war schwierig auszumachen, wo die künstliche Panzerung begann und die schuppige Haut der Phokaym aufhörte. Ich wurde zum Rand einer tiefen Grube gezogen. Über der Öffnung waren einige Stützen zusammengebunden und bildeten eine Art Kran. Die Phokaym näherten sich der Grube. Ich wurde mit dem Kopf nach unten an den gefesselten Fußgelenken aufgehängt – an einem aus trockenen Fasern geflochtenen Seil. Rotes und orangefarbenes Fackellicht beleuchtete die Szene und ließ zwischen den Felsen und kärglichen Büschen unheimliche Schatten zucken.

Dann wurde ich hochgerissen. Ich hing mit dem Kopf nach unten am Seil und drehte mich hin und her. Der Kranarm wurde gedreht, und ich schwebte über der Grube. Ich blickte nach unten.

Ein Voryas ist eine Abart der Risslaca, die aus einem Alptraum stammen könnte – halb Krokodil, halb Tylosaurus, ein riesiges Maul voller Zähne, ganz Maul und Muskel, dazu ein wendiger, schuppenbedeckter Körper und ein stumpfer Schwanz.

Ich war gefesselt und somit völlig hilflos, obwohl ich meine sämtlichen Waffen bei mir hatte. Mit dem Kopf voran pendelte ich über der wassergefüllten Grube, in der es von den Scheusalen wimmelte. Die Wesen erhoben sich zischend und fauchend von der Wasseroberfläche, die Reihen ihrer Zähne schimmerten, die bösen Augen glühten rot und starrten mich entschlossen an.

Die Phokaym vergnügten sich.

Sie ließen das Seil nach, so daß ich mich der Wasseroberfläche näherte. Die Voryasen begannen hochzuspringen – riesige Schuppengestalten, die mattgrün und braun schimmerten und wütend fauchend zurückfielen, als das Seil hastig wieder angezogen wurde.

Und wieder ging es hinab und hinauf, und die Voryasen sprangen und tobten, und die Welt rötete sich mit all dem Blut, das mir zu Kopf stieg, und meine Augen drohten aus ihren Höhlen zu treten; mein Körper wurde allmählich gefühllos.

Mit einer gewaltigen Anstrengung vermochte ich mich hochzuwenden und nach oben zu blicken. Ein Phokaym, dessen Fänge nicht weniger gierig blitzten als die Mäuler der Voryasen unter mir, hielt eine rauchende Fackel in der Hand. Die grellen Flammen berührten das Seil, das mich über der Grube hielt.

Wütend kämpfte ich gegen die blutroten Fesseln, die aber nicht nachgaben.

Wenn ich zur Seite schwingen konnte, erreichte ich vielleicht den Stützpfeiler des Balkens, an dem ich hing. Der Gestank, das Geschrei, die Kakophonie der tödlichen Zeremonie – dies alles ließ mich schwindeln. Ich war hilflos. Unter mir sahen die Wasserungeheuer den Fackelschein, und ihr Zischen verstärkte sich.

Sie wußten, was geschehen würde, wenn sich das Feuer durch das Seil fraß.

Sie wußten es!

Ich schwitzte, alles wirbelte um mich. Ein einziges Zuschnappen der riesigen Gebisse, und ich war in zwei Hälften geteilt!

Auf eine Rettung in letzter Minute konnte ich nicht hoffen. Es gab auf weite Entfernung niemanden, der mir helfen konnte – niemanden auf Kregen!

Ich sah, wie einige geschwärzte Fasern des Seils rissen und sich wie abgebrannte Streichhölzer zur Seite ringelten. Das Licht der Fackeln stach mir in die Augen.

Das Kreischen der Phokaym gellte mir schmerzhaft in die Ohren. Ich schwang herum. Mein Mund war aufgerissen, und als ich sah, wie die letzte Faser riß, brüllte ich los ...

An dieser Stelle sind die Bänder aus Afrika zu Ende. Der folgende Bericht, den Bändern aus Südamerika entnommen, behandelt spätere Abenteuer Prescots auf Kregen. Das erste Band beginnt mitten in einem Satz. Zuvor erklingen einige undeutliche Geräusche; Gelächter und – vermutlich – das Knallen von Champagnerkorken. Dies paßt durchaus zu Prescot – wie Sie selbst wissen, wenn Sie seiner Schilderung bis hierher gefolgt sind.

Der Autor, der mir bei der Bearbeitung der Bänder eine wertvolle Hilfe gewesen ist, ein international bekannter Schriftsteller, bemerkte zu dieser Stelle – und ich glaubte Bewunderung in seinem Blick festzustellen: »Dray Prescot hat hier erfolgreich einem der ältesten klassischen Klischees gehuldigt.«

»Natürlich«, sagte ich. »Das entspricht seinem Stil.«

Ich frage mich allerdings, ob wir je erfahren werden, was am Anfang dieser Kassette nicht richtig aufgenommen wurde. Wie hat es Dray Prescot geschafft? Wer mit seinen Abenteuern vertraut ist, hat keine Zweifel, daß er es schaffen konnte.

Und dann haben wir noch den Hinweis des Phokaym-Zahns, den Prescot später Pando schenkte. Wahrscheinlich war es ein Souvenir aus der Klackadrin.

Alan Burt Akers

. . . riß mich aus dem leichten Schlummer, in den ich gesunken war, diesmal lauter und drängender. Ich öffnete die Augen, fluchte und streckte eine Hand über das breite, zerwühlte Bett, auf dem das grünrote Licht der Doppelsonne eine Miniaturlandschaft aus Bergen und Tälern bildete. Das Licht spiegelte sich auf dem Griff meines Rapiers, als ich die Waffe packte. Wieder gellte der Schrei die schmale Schwarzholztreppe des *Roten Leem* herauf. Ich fluchte und stöhnte, denn meine Beine waren noch immer wie Pudding, und mein Schädel dröhnte. Als hätte mich ein Impiter mit seinen pechschwarzen Flügeln gestreift.

»Bei Makki-Grodnos stinkender Achsel – was geht hier vor?« brüllte ich.

Als der dritte Schrei ertönte, erkannte ich Tildas Stimme. Ich taumelte ein wenig und stützte mich am Bettpfosten ab. Der Holzboden mit den bunten Walfarg-gemusterten Teppichen schwankte unter mir wie das Deck einer Fregatte während der Brest-Blockade. Ich schüttelte den Kopf. Um meine Hüfte zog sich das alte rote Lendentuch, das Rapier blitzte in meiner Faust. Hastig griff ich nach der Main-Gauche und ging zur Tür.

Als ich sie erreichte, sprang sie auf, und der junge Pando erschien. Sein Haar war zerzaust, in seinen Augen stand ein roter Widerschein von den Sonnen, sein ganzer Körper war in Bewegung vor Wut und Aufregung. Er brüllte mir etwas zu, seine Worte überstürzten sich, und ein kleiner Dolch in seiner Hand bebte heftig.

»Die Pandriteverlassenen Teufel!« Er tanzte hin und her. »Sie beleidigen Mutter – Dray! Komm! Du mußt mir helfen!«

»Ich komme ja schon, Pando.« Ich marschierte auf den Ausgang los und prallte dabei an den Türpfosten. Pando packte mich am Arm und lenkte mich sicher durch die Öffnung. »Am besten ärgerst du sie nicht mit deinem Zahnstocher, Pando«, sagte ich. »Damit machst du sie nur wütend.«

»Ich töte alle!« kreischte er. Ich durfte nicht vergessen, daß er erst neun Jahre alt war und für ihn die Welt noch säuberlich in Gut und Böse geteilt war.

Als erriete er meine Gedanken, versetzte er mir plötzlich einen Tritt, um mich in Gang zu bringen. Ich wankte auf die Schwarzholztreppe zu, drehte mich um, mein Fuß verhakte sich in einem der Walfarg-Teppiche, und ich polterte Hals über Kopf die Treppe hinab. Unten prallte ich schwer auf.

Durch das Bogentor sah ich im Hauptraum der Schänke den Tresen mit den aufgereihten Amphoren, Glasbechern und zugedeckten Nahrungsmitteln – alles war ordentlich und sauber und wartete auf den Abend, da die Männer und Frauen aus Pa Mejab herbeiströmen würden, um sich unterhalten zu lassen.

Die Hauptattraktion des Lokals wehrte sich gerade gegen drei Männer. Es waren Raufbolde, die ihr Opfer gesucht und gefunden hatten. Während ich mich mühsam erhob und sie verwirrt anstarrte, hielt ich sie für Leemjäger, für Männer aus den Bergen im Westen, Männer, die sich womöglich bis an die Klackadrin heranwagen würden. Sie trugen Leempelze und breite Ledergürtel mit langen Rapieren und Dolchen, dazu hohe Reitstiefel – alles in allem kamen sie mir sehr kampfstark und etwas verschwommen vor.

Ich blinzelte.

Tildas Bluse war über beiden Schultern gerissen, ihre stattlichen Brüste waren entblößt, und die Männer lachten.

»Laßt los, ihr stinkenden Cramphs!« rief Tilda. Ihr langes schwarzes Haar wehte frei um ihren Kopf und hatte große Ähnlichkeit mit den Flügeln eines Impiter. Sie bekam einen Arm frei und versetzte einem Leemjäger einen Schlag in das ledrige, bartumrahmte Gesicht, woraufhin der brüllend zu lachen begann, Tildas Arm zurückdrehte und sein Gesicht nahe vor das ihre brachte.

»Ma Faril, du wolltest nicht für uns tanzen, als wir höflich darum baten – jetzt wirst du dich einer anderen Musik beugen. Hoch die Röcke!«

»Warte, bis wir ihn rausgeholt haben, Rast!« Er entblößte sein Glied.

»Halt!« rief einer der anderen, aber zu spät, denn Tildas nackter

Fuß hatte zielsicher getroffen. Der Bursche knickte zusammen wie ein Taschenmesser, umfaßte das edelste seiner Teile und rollte lachend und zugleich keuchend zur Seite.

Ja, es waren Raufbolde – wilde Männer vom Lande, die ihren Spaß suchten. Pando lief an mir vorbei und hieb wild mit dem Dolch nach dem Mann, der seine Mutter festhielt und von hinten unter die Röcke zu kommen versuchte. »Pando!« rief ich besorgt.

Der Mann versetzte Pando einen Rückhandschlag. Der Junge flog gegen einen Tisch, rollte über die Platte und fegte dabei eine Vase mit Mondblumen zu Boden. Der Fremde lachte gutmütig. Als er sich eben wieder über Tilda hermachen wollte, erblickte er mich an der Tür. Ich hielt Rapier und Main-Gauche in den Händen.

Er richtete sich auf und schob Tilda in die Arme des dritten Mannes, der sofort zupackte. Die Frau wehrte sich mit Händen und Füßen.

»Was haben wir denn hier – beim riesigen Armipand?«

Er zog sein Rapier aus der Scheide, und der Dolch folgte nicht minder schnell. Der Mann, den Tilda getreten hatte, richtete sich auf und wandte sich in meine Richtung. Sein Gesicht war noch schmerzverzerrt, Tränen standen ihm in den Augen. Einen Augenblick lang rührte sich niemand im Schankraum des *Roten Leem*. Ich wußte durchaus, daß ich in einer dummen Lage war. Mein Kopf brummte, als würden mir Ruder über den Kopf gedroschen.

»Du solltest die Dame lieber loslassen«, sagte ich nicht ohne Mühe.

Die Männer lachten. »Ein Tavernenmädchen soll eine Dame sein? Ha! Ha!«

Ich schüttelte verneinend den Kopf – was ein Fehler war. Sämtliche Glocken von Beng-Kishi dröhnten in meinem Schädel.

»Das ist kein Tavernenmädchen, sondern Tilda, die berühmte Unterhalterin – Tänzerin und Schauspielerin. Sie ist kein Abschaum wie ihr!«

»Ho! Ein Großmaul!« Der Anführer der Leemjäger nahm überraschend die Kampfstellung ein. »Ein Angeber mit Rapier und Dolch! Komm, kleiner Mann, unterstreiche deine Worte mit der Schwertspitze!«

Wenn ich sage, daß sich meine Beine wie Gummi anfühlten, stimmt das nicht ganz – ich spürte sie eigentlich überhaupt nicht, und meine Knie schienen weich wie Bananen zu sein. Ich machte einen Schritt vorwärts, und meine Rapierspitze beschrieb zitternde Kreise.

Die drei Männer wollten sich ausschütten vor Lachen.

»Zeig's ihm, wie du es dem Wirt gezeigt hast, Gorlan!«

Nath, der stämmige Wirt, lag hinter einem umgestürzten Tisch am Boden. Ich konnte nur seine Füße und seinen kahlen Schädel sehen. Das Gesicht war abgewandt, doch ein schmaler Blutfaden zog sich über den Boden. Er war nicht tot, denn er stöhnte – doch er mußte einen ziemlich kräftigen Schlag eingesteckt haben.

»Ich bin kein dicker alter Schänkenwirt«, sagte ich.

»Dann wollen wir feststellen, was du bist!« rief Gorlan und ließ seine Klinge vor mir hin und her zucken. Im nächsten Moment griff er an.

Ohne daß ich etwas dazu tat, reagierte mein Dolch. Er zuckte hoch, lenkte die Rapierklinge ab und trieb Gorlan zurück, dessen Gesicht sich plötzlich vor Wut rötete.

»Du elender Cramph!« brüllte er.

Wieder stürmte er vor, wild und kraftvoll, als wollte er mich mit seinem Körpergewicht erdrücken. Meine beiden Klingen schlugen ihn zurück. Metall traf klirrend und kreischend aufeinander, drehte sich in zahlreichen raffinierten Variationen und Wendungen. Er landete einen langen Schnitt an meinem linken Arm, doch dann drückte sich meine Rapierspitze in seinen Hals, und sein Dolch wirbelte durch den Schankraum davon; ich hörte ihn nicht fallen.

»O Gorlan«, sagte ich mit schwerer Zunge, während die Welt einen wilden Tanz um mich vollführte und purpurne und weiße Flecke meine Sicht behinderten. »Armer kleiner Gorlan!«

Er erbleichte. Es war ein wunderbarer Anblick, das dunkle Gesicht bleich werden zu sehen, während mich seine Augen entsetzt anstarrten.

»Dray!« kreischte Tilda.

Ich fuhr nach rechts herum, ließ meinen Rapier einen Winkel von neunzig Grad beschreiben und hielt die Spitze dem Mann entgegen, den Tilda getreten hatte und der sich jetzt mit blankem Schwert auf mich stürzte.

Meine linke Hand fuhr mit der Main-Gauche herum, und meine Faust knallte Gorlan ins Gesicht. Der Mann fiel wie ein Sack in sich zusammen.

Der zweite Leemjäger verhielt seinen Schritt, sein Rapier zuckte vor, und eine Zeitlang umkreisten wir uns. Mit einem Fluch schleuderte der Mann, der Tilda festhielt, sein Opfer von sich, zog ebenfalls seine Waffen und trat mir neben seinem Gefährten entgegen. Meine Augen ließen mich fast im Stich; ich wollte die beiden nicht töten, da sie mich bestimmt auch nicht umbringen wollten. Immerhin war dies eine harmlose Wirtshausrauferei um eine Frau, und sie wußten, daß das pandahemische Gesetz auch in Pa Mejab herrschte. Was mich betraf, so galt dasselbe. Tilda war wirklich eine berühmte Schauspielerin, die in dieser Hafenkolonie Pandahems lebte, weil sie aus Liebe geheiratet hatte und ihr Mann, ein Berufssoldat, getötet worden war, so daß sie sich nun mit ihrem neunjährigen Sohn allein durchschlagen mußte – dies alles sagte den Männern nichts, sie wollten nur ihr Vergnügen haben; mir bedeutete es aber um so mehr.

Also griff ich an, parierte, machte eine Finte und zog ihre Klingen auf meinen Dolch, während ich mit dem Rapier zustieß in dem Versuch, sie kampfunfähig zu machen. Und die ganze Zeit umwirbelte mich dröhnend der Schankraum, und mein Sichtfeld war verschwommen. Mit verzweifelter Anstrengung griff ich auf meine alten doppelhändigen Fechtkünste zurück und vermochte den zweiten Mann zu entwaffnen und mit einem durchtrennten Bizeps abzudrängen.

Der andere Bursche griff jedoch weiter an, und meine schwachen Beine waren nicht schnell genug. Doch wie ein Racheengel erhob sich plötzlich Tilda hinter ihm und hieb ihm einen Krug mit purpurnem Wein über den Kopf. Er ächzte und taumelte vorwärts, und sein Rapier bohrte sich in die Dielen, während er weiterstolperte, als wollte er ein Tänzchen machen, während der Wein ihm den Rücken herunterlief. Die Klinge schwang wild hin und her wie ein umgekehrt befestigtes Metronom.

Wie hypnotisiert von dieser rhythmischen Bewegung brach ich in die Knie, sank langsam vornüber und legte mich neben den Leemjäger – im nächsten Augenblick brach ganz Kregen über mir zusammen.

5

Nicht einmal mir verriet Tilda, welches ihr wahrer Namen war. Tilda war ihr Bühnenname, der Name, unter dem sie bekannt wurde. Welche persönliche Tragödie die Ursache ihres Dahinwelkens, wie ich es nennen möchte, in einer entlegenen Hafenkolonie war, wollte sie mir auch nicht sagen. Vermutlich hatte es mit ihrem

Mann zu tun, über den sie mir nur sagte, daß er sie gegen den Wunsch seiner Familie geheiratet hatte. Als Soldat war er dann nach Pa Mejab geschickt worden und hatte eines Tages im Kampf den Tod gefunden.

Sie war überaus stolz auf den Jungen, der ein hitziger, aber wirklich netter junger Bursche war. Sie war seinetwegen laufend in Sorge, tadelte ihn unentwegt, daß er nicht warm genug angezogen sei, nicht genug esse oder zuviel mit den anderen Kindern raufe. Doch trotz allem wußte sie, daß Pando der Sohn eines Soldaten war, daß er sich eines Tages zum Mann entwickeln mußte.

Ich muß zugeben, daß mir die beiden mit jedem Tag besser gefielen. In meinem Zimmer im *Roten Leem* fand ich ständig eine Vase mit frischen Blumen, und die Laken und Schlafpelze wurden mit zufriedenstellender Regelmäßigkeit gewechselt. Nath erholte sich von dem Schlag auf den Kopf und senkte meine Miete, als ich meinen Wachtdienst antrat, mit dem ich mein täglich Brot verdiente. Er wußte sehr wohl um die Anziehungskraft Tildas. Abends sang und tanzte sie vor seinen Gästen und rezitierte aus kregischen Dramen, Tragödien und Komödien – womit sie ihr Publikum oft zu Tränen rührte. Pando und ich pflegten uns ihre Vorstellungen zusammen anzuhören.

Der neunjährige Knabe hegte eine geradezu fanatische Bewunderung für seine Mutter. Tilda war, wie schon erwähnt, eine Schönheit – mit ihrer weißen Haut und dem schwarzen Haar, mit ihrer guten Figur brauchte sie keine künstlichen Hilfsmittel, um das Blut der Männer in Wallung zu bringen. Ihre violetten Augen und ihr voller Mund konnten vor Leidenschaft vergehen, konnten aber auch streng und herablassend sein, konnten die Hoffnungen jedes Mannes zunichtemachen, konnten ihn in Leidenschaft und bis zur Raserei treiben – und all dies auf der einzigen Bühne am Ende des Schankraums.

Pando ist ein beliebter Kindername in Pandahem, dem großen Inselreich, das im Wettbewerb mit Vallia steht. Am zweiten Tag meines Dienstes als Karawanenwächter wurde Pando von einem Calsanyfahrer als blinder Passagier entdeckt.

Der Aufseher, ein stämmiger Mann mit einem Kummerbund, das die Folgen zahlreicher Abende im *Roten Leem* einfaßte – und vermutlich auch die Zechtouren in anderen Schänken und Tavernen Pa Mejabs – zerrte Pando an einem Ohr herbei und führte ihn zu mir.

»Dray!« brüllte der Aufseher, Naghan der Bauch genannt.

»Dray Prescot! Schau mal, was hier mit den Läusen aus dem Pelz der Calsanys gefallen ist!«

Ich seufzte und starrte Pando mit gespielter Verzweiflung an.

»Wir haben keinen Platz für Passagiere, Naghan. Deshalb muß er sofort getötet oder allein zurückgeschickt werden... oder...?« Ich blickte Naghan den Bauch von der Seite an.

Er überlegte. »Wäre wohl das beste, wenn wir ihn gleich umbringen, denn er käme nie nach Pa Mejab durch – bei all den Leems und Wlachoffs, die ihm das Fleisch von den Knochen reißen und ihn verspeisen würden, bis kein Brocken mehr übrig ist.«

Pando, der sich unruhig im Griff der kräftigen braunen Hand bewegte, rollte erschrocken die Augen.

»Das würdest du mir doch nicht antun, Dray! Was würde Mutter sagen?«

»Ah!« sagte Naghan der Bauch, der offenbar großen Spaß an der Szene hatte. »Die arme Tilda! Tilda mit den vielen Schleiern! Wie sehr sie um ihr kleines Sicce-Lamm trauern wird!«

»Dray!« brüllte Pando.

Ich fuhr mir mit der Hand durch den Bart. »Andererseits«, sagte ich zu Naghan, »ist Pando mit seinem Dolch losgestürzt, um Tilda die Schöne zu schützen, als sie die Leemjäger vergewaltigen wollten. Wenn er so etwas tut, würde er dann nicht auch einen Leem angreifen?«

Naghan zupfte an seinem Ohr. »Hast du einen Dolch, Junge?«

Pando war nun ernsthaft böse. Er versuchte Naghan zu treten. »Wenn ich einen Dolch hätte, o Mann mit dem Bauch, hätte ich dich längst damit in deinen Wanst gestochen!«

»Oho!« rief Naghan lachend.

Und auch ich lachte – ja, wirklich, ich lachte! –, denn natürlich konnten wir Pando nicht in der gefährlichen Öde aussetzen – wir mußten ihn mitnehmen. Er war ein kluger Junge, voller Schabernack und Streiche, doch zugleich von angenehmem Wesen und schneller Auffassungsgabe – Eigenschaften, die ihm auf Kregen zum Vorteil gereichen würden, wo ein Mann ein Mann sein muß, wenn er überleben will.

Sein größter Fehler war die offenbar angeborene Unordentlichkeit. Was immer er berührte – es war hinterher nicht mehr zu finden, und sein winziges Zimmer im *Roten Leem* war ein einziges Chaos.

Die Karawane, eine lange Kette Calsanys, die Schwanz-an-Kopf stumpfsinnig dahinwanderten, gefolgt von einer Gruppe von

Packeseln, die man von den Calsanys fernhielt, war unterwegs nach Pa Weinob im Nordwesten. Pa Weinob war eine Vorpostenstadt, ein Teil des Einflußbereichs, den die Männer aus Pandahem im Hinterland der Ostküste auszuweiten suchten. Der Expansionsdrang stieß jedoch auf eine klare Grenze, dieselbe Grenze, die auch anderen Völkern Einhalt gebot, die nach Westen vorstoßen wollten. Die Klackadrin mit den unheimlichen Halluzinationen und den Phokaym wartete dort auf jeden, der sich zu weit vorwagte.

Ich habe bisher noch nicht davon gesprochen, wie sehr es mich betrübte, in einer Hafenstadt Pandahems zu sein, während ich doch am liebsten Port Tavetus oder Ventrusa Thole aufgesucht hätte, die beide zu Vallia gehörten. Die Schwierigkeit, eine Schiffspassage nach Vallia zu finden, war durch meinen Aufenthalt in einer Hafenstadt erhöht worden, die in ernster Auseinandersetzung mit Vallia lag. Hier Vallia zu erwähnen, war fast so selbstmörderisch, als wollte man in Magdag von Sanurkazz sprechen – oder umgekehrt. Ein kleiner Hoffnungsschimmer lag in meiner Beobachtung, daß zwischen Pandahem und Vallia weniger eine abgrundtiefe Feindschaft herrschte, sondern eher ein widerwilliger Respekt und die Entschlossenheit, den anderen kommerziell zu übertrumpfen. Von einem bodenlosen Haß, wie er am Binnenmeer zwischen Rot und Grün herrschte, war hier nichts zu spüren.

Naghan der Bauch hielt Pando im Trab und beschäftigte ihn in der Karawane, und der Junge lernte sehr schnell, sich von den Calsanys fernzuhalten, wenn sie Angst bekamen. Naghan selbst ritt einen Zorca – ein schönes Exemplar dieser anmutigen Reittiere. Es war lange her, daß ich einen Zorca gesehen hatte. In den Ländern rings um das Auge der Welt ritt man Sectrixes, und in den Unwirtlichen Gebieten waren die Nactrices weit verbreitet.

Meinen geringen Lohn – schwere pandahemische Silberstücke, die Dhems genannt wurden, und matte und verkratzte Kupfermünzen, Obs genannt, die ein Achtzigstel Dhem wert waren, sparte ich für Ernährung und Unterkunft und insbesondere für den Erwerb eines Zorca. Bitte bedenken Sie, daß Pa Mejab und Umgegend zivilisiert war – jedenfalls so zivilisiert, wie in dieser Lage zu erwarten. Ich konnte nicht einfach den Erstbesten niederschlagen und ihm Waffen und Ausrüstung, Reittier und Bargeld abnehmen, wie ich es manchmal in wilderen Zeiten getan hatte. Ich mußte mir alles verdienen, ebenso meine Passage nach Vallia. Ich habe seither verschiedentlich über den Umstand gelacht, daß der große und mächtige Dray Prescot, Krozair von Zy, Lord von Strombor, in dieser

Lage war; aber sie machte mir keine Schande. Hier war bisher nichts geschehen, was mir eine Gelegenheit des Fortkommens bot, und das muß ich weitgehend meiner Schwäche zuschreiben, die mich als Folge meiner Abenteuer befiel. Sie wissen, daß ich nach meinem Bade im Taufbecken des Zelph-Flusses ein tausendjähriges Leben zu erwarten hatte und daß ich nie krank wurde und meine Wunden schnell heilten. Mein Schwächezustand vermittelt also einen Eindruck von den Strapazen, die ich beim Durchqueren der Klackadrin zu erdulden hatte.

Hier befand ich mich nun wieder im Einflußbereich von Männern und Institutionen, mit denen ich gleich zu Anfang auf Segesthes zu tun gehabt hatte. Zwischen der Ostküste Turismonds, wo ich mich befand, und der Westküste Segesthes' lagen die Nordspitze Lohs, das geheimnisvolle Bergland Erthyrdrin, und Vallia – und ich war wieder unter Männern, die mit Rapier und Dolchen kämpften, die Großschiffe und Zorcas und Voves kannten. Ruderer und Sectrixes und die Krozairs von Zy – auch wenn diesem Orden meine ganze Loyalität gehörte – lagen hinter mir. Das gleiche galt für die Impiter und Corths, die mich ohnehin nicht über das große Meer nach Vallia tragen konnten.

Als ich mich erkundigte, ob die Pandahemer Flugboote besaßen – Fluggeräte, die im fernen Havilfar hergestellt und von den Vallianern eingesetzt wurden, antwortete man mir mit einem Fluch und einem Achselzucken. Offenbar verkauften die Havilfarer ihre Flugboote nicht nach Pandahem. Ebenso klar war mir, daß dieser Boykott hier nicht gern gesehen wurde.

Eine dünne Stimme begann fröhlich das Lied von den »Bogenschützen aus Loh« zu singen, und ich kehrte in die Gegenwart zurück. Pando hatte das Lied angestimmt, das mich sofort an Seg Segutorio denken ließ.

Obolya, ein ungewöhnlich großer und stämmiger Mann, der überall am Körper mit schwarzem Haar bedeckt war, versetzte Pando eine Kopfnuß. »Quake woanders, du elende Kröte! Kleiner Rast! Dein Gekreische geht mir auf die Nerven!«

Obolya war ein Wächter, der durch seinen Beruf zum seelischen Krüppel geworden war – Gefühle kannte er nicht. Er besaß einen Preysany, eine Art besseren Calsany, ein Reittier, das von Leuten benutzt wurde, deren Mittel nicht zum Erwerb eines Zorca ausreichten. Er hielt sich für unentbehrlich bei der Karawane, und Naghan behandelte ihn nicht ohne Respekt.

Obolya, dessen Name darauf hinwies, daß er der Erstgeborene

seiner Eltern war, hatte mir eine Handbreit Körpergröße voraus. Die anderen Karawanenwächter drängten herbei, um dem Spaß mit dem Jungen zuzusehen. Die Karawanenarbeit war langweilig, so daß jede Abwechslung begrüßt wurde. Und Obolya war bekannt; solange sich ihm nicht jeder neue Wächter unterworfen hatte, war er ständig auf eine Auseinandersetzung aus, die der arme Naghan nicht verhindern konnte – zu sehr schätzte er Obolyas Kampfkraft für die Karawane als ganzes.

Pando wich der instinktiven Reaktion des nächsten Calsany aus und eilte zu mir.

»Ruh dich einen Augenblick aus, Pando«, sagte ich, »während ich mit diesem schlaffen Armipand rede.«

Armipand war einer der Teufel, an die viele Pandahemer glaubten.

»Cramph!« brüllte Obolya. »Du hast ein Maul, das größer ist als das Cyphrische Meer! Ich muß es füllen – mit meinen Fäusten!«

»Pandrite möge dir beistehen, Dray Prescot!« sagte Pando ehrfürchtig. Er kannte mich jetzt lange genug, um zu wissen, daß ich eine Beleidigung nicht auf mir sitzen ließ; doch zugleich kannte er mich nur als schwachen und kranken Mann, der sich glücklich schätzen konnte, von Aufseher Nagan eingestellt worden zu sein, weil sich Tilda mit den vielen Schleiern für ihn eingesetzt hatte. Pando hielt den Atem an, und seine Augen wurden groß und rund.

»Krieche doch in den Bauch des Calsany zurück, wohin du gehörst!« sagte ich zu Obolya.

Daraufhin begann er zu stottern. Die schwarzen Borsten auf seinen Wangen und an seinem Kinn zitterten. Er deutete auf mich, legte den Kopf in den Nacken und brüllte seine Verachtung hinaus.

»Du cramphgezeugter Rast! Du, der du den Ausschuß eines Schmieds auf dem Rücken trägst!«

Damit meinte er mein Krozair-Langschwert. In dieser Gegend, wo man Rapiere und Dolche vorzog, trug ich das Langschwert auf dem Rücken – natürlich in der Scheide, die mir Sosie gemacht hatte, und mitsamt dem Köcher, den ich schon beschrieben habe. Die Waffe war in mancher Hinsicht fehl am Platze. Die Wächter trugen kurze Stoßspeere mit breiten Klingen für den Kampf auf größere Entfernung, bis die Rapiere ins Spiel gebracht werden konnten. Dazu kam es aber erst, wenn die Bögen ihren ersten Tribut gefordert hatten – und Naghan hatte mich in erster Linie als Bogenschützen eingestellt.

Er hatte zu mir gesagt: »Du trägst deinen gespannten Bogen in der Hand, den Pfeil auf der Sehne, Dray Prescot. So bewachst du meine Karawane. Dafür bezahle ich dich.«

Nun ließ sich Obolya über meine seltsame Waffe aus. Wie lange er sich mit diesen Beleidigungen aufhalten wollte, ehe er zur Tat schritt, wußte ich nicht. Ich war fast wieder voll bei Kräften; die frische Luft und das Sonnenlicht und die langen Märsche hatten meine Erholung gefördert. Doch wie immer versuchte ich einem überflüssigen Kampf und einer gefährlichen Feindschaft aus dem Weg zu gehen – so wenig mir sinnloses Autoritätsgebaren gefällt. Stolz und Hitzköpfigkeit sind eben üblich bei Typen, die nicht nachdenken; mein Kummer ist es, daß ich immer zuerst nachdenke – und dann oft genug trotzdem durchdrehe.

Obolya trug einen bronzenen Brustpanzer von ziemlich guter Qualität; doch darunter hatte er nur eine Ledertunika angelegt. Arme und Beine waren ebenfalls durch Leder geschützt, und auf dem Kopf trug er eine Lederkappe, die mit Eisen verstärkt war. Für einen Söldner war er nicht schlecht gepanzert; meine Klansleute hätten über seine Aufmachung natürlich nur gelacht, ebenso wie die schwer gepanzerten Kämpfer des Binnenmeeres. Ich trug nur meinen roten Lendenschurz. Mein Schlafzeug lag bei Pandos Sachen auf dem Rücken eines Packesels.

»Du beleidigst mich, Obolya. Aber da ich dich nicht deiner letzten Zähne berauben möchte, so schwarz und übelriechend sie auch sind, werde ich nicht gegen dich kämpfen.«

Die Zuschauer begannen zu grölen. Naghan der Bauch rannte schwitzend herbei und versuchte brüllend, uns wieder an die Arbeit zu treiben. Aber Obolya widersetzte sich, und Naghan erkannte, woher der Wind wehte; er zog sich hastig zurück und schwitzte noch mehr, weil er nun die Sicherheit der Karawane gefährdet sah, für die er verantwortlich war. Wieder begannen die Zuschauer zu brüllen, als Obolya seinen Speer hinwarf und sich zusammenkauerte. Er ließ eine lange Reihe von übelsten Makki-Grodno-Flüchen vom Stapel. Dann näherte er sich, um mir, wie er wollüstig verkündete, den Kopf abzureißen und ihn mir zwischen die Arschbacken zu stecken.

Er würde mich nicht umbringen, was er umgekehrt auch nicht von mir annahm. Bei unserem Kampf ging es einzig und allein um unsere Position in der Hierarchie der Karawanenwächter.

Ich reichte Pando den Langbogen. »Halt ihn über dem Boden, Pando. Der Bogen ist wertvoller als dieser Kleesh.«

Ein Kleesh ist ein übelriechendes, widerwärtiges Tier – und der Name führte dazu, daß Obolya schnurstracks zum Angriff überging. Sein Wutgebrüll entsprach dem eines Leem in einer Fallgrube.

Er stürmte los.

Er versuchte mich gegen seinen Brustpanzer zu drücken und mich in dieser Stellung zurückzubeugen, bis ich um Gnade flehte. Ich trat zur Seite und wollte ihm die Faust gegen das Kinn knallen – aber Obolya war nicht mehr da. Er war überraschend schnell. Er traf mich höher an der Brust, als er beabsichtigt hatte, denn ich hatte mich geduckt. Und das war mein Glück, denn ein Schlag seiner kräftigen Arme hätte mir den Atem geraubt.

»Dray!« brüllte Pando erregt.

Ich verzichtete darauf, mir die Brust zu reiben, wo sich der Schmerz ausbreitete, drehte mich herum, fing seinen Schlag mit erhobenem Unterarm ab und hieb Obolya mit aller Kraft ins Gesicht. Er sank auf ein Knie. Ich versetzte ihm einen Handkantenschlag in den Nacken, so daß er reglos ins Gras sank.

Einer der Zuschauer schrie auf. Ein anderer fluchte im Namen Armipands. Ein dritter lachte.

In Wahrheit war mir die kleine Übung gerade recht gekommen, und ich bedauerte schon, daß ich Obolya so schnell ausgeschaltet hatte. Eine kleine Schlägerei wäre mir gerade willkommen gewesen, denn es dauerte ungewöhnlich lange, bis ich meine alte Form zurückgewann. Die Phokaym und die Klackadrin hatten mehr an mir gezehrt, als ich angenommen hatte.

Pando bückte sich und nahm einen gelben Gegenstand aus dem Gras. Er hielt mir das Gebilde vorsichtig hin.

»Dies ist dir aus dem Lendenschurz gefallen, Dray.«

Ich nahm das Ding. Es war ein fünfzehn Zentimeter langer Zahn, den ich mir zur Erinnerung aus dem Kiefer eines Phokaym gebrochen hatte. Ich wollte die Spitze schon wieder einstecken, als ich Pandos neugierigen Blick bemerkte.

»Was ist das, Dray? Sieht aus wie ein . . . ein Risslacazahn.«

Wenn ich ihm verriet, woher der Zahn kam, würde er mir nicht glauben. Niemand, der mich nicht kannte, hätte mir geglaubt.

»Es ist wirklich ein Risslacazahn, Pando. Hier.« Ich gab ihm den Zahn. »Behalte ihn als Erinnerung an diesen Kampf. Jungen sammeln doch alles – ich möchte wetten, daß deine Freunde so etwas nicht besitzen.«

Pando griff eifrig danach. Doch als er den Zahn in der Hand herumdrehte, sagte er: »Der junge Enky hat einen Risslacazahn, der fast so groß ist. Und Wil hat eine Klaue, die sein Vater angeblich einem Risslaca abgeschnitten hat.«

Pando plapperte unentwegt über den Kampf. Ich nahm meinen Bogen zur Hand, legte einen Pfeil auf und ging wieder auf meinen Posten. Einige Wächter, die schon Obolyas Fäuste zu schmecken bekommen hatten, halfen ihm auf. Ich sah, daß er verwirrt den Kopf schüttelte und dann schwerfällig auf die Beine kam. Die Karawane hatte während des Zwischenfalls nicht haltgemacht; wir waren schon im Einflußgebiet von Pa Weinob.

Ich sagte: »Laß nur deine Mutter nicht hören, wenn du ›Die Bogenschützen von Loh‹ singst«, sagte ich zu Pando. »Du bist immerhin erst neun Jahre alt.«

Als ich seinen tadelnden Blick sah, fuhr ich fort: »Ich selbst finde das Lied großartig, und vor mir darfst du es auch singen, wann du willst.«

Ein Ruf von der Spitze der Karawane, dem eine Reihe schriller Schreie folgte, zeugte von neuem Ärger. Ich lief an der Reihe der Calsanys entlang nach vorn, doch als ich den ersten Wagen erreichte, war das Problem bereits gelöst. Der Zhantil war von den breiten Speeren der Vorauswächter bereits getötet worden. Das tote Tier war mittelgroß und etwa so lang wie ein Leem. Das Fell wies herrliche braunrote Tigerstreifen auf; aus der dichten goldenen Mähne sickerte Blut und beschmutzte die strahlende Schönheit des Fells. Mir tat um das Tier leid, und ich wußte, daß viele Angehörige der Karawane ähnlich dachten. Wenn wir uns auch der Zhantils erwehren mußten, sobald sie uns angriffen, empfanden wir doch nicht den Abscheu vor ihnen wie etwa vor den Leems.

Schweratmend näherte sich Naghan der Bauch und begann die Wächter auszuschimpfen.

»Dummköpfe! Idioten! Seht euch das herrliche Fell an! Aie – das hätte uns viele Dhems bringen können, wenn ihr es nicht so durchlöchert hättet!«

Ein Bogenschütze, Encar der Dunkle genannt, fluchte und rief: »Wir haben das Biest getötet, Naghan, weil es uns töten wollte!«

»Naja«, sagte Naghan und wischte sich über Stirn und den Hals. »Ihr hättet ein wenig geschickter sein und den Pelz schonen können.«

Pando und ich sahen uns an, und der Junge begann laut zu lachen. Einige Wächter fielen in unser Gelächter ein.

»Naghan«, sagte ich, »gibst du uns ein Stück von dem Fell, damit sich Pando eine schöne neue Tunika machen kann? Denk daran, er ist der Sohn Tildas der Schönen.«

»Eine Tunika für Pando? Aus Zhantilfell? Ho, ho – ich glaube, das würde Tilda mit den vielen Schleiern gefallen. Aie! Sie würde eine ganze Amphore mit bestem Jholaix-Wein für ein solches Kleidungsstück spendieren!«

Jholaix, das wußte ich, lag im äußersten Nordosten Pandahems; der Inselkontinent war in mehrere pandahemische Nationen zerspalten. Wein aus Jholaix war selten, teuer, sehr stark und angenehm auf der Zunge.

»Du alter Gauner!« sagte ich zu Naghan.

Doch der Aufseher stieg auf seinen Zorca, rülpste und blinzelte mir zu, woraufhin ich nickte und sagte: »Einverstanden.«

Pando und ich enthäuteten den Zhantil, soweit es nötig war. Wir hatten schließlich genug, um dem Jungen eine Tunika und einen schönen Gürtel zu schneidern. Ich wußte, daß ich die Amphore mit Jholaix-Wein würde bezahlen müssen, was ich gern tat – auch wenn ich damit den Augenblick meiner Abreise nach Vallia weiter verzögerte. Aber ein Blick auf das strahlende junge Gesicht Pandos und in seine entzückten Augen verriet mir, daß meine Delia aus den Blauen Bergen mich verstehen würde.

Naghans Diener, ein einäugiger glatzköpfiger Mann aus der Gon-Rasse, blieb bei uns, um den Rest des Fells und die Mähne mitzunehmen, die nach pandahemischem Gesetz Naghan gehörten. Als wir die Arbeit beendet hatten, war die Karawane schon ziemlich weit von uns entfernt, und ich trieb Pando zur Eile an. Das zusammengerollte blutige Fell warf ich mir über die Schulter.

Der plötzliche Hilfeschrei ließ mich herumfahren und den Pelz zu Boden werfen. Augenblicklich hob ich meinen Bogen.

Aber es bestand keine Veranlassung zum sofortigen Eingreifen.

Der Mann, der aus einer Gruppe Missalbäume auf uns zukroch, war verletzt, und seine Axt schimmerte blutig. Er versuchte sich aufzurichten und auf uns zuzulaufen, doch dann brach er wieder zusammen. Sein Körper zuckte und rührte sich nicht mehr.

»Dray!« brüllte Pando.

»Nimm das Fell, Pando! Schnell zur Karawane zurück – beeil dich!« Dann wandte ich mich an den Gon: »Und du läufst auch! Warne Naghan – die Karawane wird angegriffen!«

Denn hinter dem Mann, der in seinem Blut zusammengebrochen war, sah ich die wölfischen Umrisse von Halbwesen, die sich auf Preysanys der Karawane näherten – ihre schmalen Gestalten waren hinter den Missals kaum zu erkennen. Ihre Waffen blitzten im Licht der Zwillingssonne. Die Räuber mußten den Wagenzug in wenigen Sekunden erreicht haben.

Ich schoß auf den ersten Reiter, warf mir den Bogen über die Schulter, eilte zu dem Gefallenen und stemmte ihn mir auf den Rükken. Er war unglaublich groß und dünn. Als ich ihn hochhob, gingen seine Augen auf, und er keuchte. Seine rechte Hand entspannte sich nicht, sie umklammerte den Schaft der Axt.

»Banditen!« Er brachte das Wort gepreßt heraus, und ich erkannte, daß er seine letzten Kräfte verausgabt hatte, um die Karawane zu warnen. »Banditen!«

»Beruhige dich, Dom«, sagte ich.

Dann rannte ich zur Karawane zurück, wo bereits ein erbitterter Kampf tobte.

6

Die Wächter im mittleren Teil der Karawane waren in ärgster Bedrängnis. Der Wagenzug stand, und die Calsanys liefen durcheinander. Hastig ließ ich den großen Mann mitsamt seiner Axt neben Pando zu Boden sinken, brüllte dem Jungen zu, er solle sich verstecken, und zog meinen Langbogen.

Es war fast zu spät für diese Waffe, doch ich vermochte noch vier Angreifer niederzustrecken, ehe eine Gruppe von vier Banditen ihre Preysanys herumzog und speerschwenkend auf mich zuhielt.

Ich zog mein Langschwert aus der Scheide auf meinem Rücken, was mich allerdings große Mühe kostete. Ich mußte mich ziemlich verdrehen, um den Griff zu packen. Doch als die gefährliche Krozairwaffe in meinen Händen lag, war ich bereit, mich den Banditen zu stellen und mir den Lohn zu verdienen, den Naghan der Bauch zahlte.

Das Rapier und der linkshändig geführte Dolch sind ausgezeichnete Waffen, wie ich schon verschiedentlich betont habe – doch sie sind nicht das Ein und Alles. Inzwischen waren die Banditen und die Wächter in einen verbissenen Nahkampf verstrickt – die breiten Speere lagen am Boden, und Rapiere und Main-Gauches, die Jiktars und Hikdars schnitten und wirbelten und stachen in wildem Getümmel nach dem Gegner.

Ich forderte die herbeigaloppierenden Banditen mit einem lauten

»Hai! Jikai!« heraus, und schon schlug das große Krozairschwert eine Bresche des Todes in ihre Reihen. Es trennte dem ersten den Kopf vom Rumpf und fuhr zurück, um sich in den rapierführenden Arm des nächsten Angreifers zu bohren. Die Wesen spornten ihre Preysanys an, was zu ihrem Untergang führte, denn ich konnte sie mit dem Langschwert erreichen, bevor sie an mich herankamen. Der erbitterte Kampf nahm seinen Fortgang. Mir kam das Gefecht seltsam unausgeglichen vor, denn die Berittenen hatten mit ihren kürzeren Waffen gegen mich keine Chance. Trotzdem mußte ich mich beeilen, denn aus dem Augenwinkel erhaschte ich einen Blick auf Pando, der mit einem Dolch dem Preysany eines Banditen die Achillessehne durchzuschneiden versuchte. Wenn ihm etwas geschah . . .!

Sicher verzehrte sich Tilda bereits vor Sorge, was aus ihrem kleinen Teufel geworden war – und wenn ich zurückkehrte und ihr berichten mußte, daß er bei mir gewesen und getötet worden war . . . nein, das konnte ich nicht!

Mein Langschwert wurde zu einem blutigen Schatten. Die Banditen sanken vor mir zu Boden. Sie gehörten vielen menschlichen und halbmenschlichen Rassen an: Fristles, Ochs, Rapas, Gons, alle streckte ich nieder.

Ich sah Obolya, der wie ein Teufel kämpfte und einen Gegner aufspießte, während er den nächsten mit dem Dolch abwehrte; er lachte wild. Auch Naghan den Bauch sah ich kämpfen. Er hieb mit einem breiten Speer um sich, der von der Höhe seines Zorca aus die Banditen auf Abstand hielt.

Ich zog mein Langschwert zurück und stieß es in den Hals eines Och, der unvorsichtigerweise seinen kleinen Schild gesenkt hatte. Gleichzeitig trat ich zur Seite, um dem Hieb auszuweichen, den seine letzte instinktive Bewegung ausgelöst hatte. Ich sprang über seinen fallenden Körper. Mit einem Vorhandhieb streckte ich einen Rapa nieder, der seine Zeit damit verschwendete, mich anzuschreien. Er ging mit abgesäbeltem Schnabel zu Boden.

Im nächsten Augenblick sprang ich über einen Preysany – meine Muskeln arbeiteten wieder mit alter Kraft – und tötete den Reiter, der sich viel zu spät duckte. Ich landete auf beiden Füßen, hieb einen weiteren Rapaschnabel in Stücke und arbeitete mich auf diese Weise langsam auf Pando zu.

Der Junge schrie auf, als ich ihn mir unter den linken Arm klemmte. Ich versetzte ihm einen Schlag mit der Breitseite des Schwerts, woraufhin er wie ein gefangener Leem kreischte.

»Still, du Sicce-Wicht!«

Ein Rapa, dessen Raubvogelgesicht im Blutrausch bebte, machte Anstalten, seinen Speer in Obolyas Bauch zu rammen. Ohne aus dem Laufrhythmus zu kommen, schwang ich mein Langschwert in flachem Bogen herum. Die Klinge traf zuerst den rechten Arm des Rapas und beseitigte die Gefahr für Obolya – dann bohrte sich die Waffe in die Flanke des Rapas. Er trug einen Brustpanzer aus Bronze; der bot der Krozairklinge keinen Widerstand.

Ich zerrte meine Waffe wieder heraus, fuhr herum, wehrte einen Rapierhieb ab und vermochte die Klinge mit einem Schlenkern des Handgelenks – das bei einem Rapier sehr leicht, bei einem Langschwert aber sehr schwierig ist – in die Kehle des Banditen zu stoßen. Er spie einen Schwall Blut und sank zusammen.

Obolya war wieder auf den Füßen und starrte mich düster an.

»Wie viele sind es denn noch, Obolya, in Zairs Namen!«

»Genug, daß ich dir meine Schuld abtragen kann, Dray Prescot.«

Ich hatte keine Zeit, mich über diese Bemerkung zu wundern. Die Banditen bedrängten uns, und wir Wächter verdienten uns redlich unseren Lohn. Als ich es geschafft hatte, Pando zwischen ein paar Esel zu drängen – die weitaus friedlicher sind als die Calsanys –, und als eine weitere Banditengruppe niedergekämpft war, begann ich zu hoffen, daß wir gewinnen konnten.

Die Räuber hatten uns hier am Rand der kultivierten Gebiete aufgelauert – in der Annahme, daß unsere Wachsamkeit nach der langen Reise nachlassen würde. Doch Naghans lautes Geschrei, das die Wächter anfeuerte, dazu Obolyas dämonenhafter Kampfstil und schließlich mein Langschwert, das keinen Gegner ungeschoren ließ – dies alles war zuviel für sie.

Langsam senkte sich der Staub, den die fliehenden Preysanys aufgewirbelt hatten.

Ich eilte zu einem Preysany, aus dessen Sattel ein Mann hing; ein Fuß war noch in den Steigbügel verhakt. Ich löste ihn von dem Tier und schwang mich in den Sattel.

Naghan brüllte: »Du brauchst sie nicht zu verfolgen, Dray! Die haben die Schnauze voll! Die kommen nicht mehr zurück!«

Ich ritt zu einem anderen Preysany hinüber, der an dem blutigen Kragen seines Gon knabberte, seines früheren Herrn. Der abgetrennte Kopf lag ein Stück weiter im blutbefleckten Gras. An diesen Mann erinnerte ich mich. Ich nahm die Zügel und zog das Tier fort, das mir zögernd folgte.

Ich sagte zu Naghan dem Bauch: »Ich beanspruche diese beiden Preysanys für Pando und mich. Einverstanden?«

Er rückte seinen mächtigen Bauch im Sattel zurecht, runzelte die Stirn und nickte schließlich. »Du sollst sie haben, Dray Prescot – es ist mir ein Vergnügen. Nach den Bedingungen unseres Vertrages gehören sie mir, wie du weißt. Ich werde sie dir von deinem Lohn abziehen.«

»Naghan!« brüllte ich. »Du bist der widerwärtigste Halsabschneider, der mir je begegnet ist!«

Er lachte und wischte seine Speerklinge ab, was ihm großen Spaß zu machen schien. Ich lachte nicht, sondern rief: »Hai!« Naghans Zorca fuhr zusammen und sprang in die Höhe. Der Aufseher wurde in gestrecktem Galopp über die Ebene getragen. Verzweifelt klammerte er sich fest, um nicht herunterzufallen.

Hinter mir erklang dröhnendes Gelächter, und als ich mich umdrehte, erblickte ich Obolya, dessen haariges Gesicht zu einem boshaften Grinsen verzogen war.

»Der Umgang mit dir ist wahrhaft nicht leicht, Dray Prescot.«

Auf meinem Gesicht zeigte sich keine Überraschung. Der Kampf, den wir eben hinter uns gebracht hatten, war ein einfaches Grenzscharmützel gewesen, ein Kampf, von dem man kein großes Aufhebens machen sollte – jedenfalls war er nicht mit den großen Schlachten meines Lebens zu vergleichen. Aber natürlich kann man in einer solchen Auseinandersetzung ebenso leicht umkommen wie in einer großen Schlacht.

»Das ist wahr, Obolya. Jeder, wie er es verdient.«

Er musterte mich einen Augenblick lang und ging dann seiner Aufgabe als Söldnerwächter nach – er suchte die toten Gegner nach Wertsachen ab. Damit war ich voll und ganz einverstanden. Die Beute war mühsam genug verdient worden. Aber als ich sah, daß Pando ebenfalls Leichen fledderte, wollte ich ihn wütend zu mir rufen. Mir schauderte bei dem Gedanken, was Tilda über sein Verhalten sagen würde – aber dann hielt ich mich zurück. So war das Leben. Sollte Pando sich ruhig die Toten ansehen, um die Härte des Lebens kennenzulernen – dann war er später vielleicht nicht so schnell bereit, einen Streit vom Zaum zu brechen oder einen Gegner umzubringen.

Ich ging zurück, um nach dem großen Mann zu sehen, den ich gerettet hatte. Doch zuvor rief ich Pando noch zu: »Gib dich nicht mit Kleinigkeiten ab, Pando! Nimm die besten Stücke!«

Unterwegs zog ich drei Banditen die Ringe ab. Das Blut erleichterte mir die Arbeit; die Schmuckstücke glitten leicht ab. Hätte ich die Finger abhacken müssen, um an die Ringe zu kommen, ich hätte es getan. Ich brauchte Bargeld für meine Passage nach Vallia.

Die Fahrer brachten die Gespanne wieder in Ordnung, und nach kurzer Zeit setzte sich die Karawane wieder in Bewegung.

Der große Mann, der noch immer unversorgt und über und über mit Blut verschmiert war, wurde quer über einen der Preysanys gelegt, die ich erworben hatte – und die Beute, die Pando und ich gesammelt hatten, kam in unsere Schlafsäcke auf das andere Tier. Pando hüpfte erregt herum, er lief hin und her und stieß schrille Schreie aus wie ein Indianer. Ich ließ ihn gewähren; er war ganz durchgedreht und mußte Dampf ablassen. Die seltsame moderne Vorstellung, daß die schreckliche Szene seinem Geist geschadet haben könnte, galt auf Kregen nicht. Hier hatte man die Wahl, sich als Sklave zu unterwerfen oder um Leben und Freiheit zu kämpfen. Er wuchs in eine Welt von großer Schönheit hinein; Kregen ist nicht nur barbarisch, sondern auch bunt und großartig – doch zugleich bereitete er sich auf die andere Seite dieser Welt vor – auf ihre Schrecken und den ständigen Existenzkampf.

Der junge Zorg, der Sohn Zorgs von Felteraz, Krozair von Zy, meines toten Ruderkameraden, und seine Schwester Fwymay – auch sie bereiteten sich darauf vor, in die Welt der Erwachsenen auf Kregen einzutreten, im fernen Felteraz an der Küste des Binnenmeers. Mayfwy, ihre Mutter, Zorgs Witwe, hatte wenig gemein mit Tilda, außer daß beide ihre Kinder liebten und den Verlust ihrer Männer schwer verwanden – doch als ich jetzt nachdenklich dahinwanderte, dachte ich an beide. Und ich dachte wie immer an meine Delia von den Blauen Bergen.

Als wir an diesem Abend unser Lager aufschlugen, war der Mann, den ich gerettet hatte, wieder so weit bei Kräften, daß wir ihn waschen konnten. Dabei stellte ich fest, daß die Blutkruste, die seine Haut bedeckte, im wesentlichen gar nicht von ihm stammte. Die große Axt ließ er keinen Moment aus den Augen. Er hatte eine riesige Beule davongetragen und war noch immer etwas durcheinander. Als er etwas Brot gegessen und Wein getrunken hatte – mittelmäßigen Rotwein aus einer Kellerei in Pa Mejab –, saß er mit dem Rücken an einem Baumstamm gelehnt und kaute auf einer Handvoll Palines herum, die ihm gegen seine Kopfschmerzen helfen sollten.

»Ich bin Inch«, verkündete er. »Aus Ng'groga!«

Inch berichtete, Ng'groga sei eine Nation im südöstlichen Teil des Kontinents Loh, an der Küste zum unerforschten Südmeer. Er war ein erstaunliches Individuum. Wie schon berichtet, war er unglaublich groß, von Kopf bis Fuß maß er über zwei Meter. Sein Kopf war mit seidenweichem gelbem Haar bedeckt, das ihm bis zur Hüfte herabhing und das er vor einem Kampf zusammenraffte und zu einem Helm aufsteckte. Er war hager, doch mir entgingen die Muskeln an seinem sehnigen Körper nicht. Im Augenblick bestand seine Kleidung aus einer zerrissenen braunen Tunika, die von einem Ledergürtel zusammengehalten wurde. Neben seiner großen Axt trug er am Gürtel ein langes Messer. Ein Schwert hatte er nicht.

»Ich habe mich als Söldner eingeschifft, wie es so viele junge Männer tun«, sagte er. »Aber dieses Leben schmeckte mir nicht. Dann wurde ich verraten – aber das ist verwunden – und als Sklave verkauft. Von dort floh ich und stieß zu den Banditen. Aber dieses Dasein war auch nicht das richtige.«

»Was geschah dann?« fragte Pando. Er hockte am Boden und saugte jedes Wort des Berichts in sich auf, den Inch natürlich mehr ausschmückte, als ich hier wiedergeben kann.

»Die Banditen sagten schließlich, sie wollten die nächste Karawane angreifen, alle Männer töten und alle Mädchen . . . äh . . .« Er warf einen Blick auf Pando und fuhr hüstelnd fort: ». . . wollten alle Mädchen entführen. Ich hatte eine Auseinandersetzung mit dem Anführer und ließ ihn in einem etwas veränderten Zustand zurück, möchte ich mal sagen – seine Ohren standen weiter auseinander als vorher.«

Bei diesen Worten fuhr er mit der Hand über die Axt, und ich konnte mir vorstellen, wie sich die mächtige Waffe in den Schädel des Banditenführers gebohrt hatte.

»Und?«

»Das war natürlich eine Dummheit von mir. Meine Tabus hatten mich nicht gewarnt – was wirklich seltsam war.«

In diesem Augenblick hörte ich zum erstenmal von Inchs Tabus – aber nicht zum letztenmal, o nein! Aber das werden Sie selbst noch erfahren.

»Ich ergriff also die Flucht, und sie verfolgten mich. Ich brachte viele um, die mir zu nahe kamen, aber dann schleuderte Lurgan der Schlaue einen Stein. Ich stürzte, und die Burschen hätten mir den Schädel eingeschlagen, wenn ich nicht meinen alten Helm aufgehabt hätten.« Seine lange schmale Hand betastete den Kopf und die lange gelbe Haarmähne. »Bei Ngrangi, es tut mir leid, daß ich das Ding verloren habe, jawohl!«

»Ja, ja!« sagte Pando. »Und dann?«

»Als ich schon annahm, es wäre um mich geschehen, und als die Karawane vorbei war, rief ich etwas, und dieser ungeheure Mann, Dray Prescot, nahm mich auf und erschoß Lurgan den Schlauen mit seiner Waffe, die, wenn ich mich nicht sehr irre, ein echter Bogen aus Erthyrdrin ist.«

»Ja«, sagte ich. Ich wollte Inch nichts von Seg erzählen, noch nicht.

In Pa Weinob, einer Stadt aus hohen Holzhäusern, die von einer Holzpalisade umschlossen war, mußten wir warten, bis die Waren für den Rückweg zusammengetragen waren. Ich ließ mir eine Frau empfehlen, die Pandos Zhantilfell gerben und aufbereiten sollte. Eine andere Frau, eine geschickte Schneiderin, nähte ihm daraus eine schöne Tunika und einen Gürtel. Als er das Gewand überstreifte und sich vor uns drehte, taten Inch und ich gebührend überrascht und erfreut. Pando machte wirklich eine gute Figur, und er war sehr glücklich.

Als die Waren schließlich verpackt, zu Ballen verschnürt und aufgeladen worden waren und wir die Rückreise nach Pa Mejab antraten, stand auch Inch als Wächter in den Diensten Naghans, und er und ich und Pando hatten uns auf eine Weise angefreundet, die mich überraschte. Für Pando dagegen schien alles selbstverständlich zu sein.

Als eines Nachts die Jungfrau mit dem Vielfältigen Lächeln am wolkenlosen Himmel stand, näherte sich Inch dem Feuer. Wir brieten gerade eine köstliche Voskkeule, die wir in der Stadt gekauft hatten. Er schnupperte, als er den angenehmen Geruch wahrnahm. Über dem langen blonden Haar trug er ein gewaltiges Stoffbündel – eine Art schlechtgebundenen Turban. Von seinem Haar war keine einzige Strähne zu sehen.

Pando stieß einen Schrei aus. »He! Inch! Das ist mein Schlafsack!«

Er begann dem anderen am Kopf zu zupfen.

Inch explodierte. Er sprang auf, schwenkte die Arme und kreischte Worte, die niemand verstand. Offenbar war es seine Heimatsprache, das Ng'grogische. Eine Haarsträhne sank herab. Inch kreischte, als werde er mit glühendheißen Zangen gekniffen. Er rannte auf das Feuer zu – er sprang *in* das Feuer!

»Inch!!«

»Du hast mich gezwungen, ein Tabu zu brechen!« brüllte er. Er trampelte im Feuer herum, und seine Sandalen begannen zu qualmen und brannten schließlich. Er schien keinen Schmerz zu spüren. Er drehte sich, er verstreute heiße Kohle, und die anderen Wächter brüllten wütend und sprangen vom Feuer zurück und klopften die Funken von ihrer Kleidung.

»Wenn die Jungfrau mit dem Vielfältigen Lächeln allein am Himmel steht, darf sie auf keinen Fall das Haar eines Mannes aus Ng'groga beleuchten! Das ist tabu!«

Ich packte Pando und rief den anderen Wächtern etwas zu, und wir zogen uns zurück. Ich wußte, wann es ratsam war, einen Mitmenschen mit seinen Tabus allein zu lassen.

Wenn Inch wieder einmal verrückt wurde oder feierlich einen Kelch mit Wein nahm und über seine linke Schulter entleerte, oder wenn er sich auf alle viere niederließ, das Hinterteil zum Himmel reckte und mit dem Kopf gegen den Boden hämmerte, ließen wir ihn in Ruhe, denn es war nicht ungefährlich, mit Inch und seinen Tabus zu leben.

Pa Mejab kam uns mit seinen Straßen und Holzhäusern, mit seinen Weinbergen und kühlen Obsthainen, seinem Hafen und dem Ausblick über das Meer recht einladend vor. Naghan der Bauch zahlte uns aus, und von meinem Lohn blieb sehr wenig übrig, nachdem ich alle meine Schulden bezahlt hatte – die Preysanys und die Zhantil-Tunika, für die ich eine Amphore mit Jholaix-Wein spendieren mußte.

»Wenigstens können Inch und ich heute abend ein Gläschen Jholaix mit dir genießen, ja?«

»Klar«, sagte Naghan und klopfte sich auf den Bauch. »Naghan ist ja großzügig!«

»Ayee!« sagte Pando recht unpassend.

Wir wanderten von der Karawanserei durch die belebten Straßen zum *Roten Leem*. Wenn wir ein wenig großspurig auftraten – naja, hatten wir nicht gefährliche Gebiete durchquert und gegen Tiere und Banditen gekämpft – und hatten wir die Karawane nicht sicher heimgebracht?

Ein lauter Schrei ertönte, als wir in die Taverne traten.

Tilda raffte ihr langes grünes Kleid, das auf dem Boden schleifte, stürzte mit wehendem Haar auf Pando los, schloß ihn in die Arme und erdrückte ihn förmlich.

»Pando! Mein Sohn Pando!«

Dann plötzlich . . .

»Pando! Du elender Sicce-Wicht! Wo hast du gesteckt!«

Und mit diesen Worten begann die schöne Tilda ihrem Sohn mit der Hand zuzusetzen. Sie vertrimmte ihn, polierte ihm die Kehrseite der neuen Zhantil-Tunika, bis Inch und ich einschritten.

»Es ist ja alles in Ordnung mit ihm, Tilda!« sagte ich – Dummkopf, der ich war. »Er ist mit der Karawane unterwegs gewesen, mit mir . . .«

»Mit dir! Dray Prescot! Da draußen – da draußen, wilde Tiere, Banditen, Stürme, Hunger, Krankheiten – da draußen! Also, Dray Prescot, ich werde dir . . .«

Sie ließ lange genug von Pando ab, um zu schreien: »Verschwinde! Verschwinde aus dem *Roten Leem*. Wenn du dich hier noch einmal sehen läßt, du gemeiner Entführer, kratze ich dir die Augen aus!« Sie riß sich einen Schuh vom Fuß und warf ihn nach mir.

»Raus! Raus!«

Inch und ich traten einen schmachvollen Rückzug an.

»Nette Freunde hast du, Dray.« Mehr sagte Inch nicht.

7

Tildas Wut verrauchte schnell, als ihr Pando endlich erzählen konnte, was wirklich geschehen war. Zur Strafe wurde er ohne Abendessen ins Bett geschickt, während Inch und ich in Gesellschaft Naghans und Obolyas den guten Jholaix genossen. Inch verschwand eine Zeitlang, und als er wieder auftauchte, blinzelte er mir zu und beugte sich zu mir.

»Kein Problem, die Rückwand hinaufzuklettern«, flüsterte er. »Der junge Knabe genießt gerade einen Voskkuchen und besäuft sich wahrscheinlich mit einem Fingerhut voll Jholaix!«

»Wenn Tilda ihn erwischt, und er dich verrät, Inch . . .«

Inch schien sich über seine Tat zu freuen. »Kleine Jungen ohne Abendessen ins Bett zu schicken, ist gegen meine Tabus«, sagte er und blinzelte.

Ich horchte auf. Inch schien mehr zu sein als ein guter Kamerad. Er lachte und berichtete, wie die Tabus einem Freund ein paar Hörner verschafft hatten, und Naghan und Obolya lachten ebenfalls.

Wenn ich den typischen Pandahemer beschreiben sollte, würde ich mir Naghan den Bauch zum Vorbild nehmen. Er war vom Scheitel bis zur Sohle ein Produkt seines Volkes. Gemütliche Burschen, die Pandahemer, gemächlich wie ihre Schiffe.

Obolya dagegen hatte sich zwar verändert, seit ich ihn vor dem Rapa gerettet hatte – aber er war mürrisch wie eh und je. Mir gegenüber bewies er einen wachsamen Respekt, der vermutlich das Ergebnis unseres Kampfes war. In meinen Augen paßte er gar nicht zu den übrigen Pandahemern. Ich hatte erfahren, daß die Insel Pandahem, die östlich von Loh und südlich von Vallia liegt, in eine Anzahl kleiner Staaten aufgeteilt ist. Die meisten werden von Königen regiert, die untereinander zerstritten sind. Diese Tatsache schwächte Pandahem. Pa Mejab, das nördlich von Ventrusa Thole lag, war eine Kolonie der pandahemischen Nation Tomboram.

Tomboram, so erfuhr ich, ist in fast jeder Beziehung ein angenehmes Land; es liegt im Nordosten Pandahems, nur das kleine Land Jholaix liegt noch weiter nordöstlich. Die Tomboramer sind ein fröhliches Volk; sie hatten mich bereitwillig aufgenommen, und obwohl sie ihre Nachbarn und Vallia und die geheimnisvollen Piratenschiffe bekämpften, die aus dem Südmeer heraufsegelten, zogen sie es doch vor, in einer Taverne zu sitzen und zu trinken. Dennoch konnte ich die Bitterkeit nicht vergessen, mit der die Vallianerin Thelda über die Pandahemer gesprochen hatte – sie hatte bei Vox geschworen, daß sie eines Tages alle vernichtet werden müßten.

Meine Delia war Vallianerin – sie war Prinzessin Majestrix des Landes. Die Menschen, bei denen ich nun saß, mit denen ich trank und sang, waren wirtschaftlich ihre Rivalen und auf dem Meer ihre Todfeinde.

Schon wurde wieder davon geredet, eine Expedition auszurüsten und einen Vorstoß gegen die vallianische Hafenstadt Ventrusa Thole zu unternehmen.

Meinen Kummer können Sie sich vorstellen; doch meine Entschlossenheit, nach Vallia zu fahren, kam keinen Augenblick ins Wanken.

Wenn ein Tomboramer Vallia erwähnte, dann gewöhnlich mit einem Fluch – man fühlte sich verraten und verkauft. Nein, die guten Leute aus Pa Mejab hatten nichts für die Vallianer übrig. Ich hörte von Verrat und Täuschung und begriff mit der Zeit etwas von diesen Gefühlen. Vallia galt als unerträglich mächtig, als fast allmächtig. Vallia verhöhnte alle anderen Nationen. Vallia schloß Verträge und brach sie achtlos wieder.

Tilda erwähnte eines Tages in einem Gespräch, daß Tomboram wachsende politische Schwierigkeiten mit einer pandahemischen Nation hatte, die weiter westlich lag, einer Nation, die sie »das verfluchte Menahem« nannte. Ich achtete nicht weiter darauf, obwohl ich wußte, daß Menaham nur wenige Dwaburs weiter nördlich eine Hafenkolonie gegründet hatte. Doch mein Desinteresse war ein Fehler; das verfluchte Menaham sollte wie auch Tomboram in meinem Leben noch eine große Rolle spielen, ehe ich Delia wiedersah.

Es näherte sich die Zeit, da die Armada aus Pandahem eintreffen mußte und Naghan der Bauch neue Wächter für seine Karawane brauchte.

Aufgrund der Piratengefahr auf den äußeren Ozeanen pflegten die großen Schiffe nach Möglichkeit in Konvois zu fahren, die Armadas genannt wurden. Naghan pflegte sein Doppelkinn und seinen Bauch zu schütteln und zu sagen: »Die Schwertschiffe machen einem Kaufmann das Leben schwer, möge Armipand ihnen die Kähne versenken! Wenn meine Karawane angegriffen wird, zwinge ich mich manchmal zu dem Gedanken, was für ein Glück es doch ist, kein Schiffskapitän zu sein!«

»Ich bitte dich, Naghan!« protestierte ich ahnungslos. »Auf dem Cyphrischen Meer und dem Sonnenuntergangsmeer kann es doch nicht so viele Schwertschiffe geben!«

»Es sind jedenfalls mehr als genug, Pendrite möge sie versenken!«

Nun, ich war in Segesthes gewesen und befand mich jetzt in Turismond – doch ich hatte noch nie das Meer überquert, das diese beiden Kontinente trennte.

Als die Glocken zu läuten begannen und die Menschen aus den Häusern strömten und in großer Erregung zum Hafen liefen, gehörte Pando zu den ersten, die unten ankamen – und ich lag nicht weit zurück.

Wir blickten über das Meer nach Südosten und erhoben ein großes Geschrei, als wir die Armada der Segel erblickten.

Es gab ein wildes Gebrüll, Halstücher flatterten, Hüte wurden in die Luft geworfen, Glocken läuteten, Menschen jubelten, Kinder hasteten durcheinander, und Hunde hechelten aufgeregt durch die Menge.

Als alter Seemann musterte ich die Gruppe der Segel mit etwas kritischerem Auge; ich erkundete den Wind und wußte, daß ich noch Zeit hatte.

Nachdem ich in einer nahen Schänke ein paar Gläser getrunken hatte, setzte sich Inch zu mir, und wir schlenderten zum Hafen zurück. Das erste Schiff glitt bereits durch die steinerne Hafeneinfahrt und an dem Leuchtturm vorbei. Die Möwen kreisten um die drei Masten, die Segel wurden eingezogen, und die Mannschaft versammelte sich mit Tauen auf dem Vorschiff. Eine Kapelle spielte.

Die Pandahemer nannten ihre breiten Schiffe Argenter. Sie besaßen eckige Segel; mit Lateinersegeln hätten sie wie Karavellen ausgesehen. Natürlich waren sie prunkvoll mit viel Gold und Holzschnitzereien versehen. Im Verhältnis zur Länge waren diese Schiffe sehr breit und solide gebaut – und deshalb sehr langsam. An den Fock- und Hauptmasten hatten sie Groß- und Topsegel, am Besanmast eine Rah mit Besansegel, und ein Klüversegel über dem Bugspriet. Ich hatte durchaus den Eindruck, als wären diese Schiffe sehr schwerfällig und nicht leicht zu manövrieren.

Im Vergleich zu diesen Seefahrzeugen kamen mir die vallianischen Schiffe, die ich später kennenlernen sollte, wie Galleonen vor – flach, stromlinienförmig und mit großartigen Segeleigenschaften.

Die Argenter erinnerten mich an die alten portugiesischen und spanischen Karavellen. Vielleicht wiederholt sich die Geschichte wirklich, wenn auch auf verschiedenen Welten, die durch vierhundert Lichtjahre voneinander getrennt sind.

Ich schaute zu, wie die Segel eingeholt wurden und die Schiffe beidrehten, ehe sie Anker warfen, und wußte, daß sie durchaus seetüchtig waren. Niemand hatte es eilig.

Als die Vorder- und Hauptsegel gestrichen wurden, verschwanden die riesigen, herrlich gemalten tomboramischen Symbole. Tomboram führte als Wappen die stolze bildliche Darstellung eines Quombora, eines mythischen Ungeheuers mit teufelsähnlichen Zügen, mit langen Fängen und Klauen, mit Flammenatem und Rauch. Die Topsegel am Fock- und Hauptmast zeigten die Symbole des jeweiligen Schiffes und des Eigentümers. Zahlreiche hellblaue Fahnen flatterten an den Masten.

Ein Schwarm Boote legte ab und hielt auf die Schiffe zu, und bald kehrten die ersten zum Pier zurück, um entladen zu werden. Die große Parade war vorbei. Für mich ging es als nächstes darum, eine Passage an Bord eines Schiffes zu arrangieren, wenn es nach Pandahem zurückkehrte.

In gerader Linie von Pa Mejab zum Haupthafen Tomborams beträgt die Entfernung etwa achthundert Dwaburs. Reisen dieser Größenordnung konnten von einem Schiff zurückgelegt werden, ohne daß es frisches Wasser oder neue Vorräte an Bord nehmen mußte; normalerweise machte die Armada aber irgendwo in Nord-Loh Station, an der Küste der gewaltigen Halbinsel Erthyrdrin. Wie ich gehört hatte, legten dort die Schiffe vieler Nationen an, die von den Erthyr geduldet wurden, solange sie Frieden hielten. Der Kurs nach Pandahem führte dann nach Südosten, außerhalb oder innerhalb der langen Inselkette, die dort parallel zur Nordostküste Lohs verlief.

Inch und Pando kehrten in den *Roten Leem* zurück, denn es gab sicher bald neue Kunden und Übernachtungsgäste für den alten Nath, während ich mich auf die Suche nach Naghan machte, um ihm auseinanderzusetzen, daß ich seine nächste Karawane nicht begleiten konnte. Ich wußte, daß er mich anbrüllen, mich verfluchen und mich der Undankbarkeit zeihen würde, aber meine Entscheidung stand fest.

Naghan der Bauch enttäuschte mich nicht. Außerdem warf er noch eine Weinflasche nach mir, mit der er sich im kleinen Zimmer des *Marsilus und Rokrell* beschäftigte. Ich duckte mich.

»Friede, guter Naghan, o Mann des Bauches! Ich habe dir gut gedient und deine Silberdhems genommen – trennen wir uns in aller Freundschaft.«

Er starrte mich düster an. Dann zog er ein Glas und eine neue Flasche heran, schenkte ein, und wir prosteten uns zu. »Du bist der beste Bogenschütze, den ich je in meinen Diensten hatte, Dray, du und dein großer lohischer Bogen. Ich habe schon viele Schützen gesehen, von denen dir einige fast ebenbürtig waren.« Er trank und wischte sich mit dem Handrücken über die Lippen. »Aber nie, nie zuvor habe ich so etwas gesehen wie dein Riesenmesser!«

Ich trank ihm zu und sagte: »Ich werde dich nicht vergessen, Naghan der Bauch. Kümmere dich um den jungen Pando und um die schöne Tilda.»

»Das werde ich tun. Beim Ruhme von Pandrite, ich schwör's!«

»Remberee, Naghan der Bauch.«

»Remberee, Dray Prescot.«

Ich kehrte zum *Roten Leem* zurück.

Auf den Straßen herrschte lebhaftes Treiben. Bündel und Ballen und Kisten und Tonnen wurden an Land gebracht, und Pa Mejab lebte auf. Es war ein Festtag – die Kolonie war in der Heimat nicht vergessen worden!

Wie Sie sich denken können, hatte ich die üblichen Erkundigungen eingezogen. Doch niemand hatte von Aphrasöe, der Schwingenden Stadt, gehört.

Als ich gerade meinen Fuß auf die Schwelle des Lokals setzen wollte, stutzte ich. Vor mir raste Pando aus dem Eingang. Seine

Augen waren weit geöffnet, sein Haar war zerzaust. Er sah mich nicht sofort, und noch während sein Blick auf mich fiel, packte ihn eine Hand an einem langen Arm, legte sich über seinen Mund und zerrte ihn zurück. Er verschwand.

Diese Hand gehörte nicht zu Inch, das wußte ich sofort. Ich wußte auch, daß der junge Pando zuweilen ein unausstehlicher Lümmel war, und vielleicht hatte er einen neuen Gast so geärgert, daß nun die Strafe auf dem Fuße folgte. Ich eilte ins Haus, um dafür zu sorgen, daß ihm nichts Schlimmes widerfuhr – und ärgerte mich gleichzeitig darüber, daß jemand anderes als seine Mutter Hand an ihn legte.

Der Lärm der Gäste im Schankraum übertönte jedes Geräusch von Prügeln, die vielleicht im Obergeschoß verabfolgt wurden. Eine ziemlich große Schar von Durstigen hatte sich bereits versammelt, um Neuigkeiten aus der fernen Heimat zu hören.

Ich erstieg die schmale Schwarzholztreppe. Als ich die oberste Stufe erreichte, sah ich, wie Tildas Tür zugeschlagen wurde.

Ich blieb sofort stehen und verzog das Gesicht. Kein Mann, der ein bißchen Grips hat, tritt in solchen Augenblicken zwischen eine Mutter und ihren Sohn. Doch mich überkam eine seltsame Unruhe. Es war nicht Tildas Arm gewesen, der Pando zurückgeholt hatte. Seltsam.

Zögernd trat ich vor Tildas Tür und lauschte. Außer heiseren Atemzügen dicht hinter der polierten Holztür hörte ich nichts. Ich gab mir Mühe, ruhig zu atmen.

Im nächsten Augenblick brüllte ein Mann schmerzerfüllt auf – als habe ihm etwa eine Frau in die Hoden getreten –, und eine Frauenstimme ertönte. Tildas Stimme!

»Hilfe! Hilfe! Mörder!«

8

Ich trat mit einer einzigen Bewegung die Tür ein und stürmte ins Zimmer.

Diesmal waren es keine betrunkenen Leemjäger, die sich vergnügen wollten.

Diese Sorte kannte ich. Die Männer waren Mörder. Es waren vier. Groß, schlank, selbstbewußt, sonnengebräunt, muskulös und raubtierhaft. Ihre Rapiere und Dolche waren schlicht, aber zweckmäßig.

Sie trugen dunkle Kleidung – einfache Tuniken und gutpolierte Lederteile, hohe schwarze Stiefel und breitkrempige graue Hüte; die langen blauen Federn warfen einen Schatten über ihre Gesichter, in denen die Augen leemhaft schimmerten.

Einer der Männer hatte Tilda um die Hüfte gepackt, und sein Dolch schwebte über ihrem weißen Hals. Ein zweiter stand bleich und zusammengekrümmt da und hielt sich den Bauch – und die beiden anderen fuhren zu mir herum. Keine schlechte Ausgangsbasis für den Lord von Strombor.

Ich hatte keine Zeit zum Nachdenken. Der Dolch sollte sich in Tildas Hals senken, und obwohl sich Pando verzweifelt zwischen die Beine des Angreifers warf, konnte er ihr so nicht helfen. Ich hatte Rapier und Dolch in den Händen und warf den Dolch. Die Waffe zuckte wie ein Sonnenstrahl durch das Zimmer und bohrte sich in den Hals über der schwarzen Tunika. Der Mann keuchte und ließ seine Waffe fallen. Die Knie knickten ihm ein; doch ich konnte mich nicht mehr um ihn kümmern, denn waffenrasselnd warfen sich die beiden anderen Männer auf mich.

Unsere Klingen trafen sich, und ich mußte dem Angriff zunächst etwas hilflos ausweichen, denn meine linke Hand war leer.

Ich stach dem ersten Angreifer in den Unterleib, zog mich zurück und hieb wild nach dem zweiten, allerdings ohne den Schlag zu vollenden. Ich sprang vielmehr zurück, so daß er mit seinem Dolch ins Leere parierte.

Daraufhin stieß ich ihm das Rapier ins Herz. Als ich die Waffe zurückzog, zeigte sich die Feigheit dieser Männer in der Handlungsweise des letzten. Er mußte erkennen, daß er einem Meisterkämpfer gegenüberstand und keine Chance hatte. Er warf sich also mit einem Hechtsprung durch das Fenster. Krachend verschwand er mitsamt dem Glas und einem Teil des Rahmens.

Mit einem Satz eilte ich zur Fensteröffnung und blickte hinab.

Der Mörder rappelte sich auf; sein Gesicht war noch immer grün von dem Tritt, den ihm Tilda versetzt hatte. Außerdem hatte ihm das zerspringende Glas zugesetzt.

Inch wanderte pfeifend auf den *Roten Leem* zu.

»Inch!« rief ich. »Wenn es nicht gegen deine Tabus verstößt, nimm doch bitte den Burschen in Gewahrsam – aber behandle ihn nicht zu sanft!«

»Oho!« sagte Inch, lief herbei und versetzte der Kehrseite des Mannes einen gewaltigen Tritt. Ich sprang aus dem Fenster, landete federnd wie ein Leem, packte den Burschen an seiner

Tunika und gab ihm einen kräftigen Nasenstüber. Das Blut spritzte, aber ich schlug ihn nicht bewußtlos.

»Rede, du Rast! Oder ich schneide dir die Leber aus dem Leib und röste sie!«

Er stotterte etwas, etwas von Marsilus und Gold, dann strömte ihm Blut aus dem Mund, und er brach zusammen.

Inch sah mich gekränkt an.

»So hart habe ich ihn nicht getreten, Dray. Auch dein Nasenhieb hätte keine Fliege umgebracht – warum ist er also tot?«

Ich war ärgerlich.

»Er muß sich bei dem Sprung durch das Fenster verletzt haben – vielleicht ist er auch verkehrt gelandet. Bei den widerlichen Nasenlöchern von Makki-Grodno! Der Bursche ist tot, und damit Schluß!«

Wir ließen ihn liegen, damit er von den Mobilen von Pa Majab mitgenommen werden konnte, die sich später mit unserer Erklärung des Tathergangs vollauf zufriedengaben. Wir kehrten zu Tilda und Pando zurück.

Der Fremde, den ich zuerst niedergestochen hatte, lag noch im Sterben. Doch es gab nichts weiter zu entdecken. Pando sammelte vier Rapiere und vier Dolche ein, die er später für gute Silberdhems wieder verkaufte, und Inch nahm die besten Lederstiefel, die ihm paßten – denn seine Füße waren ungewöhnlich lang und dünn. Auch ich bediente mich mit einem Paar – als kleine Ergänzung meiner Garderobe. Ebenso waren uns zwei der breitkrempigen Hüte willkommen, während die Tuniken weder Inch noch mir paßten – ich hatte zu breite Schultern, und Inch war zu schmal –, so daß wir den Rest der Sachen verkauften.

»Wenn nach den Burschen gefragt wird«, sagte ich zu Nath, dem Wirt, »dann sag uns Bescheid, bei Zim-Zair, und wir beschäftigen uns mit dem Fragesteller!«

Aber solange wir in Pa Mejab waren, belästigte uns niemand wegen der vier Männer.

»Sie sind hereinstolziert und wollten wissen, ob Schauspielerin Tilda und ihr Sohn Pando hier wohnten«, sagte der alte Nath, den der Zwischenfall ziemlich mitgenommen hatte. Er führte ein angesehenes Haus, was er auch tun mußte, denn sonst wäre Tilda nicht bei ihm aufgetreten. Solche Vorgänge gefielen ihm ganz und gar nicht.

Keiner der vier Toten hatte persönliche Dinge bei sich, die auf seine Identität schließen ließen. Abgesehen von dem Geld und den üblichen Gegenständen lieferten sie keine Hinweise. Inch überlegte, ob er sich diskret auf den Schiffen erkundigen sollte; doch Tilda sprach sich besorgt dagegen aus.

Ich hatte den Eindruck, daß sie vielleicht mehr über die Angelegenheit wußte, als sie verraten wollte. Schließlich waren Inch und ich Fremde für sie.

Nath hatte sämtliche Zimmer vermieten können, so daß es am Abend im Schankraum ziemlich voll war. Tilda hatte darauf bestanden aufzutreten, was Nath mit Erleichterung vernahm, denn ihre Berühmtheit hatte sehr zur Belebung seines Geschäfts beigetragen.

Als Tilda schließlich fertig war, brandete ein Applaus auf, der die Dachbalken erzittern und die Weinbecher klirren ließ. Sie setzte sich an meinen Tisch, wie sie es immer tat. Der alte Nath hatte nichts dagegen, daß ich einen Tisch besetzte, solange ich meine Getränke bezahlte wie jeder andere Gast. Zuweilen trank ich gar nichts, um mein mühsam zusammengekratztes Geld zu sparen, doch heute abend war das anders. Als Tildas leidenschaftlicher Vortrag gerade beginnen sollte, erblickte ich ein junges Paar am Eingang, das sich enttäuscht umsah. Sie war jung, schlank und schwanger. »O Pando«, sagte sie. »Es ist ja gar nichts mehr frei!« Ihr Mann war ein Soldat, ein Hikdar, der in seiner tomboramischen Uniform recht gut aussah. Natürlich bot ich den beiden Plätze an meinem Tisch an, und Wil, der an dem Abend bediente, brachte Gläser und Wein, so daß wir nach Tildas Auftritt bereits Freundschaft geschlossen hatten, wie es in den Grenzgebieten üblich ist. Inch hatte wieder mal ein Tabu gefunden und setzte sich nun ebenfalls zu uns, wobei er sich Sägespäne aus dem langen Haar bürstete.

Das junge Paar hatte viele Neuigkeiten zu berichten. Der Hikdar war Kavallerist und hoffte hier an der Grenze des pandahemischen Reiches viele Abenteuer zu erleben. Er hieß Pando – Pando na Memis. Seine Frau wurde Leona genannt.

»Memis«, sagte Tilda und hob ihren Weinkrug. »Das kenne ich – die hohen roten Klippen,die im Meer versinken, die Inseln und ihre Möwen – ah! Viele Millionen Möwen! – und der Wein!« Sie lachte. »Weitaus milder auf der Zunge als dieser Erthyrdrin.«

Pando na Memis sah sie verwirrt an und bestellte ihr sofort einen anderen Wein. Ein Großteil des kregischen Handelsverkehrs ist auf diese Art von Warenaustausch zurückzuführen. Es ist nun mal ein unangenehmer Zug der menschlichen Natur, daß das Gras des

Nachbarn stets grüner ist, und so wurde eben Wein aus West-Erthyrdrin in Turismond getrunken, während wir in Zenicce pandahemischen Wein genossen und die guten Jahrgänge Zenicces nach Vallia exportierten. Die vallianischen Weine wurden in alle Länder Kregens verschifft.

Trunkenheit gibt es auf Kregen selten. Nur wenige Kreger finden, daß sich ein erwachsener Mann betrinken sollte, und meine beiden Ruderkameraden Nath und Zolta, die sich durchaus zu vergnügen wußten, habe ich niemals im Vollrausch erlebt, wie er in gewissen sogenannten zivilisierten Ländern der Erde sehr oft anzutreffen ist. Die Kreger schlagen gern mal über die Stränge – das heißt, sie vergnügen sich. Sich bis zum Erbrechen zu betrinken, macht aber wirklich keinen Spaß.

Das Gespräch ging weiter, und Pando na Memis erzählte uns von seinen Zukunftsplänen, daß er sich auf einen Kampf freue – was Leona besorgt zur Kenntnis nahm – und daß die Tomboramer über die alte lohische Straße durch die Klackadrin vorstoßen wollten.

»Nachdem das alte Reich von Walfarg zusammengebrochen war«, sagte Pando, »muß sich das Land zurückentwickelt haben. Die Unwirtlichen Gebiete sind noch immer da und warten auf den Starken, der hineinreitet und die Macht übernimmt. Eines Tages, und zwar bald, werden die Tomboramer das tun – vor den Rasts aus Vallia oder Menahem oder sonstwoher!«

Ich brummte etwas vor mich hin, ohne mich direkt zu äußern.

Plötzlich fiel der Name Marsilus. Ein Adliger dieses Namens, alt, greisenhaft, schon ziemlich verrückt, war vor kurzem in Tomboram gestorben, und sein Vermögen, das unvorstellbar groß sein sollte, war einem Neffen zugefallen, der zugleich Neffe des Königs war. Pando na Memis pfiff durch die Zähne, als Tilda ziemlich heftig, so wollte mir scheinen, fragte: »Ist das Erbe denn wirklich so wertvoll?«

»Und ob! Es reicht an das Vermögen des Königs heran. Nachdem nun Murlock Marsilus, der Neffe, auf dem Erbe sitzt, wird sich der König freuen. Bleibt alles in der Familie. Der alte Marsilus hatte zwar einen Sohn, der aber leider gestorben ist.«

Vorsichtig erkundigte sich Tilda: »Ist der Sohn den enterbt worden?«

»Aber keinesfalls. Aber er ist tot – und es ging das Gerücht, er sei in Unehren verbannt worden. Er hätte unter seinem Stande geheiratet, so wird jedenfalls erzählt. Weiß doch jeder – sicher hast du auch davon gehört?«

»Ja.«

»Ich nicht«, sagte ich.

Nachdem ich erläutert hatte, wer ich war – ohne mich allerdings zu sehr an die Wahrheit zu halten, das möge Zair mir vergeben –, fuhr Pando na Memis fort: »Murlock Marsilus ist jetzt Kov von Bormark, aber es heißt, der alte Kov, der alte Marsilus, habe auf seinem Totenbett nach seinem Sohn verlangt. Er bedauerte seine Strafe für den Sohn, als er starb. Es hat auch einen Enkel gegeben – der natürlich keine Chance auf den Titel und das Vermögen hat, nachdem nun Murlock mit Einverständnis des Königs darauf sitzt.«

»Den alten Mann hatte das Entsetzen gepackt«, sagte Inch weise. »So etwas kennt man ja. Er wollte die Eisgletscher Sicces mit sauberer Seele und sauberen Händen betreten. Man kann sich die Szene vorstellen!«

Ich beugte mich vor. »Der König«, sagte ich, »und dieser Marsilus, Kov von Bormark, der gestorben ist. Waren sie Brüder?«

»Ja«, sagte Leona und lächelte mich an. »Du mußt aus einem wilden, ungezähmten Teil der Welt kommen!«

»Allerdings«, sagte ich. »Das kann man wohl sagen!«

Das Gespräch wandte sich anderen Themen zu, doch mir fiel auf, daß Tilda plötzlich sehr still geworden war. Der verhaßte Name Vallia wurde erwähnt – und allerlei Klatsch kam zur Sprache. Plötzlich machte mein Herz einen Sprung, als Leona mit einer gewissen Boshaftigkeit, die nach den Umständen erklärlich war, anmerkte: »Prinzessin Majestrix von Vallia! Diese stolze, hochmütige Dame! Ihr Vater, der Herrscher, hat ihr die Ehe verordnet . . .«

»Die Ehe!« brüllte ich – und entsetzt lehnten sich alle zurück. Sie mußten gesehen haben, wie sich mein Gesicht zu der Teufelsfratze verzog, die schon ganz andere entsetzt hatte. Ich zwang mich zur Ruhe. Meine Delia! Meine Delia, Prinzessin Majestrix von Vallia, wurde von ihrem tyrannischen Vater gezwungen, eine Ehe einzugehen – mit einem ungeliebten Dummkopf seiner Wahl! Ich mußte in diesem Augenblick mühsam an mich halten. Ich entschuldigte mich nicht, sondern sagte nur: »Du hast von Delia gesprochen, Leona. Bitte erzähle weiter.«

Leona kam meiner Bitte nach, auch wenn ihre Stimme zitterte. Und als sie weitersprach, überkam mich eine große, süße Erleichterung, und ich konnte wieder freier atmen. Denn meine Delia hatte sich ihrem Vater widersetzt. Sie hatte sich glatt geweigert, den Mann zu heiraten, der ihr bestimmt worden war. Sie hatte sich gegen die mächtige Person des Herrschers gestellt und ihm offen gesagt, sie würde nicht heiraten. Sie würde niemals heiraten!

Daraufhin tat mein Herz einen neuen Sprung.

Meine Delia hatte geschworen, *niemals* zu heiraten?

War das möglich? Glaubte sie wirklich, daß ich sie verlassen hatte, wie es der heimtückische Vallianer vorgehabt hatte, der mich betäubt unter den Dornefeubusch warf? Hatte der abgefeimte Plan Erfolg gehabt?

Ich mußte nach Vallia fahren – und doch, hatte ich es denn plötzlich eiliger als vorher? Wenigstens wußte ich, daß Delia in Sicherheit war und daß es ihr gut ging. Sie weigerte sich zu heiraten. Der Herrscher war noch bei bester Gesundheit und durchaus bereit, so berichtete Leona, abzuwarten und seine einzige Tochter als Jungfer schmoren zu lassen, bis sie den Mann seiner Wahl heiratete. Er wollte sie nicht zwingen; er wollte Zeit und Natur ihren Lauf lassen.

Es hatte einen Augenblick gegeben, da ich Delia aus den Blauen Bergen in den Armen gehalten und ihren geliebten Körper an mich gepreßt hatte. Und ich hatte gewußt, daß keine andere Frau auf zwei Welten ihr das Wasser reichen konnte – es gab nicht ihresgleichen! Dabei hatte ich viele Frauen gekannt, auffällig schöne Frauen, die arrogant und mächtig waren, geschmeidige, anmutige Frauen von kühner Schönheit, leidenschaftliche und mutige Frauen, und doch waren sie mir neben meiner Delia nur wie Kerzen neben der Sonne Zim vorgekommen. Ich war fest davon überzeugt gewesen, daß Delia mir die gleichen Gefühle entgegenbrachte, so wenig ich dieses Wunder verdient hatte. Delia war mein ein und alles. Nein – sie würde sich nicht von mir abwenden, sie durfte es nicht!

»Alles in Ordnung, Dom?« fragte Inch besorgt.

»Aber ja, lieber Freund. Habe ich eben ein Tabu gebrochen?« Er lachte leise, schob mir Wein hin, und ich trank und verdrängte fürs erste das Problem des vallianischen Herrschers. Aber die Frage war noch nicht endgültig geklärt, sie schwelte in meinem Unterbewußtsein weiter. Ich mußte nur ein wenig Abstand gewinnen.

Leona, die sich nun ausgiebig über den Skandal der Prinzessin Majestrix ausgelassen hatte, erzählte wieder vom Kov von Bormark und sagte, wie schön es wäre, wenn all das Geld ihrem Pando gehörte. Pando lachte und erwiderte – durchaus weise, wie ich fand: »Das Geld mag ja ganz angenehm sein, meine liebste Leona, aber was mit dem Geld kommt – das ist etwas ganz anderes.«

Tilda saß schweigsam am Tisch und trank von ihrem Wein, und

ich sah plötzlich, wie sich ihr Gesicht verhärtete. Ich fuhr herum. Der junge Pando huschte auf bloßen Füßen als Aushilfskellner zwischen den Tischen herum. Ein großer Bursche in der blauen Tunika eines Seemanns versetzte ihm gerade einen Schlag gegen die Schläfe.

»Bring mir eine Flasche, du Wicht aus Sicce! Beeil dich, kleiner Teufel!«

Pando nahm das Tablett und die Gläser vom Boden auf, so weit sie nicht zerbrochen waren. Jemand anders – ebenfalls ein Seemann aus der Armada – versetzte ihm einen ärgerlichen Tritt, als Pando ihn dabei anstieß.

Tilda hob die Hand an den Mund. Ihre violetten Augen waren geweitet und funkelten zornig. Ihr Mund war halb geöffnet und schmerzhaft verzogen. Ich stand auf.

Der alte Nath eilte herbei. »Dray, ich bitte dich . . .«

Der Seemann lachte brüllend. Er war groß und stämmig.

»Du hast neuerdings sehr miese Kundschaft«, sagte ich zu Nath.

»Bitte, Dray . . .!«

Ich ging zu dem Seemann, der bereits wieder nach dem kleinen Kellner brüllte, und packte ihn am Kragen seiner blauen Tunika. Als er mit den Beinen zu strampeln versuchte, versetzte ich ihm einen Schlag unter das Kinn – ein Hieb genügte – und trug ihn horizontal aus dem Raum. Das geschah schnell und unauffällig, und der alte Nath legte die Hände zusammen und warf einen Blick zum Himmel.

Draußen stellte ich den schweren Burschen gegen die Wand und sagte: »Du hast einen Jungen geschlagen, du Kleesh! Es mag ein Fehler sein, es mag barbarisch sein und gegen die göttlichen Gebote Zairs verstoßen – aber ich kann keine Männer ausstehen, die Kinder schlagen!«

Nicht ganz ohne Reue – denn natürlich beging ich eine Sünde – versetzte ich ihm einen Schlag in den Magen. Ich wartete ab, bis er sich erbrochen hatte. Dann gab ich ihm einen Tritt in die Kehrseite und sagte ihm, er solle verschwinden. Anschließend kehrte ich in den *Roten Leem* zurück, wo ich auch ein Lächeln für Tilda zustandebrachte.

Der alte Nath hatte am Tisch der Matrosen schnell eine Runde spendiert und die Wogen der Erregung wieder geglättet.

Als ich mich setzte, sagte Pando na Memis: »Das war der Kapitän eines Argenter, wußtest du das?«

»Na, hoffentlich!« erwiderte ich. »Nath hat schließlich ein angesehenes Lokal.«

Tilda sagte, sie sei müde, und wir standen auf, als sie den Tisch verließ. Der Abend rauschte weiter, und schließlich dachte ich daran, daß ich mich ja morgen um ein Schiff kümmern mußte, und ging ebenfalls zu Bett.

Als ich nach oben kam, stand Tilda vor ihrer Tür und winkte mich zu sich. Sie hatte gewartet. In ihrem Zimmer brannte eine Lampe.

Ich setzte mich auf das Bett, während Tilda unruhig im Zimmer hin und her ging. Sie trug ein langes jadegrünes Gewand, das im Lampenschein angenehm schimmerte. Ihre helle Haut bildete einen herrlichen Kontrast zur Seide. Das schwarze Haar wehte bei jedem Schritt. Sie wanderte herum wie ein eingeschlossener Leem.

»Du brauchst nicht zu flüstern, Dray. Pando schläft, und es müßte schon ein Unwetter losbrechen, um ihn zu wecken. Ich habe ihn zu Bett geschickt nach dem – Zwischenfall.« Ihre vollen Lippen preßten sich zusammen. »Als ich das vorhin sah, fiel meine Entscheidung.«

»Was für ein Leben kann er hier schon führen, hier an der Grenze?«

Sie ballte die Fäuste und öffnete sie. Und wieder schritt sie auf den Walfarg-Teppichen hin und her.

»Der alte Nath hat ein ganz ordentliches Wirtshaus – für Pa Mejab. Und doch kann einmal so etwas geschehen wie heute.« Ich versuchte sie anzulächeln, aber das gelang mir nicht – und so sagte ich tonlos und wohl auch ziemlich brutal: »Du mußt ihn nach Hause bringen und das beanspruchen, was ihm zusteht.«

Die weiße Hand berührte ihren Hals. Erschrocken blieb sie stehen und sah mich an, und ihre violetten Augen waren weit aufgerissen.

»Was? Du weißt Bescheid – woher weißt du das?«

»Es war nicht schwer zu erraten, Tilda. Bei Zim-Zair! Sein Vater muß ein echter Mann gewesen sein!«

»O ja! O ja! Marker Marsilus. Und er hätte heute Kov von Bormark sein können, wenn er nicht in dieser verseuchten Hölle gestorben wäre! Und Pando ist sein Sohn.«

»Du willst doch damit sagen, Tilda, daß dein Sohn in Wirklichkeit Pando Marsilus, Kov von Bormark, ist. Nach Recht und Gesetz ist er das. Habe ich recht?«

Sie sah mich seltsam aufgeschreckt an, wie ein Risslaca, der einen Vogel beobachtet. »Ja, Dray Prescot. Nach Recht und Gesetz.« Sie atmete tief, und ihre nächsten Worte überraschten mich derart, daß ich erstaunt auffuhr:

»Ich will nach Tomboram reisen und Pandos Erbe fordern. Dray Prescot – kommst du mit uns und hilfst du Pando und mir? Willst du unser Champion sein?«

9

Ochs, Rapas und Fristles sind keine guten Seeleute. Chuliks dagegen lassen sich ganz gut abrichten – wenn man nach den Methoden des späten achtzehnten Jahrhunderts vorgeht: Peitsche, Rute der Bootsmannsmaats, eine Mauer von Seesoldaten – und nochmals die Peitsche.

Rum mochte ebenfalls helfen.

Folglich bestand die Mannschaft der *Dram Constant* unter Kapitän Alkers überwiegend aus Menschen von erkennbarer Homo-Sapiens-Herkunft. Die wenigen Halblinge waren auf eigenen Wunsch in unwichtigen Funktionen an Bord beschäftigt – etwa als Schiffsjungen.

Einer der Nicht-Menschen an Bord interessierte mich besonders. Sein Körper war fast quadratisch zu nennen – jedenfalls entsprach seine Schulter- und Hüftbreite etwa der Entfernung zwischen Hals und Oberschenkel. Er hatte nur zwei Arme, die so lang und dünn waren wie Inchs Arme, während seine ebenfalls langen Beine spindeldürr waren; auch darin ähnelte er Inch. Sein Gesicht zeigte immer ein fröhliches Lächeln, die Ohren standen ihm vom Kopf ab, er hatte eine Stupsnase und vermochte mit der Geschicklichkeit eines Affen aufzuentern. Dieser Mann, ein gewisser Tolly, gehörte der Rasse der Hobolings an. Die Hobolings waren auf der erwähnten Inselkette zu Hause, die parallel zur Nordostküste Lohs verlief, von der Spitze Erthyrdrins südostwärts zur Nordwestspitze Pandahems.

Die *Dram Constant*, so berichtete mir Kapitän Alkers stolz, war der beste und sicherste Argenter, den man auf dem Sonnenuntergangsmeer finden konnte. Er wußte, daß sein positiver Bericht über das Schiff dazu geführt hatte, daß wir Passage bei ihm genommen hatten. Unsere kleine Gruppe bestand aus Tilda und Pando – und Inch und ich dienten als Wächter und Champions, die die beiden beschützen und dafür sorgen sollten, daß sie nicht belästigt wurden und ihr Ziel sicher erreichten. Ich brauche wohl nicht auf den seelischen Zwiespalt einzugehen, den ich nach Tildas Angebot durchmachte. Während die Tage vergingen und die Dwaburs unter dem Kiel zurückblieben, während wir inmitten der Armada auf Loh zuhielten, mußte ich mir meine Entscheidung immer wieder logisch erklären. Delia aus Delphond wartete in Vallia auf mich – und doch reiste ich nun nach Pandahem. Ich entfernte mich nicht nur von ihr, ich reiste auch in ein Land, das unmittelbar mit dem ihren verfeindet war.

Indem ich mich sehr für jede Einzelheit an Bord des Argenters interessierte – was mir angesichts meiner Vergangenheit nicht schwerfiel –, lenkte ich mich von meinem Kummer und meiner Unentschlossenheit ab. Ich stellte mir vor, daß Delia mich verstehen würde, ich flehte darum, doch blieben mir Zweifel . . .

Der Argenter war hundertunddreißig Fuß lang – Kapitän Alkers berichtete, der Kiel habe eine Länge von hundert Fuß – und sei etwa fünfzig Fuß breit. So war das Schiff nur etwas mehr als doppelt so lang wie breit. Kapitän Alkers gab an, beladen wiege sein Schiff achthundertundfünfzig Tonnen, was ich aber bezweifelte. Es war ein rundes, gemächliches, stattlichs Schiff, das unter Deck riesige Laderäume hatte. Wir waren am Heck untergebracht worden, im dreistöckigen Achterschiff, und unsere Kabinen waren von einer Geräumigkeit, die mich zuerst erstaunte, war ich doch an weitaus engere Schiffsräume gewöhnt.

Die *Dram Constant* wühlte sich durch das Meer und gischtete durch die Wellen. Ich war auf Kregen zum erstenmal auf einem wirklich tiefen Ozean unterwegs – wenn auch im Schneckentempo.

Pando liebte es, sich auf das Bugspriet unter das Klüversegel zu legen und zuzusehen, wie das Wasser gegen den runden Bug prallte und weiß zur Seite schäumte. Die *Dram Constant* pflügte sich förmlich durch das Meer.

Tilda ermahnte mich und den Jungen ständig, Pando möge doch unter Deck gehen, wo es sicherer sei. Nachdem ich ihm ein paar kleine Tricks des Seemannsberufes gezeigt hatte, machte ich mir weniger Sorgen um ihn. Trotzdem war die ganze Reise anstrengend, weil wir auf ihn aufpassen mußten.

Wahrscheinlich wollte sie ihn von der Seefahrt und dem Schiff ablenken und an einem Ort festnageln, als sie vorschlug, ich solle ihm doch den Umgang mit dem Rapier und dem Dolch beibringen.

Tatsächlich war er in einem Alter, da er sich mit diesen Dingen befassen mußte.

Ein großer Jiktar und Hikdar wären zu schwer für ihn gewesen; doch wir konnten uns zum Glück einige Übungswaffen von einem der jungen Herren leihen, die an Bord der *Dram Constant* mitfuhren, um das Offizierspatent zu erwerben. Mit diesen Waffen nahm ich Pando tüchtig ins Gebet – Abwehr und Vorstoß, Riposten, Paraden, Finten von Main-Gauche und Rapier, die verschiedenen Taktiken des Schwertkampfes – der Doppelstoß, der Herzstoß, der Schenkelbremser, die Blume, die Halsriposte – bis er schweißüberströmt und schlaff wie eine Mondblume in einer mondlosen Nacht vor mir stand. Manchmal sah uns Tilda zu, und wenn der Junge schlappzumachen drohte, sagte sie scharf: »Mach weiter, Pando, mach weiter! Du tust jetzt Männerarbeit! Wehr dich!«

Die Seefahrt war nicht jedermanns Geschmack. Der arme Inch opferte einen Großteil seines Essens über die Reling, während Tilda und Pando schnell Seebeine entwickelten.

Ich selbst fühlte mich vom Leben an Bord eines Schiffes belebt; ich saugte die Seebrise ein wie ein alter Jagdhund, der eine Fährte wittert. Der Himmel schimmerte über uns, einige Wolkenfetzen segelten im Wind dahin, der das Schiff vorwärtstrieb; all unsere Fahnen und Banner knatterten, die Segel wölbten sich ächzend, bewegten sich mitsamt ihren farbenfrohen Symbolen. Wir schoben uns durch das Meer und hinterließen ein breites Kielwasser aus weißem Schaum. Ja, eine Zeitlang konnten wir die Tage genießen. Ich wußte, daß ich eines Tages wieder bei meiner Delia sein würde, aber zuerst mußte ich Tilda und Pando ans Ziel bringen – den kleinen Burschen, der Kov von Bormark war.

Tilda hatte Pando nicht erzählt, wer er in Wirklichkeit war – das behielt sie sich für später vor. Ich hielt das für eine kluge Entscheidung.

Plangemäß ankerten wir in Nord-Erthyrdrin, nahmen frische Vorräte und Wasser an Bord und brachten einen Mann an Land, der gestürzt war und sich das Becken gebrochen hatte. Wir teilten uns die Hafenanlagen mit Schiffen aus anderen pandahemischen Nationen, ohne daß es zu Auseinandersetzungen kam. Ich starrte zu den schroffen Bergen empor, die zur Küste hin steil abfielen. Dort oben in den Tälern lag die Heimat Seg Segutorios. Ich konnte dieses Land aufsuchen. Ich kannte den Weg, den er mir oft beschrieben hatte. Aber ich hatte ein Versprechen gegeben. Ich schwor mir, daß ich dieses Land eines Tages besuchen würde, um seine Angehörigen zu grüßen, als hätte ich sie seit Jahren gekannt. Aber meine Ehre und Integrität – soweit es sie gibt und sie etwas bedeuten – waren Tilda und dem jungen Kov verpflichtet. Ja, eines Tages würde ich durch die Berge und Schluchten dieses Landes wandern.

Wir unterhielten uns über die erzwungne Freundschaft der verschiedenen pandahemischen Länder in Erthyrdrin-Häfen, und ich hörte weitere Einzelheiten über die Scheußlichkeiten, die sich von Zeit zu Zeit ereigneten. Da war die Rede von Massakern und gegenseitigen Vernichtungsfeldzügen, es gab Berichte von erbitterten Kämpfen, während schon die Vallianer als lachende Dritte die Beute an sich nahmen. Ich begann die verschiedenen Symbole und Merkmale der einzelnen pandahemischen Nationen zu unterscheiden. Und bei all dem Gerede von Differenzen und Stammeskriegen begann ich mich zu fragen, ob die Herren der Sterne mir hier nicht eine neue Aufgabe stellten.

Als unsere Armada ihren Weg fortsetzte und Kurs Südosten nahm, lehnte ich mich auf die Backbordreling und blickte zurück. Dort draußen, jenseits der schimmernden See, lag Vallia . . .

Während ich verträumt über das Wasser starrte, hörte ich plötzlich einen rauhen Schrei. Ich blickte auf. Im Mischlicht der Zwillingssonne kreiste ein riesiger Vogel, ein herrlich rotgefiedertes Raubtier mit einem goldenen Ring um den Hals und gekrümmten schwarzen Klauen. Ich kannte diesen Vogel. Es war der Gdoinye, der von den Herren der Sterne ausgeschickt worden war. Während ich noch hinaufstarrte, flog die weiße Taube über mir dahin, beschrieb einen Kreis, stieg auf und war verschwunden. Die weiße Taube der Savanti!

In diesem Augenblick erfüllte mich ein großes Glücksgefühl. Ich war nicht vergessen! Die Herren der Sterne, die mich nach Kregen geführt hatten, und die Savanti, die mich ebenfalls auf diese Welt versetzt und mich dann aus ihrem Paradies Aphrasöe verstoßen hatten, wachten über mich. Natürlich würden sie nichts unternehmen, um die Gefahr von Speer oder Schwert abzuwenden. Sie wollten mich für ihre unwägbaren Ziele einsetzen. Wieder fragte ich mich, ob in Pandahem nicht Arbeit auf mich wartete.

»Was war das für ein seltsamer Vogel, Dray?« fragte Pando.

»Ein Vogel. Ein Omen.« Ich konnte dem Jungen nicht sagen, daß der Gdoinye von den Everoinye kam, den Herren der Sterne. »Der Vogel sagt uns, daß in Tomboram alles gut ausgehen wird.«

»Natürlich bin ich ganz begeistert über die Reise, und über das Meer und die Schiffe und die Kämpferei – aber sag mir eins, Dray.

Warum fährt Mutter nach *Hause?*« Er starrte mich fragend an. »Mein Zuhause ist Pa Mejab. Das weiß sie doch.«

»Wenn du nach Tomboram kommst, Pando, haben wir viele wunderbare und aufregende Dinge zu tun. Du wirst ein Mann sein. Ich weiß, daß du dir Mühe geben wirst, auf deine Mutter aufzupassen. Immerhin steht sie allein.«

»Sie hat mich einmal gefragt, ob ich etwas dagegen hätte, wenn sie wieder heiratet.«

»Was hast du geantwortet?«

»Ich sagte, ich hätte nichts dagegen, wenn sie dich heiratet, Dray.«

Ich stieß mich von der Reling ab und schwankte sanft mit der Bewegung des Schiffes hin und her.

»Das kann nicht sein, Pando«, sagte ich ernst – von Mann zu Mann. »Deine Mutter ist eine wunderbare Frau. Du mußt sie verehren. Ja, sie wird eines Tages wieder heiraten, das spüre ich, das hoffe ich – aber *ich* kann sie nicht heiraten ...«

Er warf mir einen so niedergeschlagenen Blick zu, daß mir fast übel wurde. »Du magst sie nicht!«

»O doch!« Ich blickte über das breite Deck, das auf unserer Seite ziemlich verlassen war; die meisten waren an Steuerbord und sahen zu, wie das Land unter dem Horizont versank. »Kannst du ein Geheimnis für dich behalten?«

»Natürlich!« Er war entrüstet; seine Lippen waren schmollend verzogen.

»Ich bin mit einem Mädchen verlobt – einem wunderbaren Mädchen – und ich ...«

»Ist sie eine Prinzessin?« Verächtlich.

Ich betrachtete ihn. Er war gekränkt. Aber ich wollte jetzt nicht lügen. Offenbar stand für ihn nicht einmal eine Prinzessin über seiner Mutter – wie richtig diese Einstellung war! –, aber wenn meine Verlobte eine Prinzessin war, mochte das in Pandos Augen mein rücksichtsloses Verhalten erklären. Trotz allem würde ich in seinen Augen nicht mehr derselbe sein.

Er wurde erwachsen.

»Weißt du, was ein Kov ist, Pando?«

»Natürlich – das weiß doch jeder. Er hat viel Geld, reitet auf einem Zorca und ist mit Edelsteinen übersät – und er hat eine große Flagge – und ...«

»Gut.« Kov war ein Rang, der auf der Erde vielleicht mit dem eines Herzogs gleichzusetzen war; und Delia hatte mich mehr oder weniger in dieser Position bestätigt, als ich Drak, Kov von Delphond, gespielt hatte, um mich vor den Oberherren Magdags zu schützen. Der Titel war mir verliehen worden, und sie hatte ihn bestätigt; allerdings war ich nicht so dumm anzunehmen, daß ihr Vater ebenso handeln würde. Und was den Lord von Strombor anging – so stand der doch immerhin noch eine Stufe über einem Kov.

»Soweit es mich betrifft, Pando, ist deine Mutter eine Kovneva.«

Er starrte mich an und hüpfte dabei auf und ab, wie es kleine Jungen manchmal tun. »Eine Kovneva? Dann wäre ich also ein Kov?«

Ich versuchte zu lachen. »Und ich bin der Kapitän eines Schwertschiffes!«

Da begann er zu lachen, und wir waren wieder Freunde; aber es war ziemlich knapp gewesen. Ich spürte, daß Pando, so jung er war, vielleicht ein Geheimnis in mir erspürte, das ich ihm nicht offenbaren durfte, etwas Gewaltiges, mit dem man Berge versetzen konnte. Daß es sich in Wirklichkeit nur um die Liebe eines ganz gewöhnlichen Sterblichen für seine Prinzessin handelte, wäre ihm vielleicht allzu schal vorgekommen.

Wegen des Kampfes, den wir gemeinsam durchgestanden hatten, wegen der Rettung seiner Mutter durch mich und der Fechtstunden, die ich ihm gab, hatte mich Pando auf seine Art zu verehren begonnen. Ich hatte dem einen Riegel vorschieben wollen, da mir diese Entwicklung Sorgen machte; doch das hatte nicht viel geholfen. Jetzt hatte ich plötzlich das Gefühl, daß unsere Beziehung mit einem Schlag doch noch auf die richtige Basis gestellt worden war.

Die Tage vergingen, und wir pflügten nach Südosten. Das Wetter blieb freundlich und schenkte uns einen günstigen Wind, der im allgemeinen einige Strich aus Ost zu Nord wehte, so daß wir nicht zu kreuzen brauchten. Der Admiral der Armada hatte nun zwei Möglichkeiten.

Er konnte nach Osten abdrehen und außerhalb der langen Inselkette navigieren, die sich bis nach Pandahem ertreckte. Damit bot er den Piraten aus Vallia, die auf dem Sonnenuntergangsmeer anzutreffen waren, alle Chancen. Andererseits konnte er zwischen den Inseln und dem Festland Lohs hindurchfahren. Damit begab er sich in den Einflußbereich der Schwertschiffe, die in ihren Piratenverstecken zwischen den Inseln lauerten.

Wenn er letzteren Kurs wählte, mußte er allerdings nach Ostsüdost halten, sobald er die letzte Inselkette passiert hatte, und an der Nordküste Pandahems entlangsegeln, an der verschiedene Stadtstaaten lagen – ehe er Tomboram im Osten erreichte. Auch durfte er nicht vergessen, daß er außerhalb der Inseln zweimal soviel Navigationsraum hatte wie innerhalb. Mir, der ich ein Kämpfer des Meeres war, bedeutete Platz alles.

Der Admiral setzte seine Flaggen, und Kapitän Alkers wandte sich nach eiem Blick durch das Fernrohr befriedigt an seinen Rudergänger. »Osten!«

Also steuerten wir den Kurs außerhalb der Inseln und wollten erst später nach Südosten und direkt auf Tomboram zuhalten. Sollten die Rasts aus Vallia doch zu den Eisgletschern Sicces eingehen!

Jeden sechsten Tag hielt Kapitän Alkers eine kurze religiöse Zeremonie auf dem offenen Achterdeck ab. Die meisten Passagiere und die gesamte Mannschaft nahmen daran teil. Im Binnenmeer standen das Grün Grodnos und das Rot Zairs in tödlichem Konflikt. In Zenicce hieß es: »Die Himmelsfarben sind in einen Todeskampf verstrickt.« Die Menschen aus Pandahem und Vallia waren schon etwas fortschrittlicher in ihrer Religion, denn sie vertraten die Ansicht, daß das Rot und das Grün, daß Zim und Genodras ein Paar waren. Beide leuchteten auf eine Welt herab, die Doppelsonne vermengte ihr Licht zu einem opalisierenden Schein. Sie hielten ihre Gottheit für ein unsichtbares Paar, die unsichtbaren Zwillinge, die Tilda oft beschwor, um Pando zu ermahnen. Oft wurde diese Doppelgottheit auch Opaz genannt.

Trotz meiner Bindungen an die Krozairs von Zy nahm ich gern an den Gottesdiensten der anderen Religionen teil, ohne das Gefühl zu haben, meinem Gott untreu zu sein. Ich war eher der Ansicht, daß Ihm diese Menschen näherstanden als so manche andere, die ich kennengelernt hatte, selbst unter denen, die ihn verehrten.

Wir schwenkten also nach Osten ab und wandten uns dann nach Südosten, um in schneller Fahrt auf Tomboram zuzuhalten. Der Weg nach Osten hatte uns Zeit gekostet, denn wir mußten gegen den Wind kreuzen. Doch die Mühe lohnte sich jetzt. Die Gischt flog, die letzten Möwen blieben zurück, und wir waren auf dem schimmernden Meer allein.

Die Männer im Ausguck waren wachsam und achteten besonders auf den Osten und Nordosten, wo die schmalen Galleonen aus Vallia lauern mußten.

Als die Tage vergingen und das Wetter gut blieb, begannen wir uns schon zu beglückwünschen. Kein einziges Segel zeigte sich am Horizont. Die Galleonen Vallias hatten uns verpaßt oder waren nicht unterwegs. Den Grund hierfür erfuhren wir, als sich dunkle Wolken am östlichen Horizont zusammenballten. Die Doppelsonne nahm eine Färbung an, die mir beängstigend schien. Rashoonwetter! Als der erste Windstoß kam, entdeckte ich den Unterschied zwischen einem Rashoon im Auge der Welt und einem Hurrikan auf dem äußeren Ozean.

Ich habe so manchen Sturm auf zwei Welten durchgemacht, doch diesmal war es besonders schlimm. Wir wurden hilflos nach Westen abgetrieben. Unsere Masten gingen über Bord. Mannschaften wurden von den Brechern ins Meer geschwemmt. Die Dunkelheit, der Wind, der Regen und die Gewalt der heranrollenden Wogen schwächten unsere physischen Kräfte – und noch mehr unsere Psyche. Wir litten. Wir trieben an Inseln vorbei und sahen ihre gefährlichen Felsen in der gespenstischen Gischt aufragen. Immer weiter wurden wir abgetrieben, als hilfloses Wrack, dessen Planken sich lockerten, dessen Bordwände undicht wurden; wir schienen im Chaos des Meeres verloren zu sein.

Als sich der Sturm endlich legte und wir armen Seelen durchnäßt und frierend an Deck krochen und zu unserer Überraschung feststellten, daß Zim und Genodras uns aus blankem Himmel anlächelten, ertönte der gefürchtete Ruf.

»Schwertschiffe! *Schwertschiffe!*«

Unser Deck war völlig verwüstet, war von Wrackteilen, Tauknäueln, zersplitterten Planken übersät; alles, was nicht über Bord gegangen war. Wir eilten an die Reling. Dort kamen sie, die langen schmalen Schiffe, die elegant durchs Wasser schossen. Zielstrebig näherten sie sich. Hilflos dümpelten wir im Wasser, während die Leem des Meeres uns umringten.

10

»Schwertschiffe!«

Ich betrachtete die schmalen, tiefliegenden Piratenschiffe. Sie kamen sicher aus einem in der Nähe liegenden Piratennest und fledderten nun die hilflosen Opfer des Hurrikans. Unsere Decks würden bald rot von Blut sein.

»O Dray!« sagte Tilda und ergriff meinen Arm. Auf der anderen Seite drängte sich Pando an sie. Er starrte mit jungenhafter Erregung und zugleich mit Abscheu auf die gefährlich aussehenden Schiffe.

Ein Ruf vom Bug lenkte meine Aufmerksamkeit von den Piraten ab.

Dann sah ich die Ursache. Aneinanderhängend trieben zwei andere Argenter unserer zerstreuten Armada auf die Küste zu. Und jetzt erkannte ich auch den Plan der Schwertschiffe. Sie wollten abwarten, bis die *Dram Constant* hinter die beiden Wracks getrieben war – dann hatten sie uns mit einem Streich, drei dicke Prisen eingekreist.

Auf den treibenden Wracks bewegten sich Menschen, und ich glaubte Waffen schimmern zu sehen.

Also gut. Wir würden kämpfen.

Kapitän Alkers, der bleich, aber gefaßt war, gab seine Befehle, und an die Männer wurden Äxte, Speere, Enterhaken und Bögen ausgeteilt. Bögen! Ja – bei einem solchen Angriff mochte ein wenig Artillerie den Gegner schwächen. Sanft löste ich mich aus Tildas Griff.

»Du hast Inch und mir die Ehre erwiesen, uns zu deinen Champions zu bestimmen, schöne Tilda. Jetzt wollen wir sehen, ob wir unseren Teil der Vereinbarung nicht einhalten können.«

»Aber Dray!« jammerte sie. »Es sind so viele.«

Ich wollte schon meine übliche Antwort geben, als mir Inch mit einem Lachen zuvorkam: »Um so mehr Gegner gibt es zu töten, Tilda mit den Vielen Schleiern!«

Ich warf einen Blick auf die Sonnen, als ich achtern zu den Kabinen ging, um meinen lohischen Langbogen zu holen, der aus echtem Yerthyrholz bestand. Wie alt dieser Bogen sein mochte, wußte ich nicht; doch er war von großem Wert, und ich dankte Sosie zum wiederholten Male. Ich schnallte mein Krozair-Langschwert um, dazu den Rapier.

Als ich wieder an Deck kam, wartete Inch bereits auf mich, die Axt in der Hand.

»In etwa drei Burs ist es dunkel«, sagte ich. Eine kregische Bur war etwa vierzig irdische Minuten lang, so daß wir noch zwei Stunden hatten, ehe wir die hauchdünne Chance bekamen, in die Dunkelheit zu entkommen. Wie jeder echte Kreger hatte ich die Bewegungen der sieben kregischen Monde im Kopf und wußte, daß wir ungefähr eine Bur absoluter Dunkelheit zu erwarten hatten, ehe die Zwillinge, die beiden zweiten Monde, rosa leuchtend am Himmel erscheinen würden. Reichte die Zeit zur Flucht? Oder waren wir alle tot, ehe der letzte Schimmer Zims am westlichen Himmel erlosch?

Wir mußten uns gegen die Schwertschiffe halten! Wir mußten!

Die Korsaren wichen uns aus, und eine einzelne Ruderreihe blitzte tropfnaß auf, während die Piraten in der unruhigen See rollten. Die Schwertschiffe waren Zweimaster und wirkten geduckt – ein vertrauter Rammbock am Bug, am Heck ein einstöckiges Achterkastell, an dem viele bunte Flaggen und Banner flatterten. Die Schwertschiffe waren am Bug und an den Flanken mit Varters – Katapulten – bewaffnet. Unsere Varters und sonstige schwere Waffen waren dem Hurrikan zum Opfer gefallen.

Dennoch waren wir nicht völlig wehrlos. Ein Schwertschiff legte sich längsseits, wie ein Ponsho-Hund, der einen verirrten Ponsho zur Herde zurücktreiben will – und ich sah, wie drüben das Wasser über Deck schoß, ich sah Gischt hochschäumen und die Ruder aus dem Takt kommen, dann das schnelle Aus-dem-Wind-Drehen, das die Bewegung des Schwertschiffs verlangsamen sollte. Die *Dram Constant* war ziemlich mit Wasser vollgelaufen und rollte behäbig weiter, ruhig wie ein Fels im Meer.

Ich spannte meinen Bogen und stellte die instinktiven komplizierten Berechnungen an, die Wind und Geschwindigkeiten berücksichtigten – und ohne bewußte Überlegung schoß ich den Pfeil ab. Die Spitze traf drüben den Steuermann. Er warf beide Arme hoch und sank nach vorn.

An Bord der *Dram Constant* erhob sich lautes Geschrei.

Im nächsten Augenblick feuerte das Schwertschiff hinter dem Schiff, dem ich so plötzlich den Steuermann genommen hatte. Eine Varter schickte einen Felsbrocken los, der über unser verwüstetes Deck dahinsauste und harmlos ins Meer klatschte.

Wieder jubelte die Mannschaft der *Dram Constant.*

Doch an Bord der Piratenschiffe waren auch Bogenschützen aus Loh, und in den nächsten Sekunden bohrte sich ein Dutzend bunter Pfeile in das Holz des Argenters, und einer unserer Seeleute wurde in die Schulter getroffen.

Ich habe mich nie damit abgegeben, Pfeile zu verschwenden. Ich schoß nur, wenn ich mir meines Ziels absolut sicher war, und ich wählte mir als Ziele die wichtigsten Männer der Schwertschiffe – denn ein Ruderer mehr oder weniger macht im allgemeinen keinen großen Unterschied.

Die dicht bewachsene Insel, auf die wir zutrieben, war jetzt schon viel deutlicher zu erkennen. Die Schwertschiffe rückten näher heran. Es waren sieben Schiffe, die offenbar unter einem einheitlichen Kommando standen. Ich nenne sie Galleassen, weil sie zwar tief im Wasser lagen, aber doch ein viel größeres Freibord hatten als die Ruderer im Auge der Welt. Auf dem äußeren Ozean brauchten sie das Freibord auch.

Als sich ein Pfeil dicht neben Pando in die Planken bohrte und Tilda aufschrie, ließ ich die beiden von Inch in die Achterkabine bringen. Ich wollte Inch und auch Tilda und ihren Sohn vor dem Beschuß in Sicherheit wissen; seine Axt konnte er erst im Nahkampf einsetzen, so daß er im Augenblick nur als Zielscheibe diente.

Die Schwertschiffe setzten ihren Angriff fort. Ich stellte mir vor, daß sie ziemlich unhandlich sein mußten – wie jeder Kompromiß zwischen einer Galeere und einem Segler. Sie kamen mir ausgesprochen gefährlich vor – doch eher für jene, die an Bord waren.

Die Nachwirkungen des Sturms, die lange, schwere Dünung, verhinderte die übliche Galeerentaktik, verhinderte dasRammen und Entern.

Doch bald mußten wir auf die beiden anderen Wracks stoßen – und dann war auch das Ufer nicht mehr fern. Und wenn wir auflie-fen, gingen die Piraten an Land und griffen uns von zwei Seiten an. Wir hatten dann kaum noch eine Chance, denn die Mannschaften der Piratenschiffe waren überaus kampfstark und zahlreich.

Das Artillerieduell ging weiter, während wir uns der Insel näherten, und ich wurde immer niedergeschlagener. Aber auch unsere Gegner hatten Probleme. Die Varterschützen der Schwertschiffe waren unfähig. Sie trafen überhaupt nur zweimal. Ein Felsbrocken fegte geradewegs durch die Kombüse und zerdepperte sämtliches Geschirr, das nicht schon der Sturm zerschlagen hatte. Das andere Geschoß zerschmetterte drei Seeleute. Aber das war alles.

Es gibt verschiedene Grade von Gefühllosigkeit. Glauben Sie bitte nicht, daß ich die drei Männer, die mir praktisch fremd waren, nicht bedauerte; doch ich hatte so etwas schon zu oft erlebt, und Tilda, Pando und Inch standen mir näher.

»Nicht mehr lange, Dray Prescot«, sagte Kapitän Alkers. Er hielt das Rapier in der Hand und spielte an der goldenen Quaste herum, die vom Griff herabbaumelte. »Wir wollen den Burschen einiges zu schmecken geben, ehe sie uns kriegen!«

Ich hatte auf dem nächsten Schwertschiff einen Mann entdeckt, der wichtigtuerisch auf dem niedrigen Vorschiff herumstolzierte und die Varterschützen anbrüllte. Ehe ich Alkers antwortete, jagte ich ihm einen Pfeil in die Brust. Er stürzte über Bord und wurde noch tüchtig von den Rudern durchgebeutelt, ehe er im Wasser versank. Jetzt erst wandte ich mich an den Kapitän.

»Wir können sie doch lange genug zurückhalten, um die Frauen und Kinder auf die Insel zu schaffen, oder?«

Er zuckte die Achseln.

Von dem nächstliegenden Schwertschiff, einem größeren Fahrzeug mit drei Masten, hatte sich ein Bogenschütze seit einiger Zeit beharrlich auf mich eingeschossen. Seine Pfeile waren mir an den Ohren vorbeigezischt, drei hatten sich in gefährlicher Nähe von mir ins Holz gebohrt, und einer hatte einen Rapagehilfen getötet, der feindliche Pfeile hatte einsammeln sollen.

Kapitän Alkers fluchte. »Ich hatte nicht gemeint, daß der Bursche die Pfeile mit dem Körper einfangen soll! Opaz möge ihn strafen!«

Die Pfeile des geheimnisvollen Schützen waren mit herrlichen blauen Federn versehen. Obwohl ich dieses wunderbare Blau noch nie gesehen hatte, wußte ich, welcher Vogel dafür sein Gefieder hergegeben hatte.

Seg hatte mir davon erzählt. Es waren Federn des Königskorf, des größten Vogels in Erthyrdrin. Dies zeigte mir, daß ich gegen einen Meisterschützen aus Erthyrdrin kämpfte. Es war sehr schwierig, ihn auf dem Deck auszumachen, auf dem sich die Bogenschützen drängten. Am vorderen Geländer des Achterdecks stand eine Gestalt in bunter Kleidung, die in den Farben nicht recht zusammenpassen wollte. Eine bewegliche Gestalt mit wallendem Federschmuck am Helm, überall mit Edelsteinen besetzt – und doch hatte ich den Eindruck, daß der Fremde kein Stutzer oder Feigling war. Zweimal hatte ich auf die Gestalt geschossen, die ich für den Kapitän des Schwertschiffers hielt, und zweimal waren die Pfeile zufällig abgelenkt worden.

Fluchend kam Kapitän Alkers zu mir.

»Wir laufen zusammen mit den beiden anderen Argentern auf. Die *Abenteurer Tombor* des armen Kapitäns Loki. Das andere kann ich nicht erkennen . . .«

In diesem Augenblick bohrte sich ein blaugefiederter Pfeil zwischen uns ins Deck. Ich zog ihn heraus, fuhr mit den Fingern am Schaft entlang, legte ihn auf und jagte ihn in die Menge auf dem Deck des Schwertschiffs.

Da wir uns nun dem Ufer näherten, verstärkte sich die Bewegung der Schiffe. Die Schwertschiffe hüpften in der Brandung auf und nieder. Wir bewegten uns behäbig voran, und Sekunden später bohrte sich unser abgebrochener Bugspriet in das zerstörte Heckhaus der *Abenteurer Tombor*, und zusammen mit dem dritten Schiff – eine vollgeschlagene Holzmasse, die sich schnell auflöste

– liefen die drei Havaristen auf Grund. Wir schwangen breitseits herum, und das Knacken von Holz hallte uns in den Ohren. Von allen Seiten näherten sich die Schwertschiffe. Unser Kiel knirschte auf Sand, wir sanken zur Seite, wurden noch einmal von einer Welle emporgetragen und schließlich fest im Sand abgesetzt. Die *Dram Constant* hatte ihre letzte Landung hinter sich.

Jetzt gab es ein ziemliches Durcheinander. Ich drücke mich so aus, um Ihnen klarzumachen, daß einige von uns kämpfen wollten, während andere am liebsten schleunigst in die schützenden Inselwälder geflohen wären. Inch erschien mit seiner großen Axt über der Schulter. Er hatte unsere wertvollsten Besitztümer in einen Leinenbeutel getan, den er in der anderen Hand trug. Tilda klammerte sich am jungen Pando fest, der einen Dolch schwang.

Kapitän Alkers formierte seine Mannschaft. Das Schwertschiff mit dem geheimnisvollen Bogenschützen hüpfte an unserer seewärtigen Seite heftig auf und nieder. Ich blickte zurück. Menschen verließen die drei Schiffe und rannten den Strand hinauf. Mehrere Schwertschiffe waren in einiger Entfernung auf den Sand gelaufen, und Piraten eilten waffenschwingend durch die Brandung ans Ufer.

»Inch!« sagte ich. »Du nimmst Tilda und Pando und bringst sie zwischen den Bäumen in Sicherheit. Beeil dich! Ich komme später nach!«

»Aber . . . Dray . . .!«

»Keine Widerrede, Mann! *Los!*«

Er starrte mein finsteres Gesicht an. Dann nickte er einmal kurz, und sein hageres Gesicht verhärtete sich. Er führte Tilda und Pando fort.

Wir traten dem ersten Ansturm der Piraten mit einem gewaltigen Flirren unserer Klingen entgegen, das einigen Meeresbanditen das Leben kostete. Das Schwertschiff ruckte und schaukelte in sinnverwirrendem Tempo auf und nieder. Männer versuchten zu uns an Bord zu springen, aber sprangen zu kurz. Andere erreichten unser Deck und wurden niedergestreckt. Ein Fristle, der Pfeile einsammeln mußte, hatte mir einen neuen Vorrat überreicht. Ich stellte mich etwas im Hintergrund auf und schoß alle Männer, die in ihrem leidenschaftlichen Bemühen, zu uns an Bord zu kommen, in die Wanten gestiegen waren, aus der Takelage, Pfeile bohrten sich rings um mich in das Deck, und eine Spitze verletzte mich am Schenkel. Ich konnte meine Stellung nicht mehr lange halten.

Mit schnellem Blick überzeugte ich mich, daß der Strand verlassen dalag und daß die Piraten der aufgelaufenen Schwertschiffe Anstalten machten, uns nun auch von der Landseite her anzugreifen. Auf den beiden anderen Argentern schrien und kämpften und starben unsere Männer. Piraten bahnten sich einen Weg auf das Vorderdeck der *Dram Constant*. Kapitän Alkers trieb seine Männer mit lautem Geschrei an, wobei er sich den linken Arm hielt, aus dem das Blut quoll.

»Ran, ihr Calsanys! Kämpft! Kämpft!«

Ich warf mir den Bogen über die Schulter und zog das Langschwert. Ich sprang auf das Deck, auf dem nun die Piraten mit Triumphgeschrei heckwärts stürmten. Ich sprang hinab und brüllte ebenfalls.

»Hai! Jikai!«

Die Klinge der Krozairs funkelte silbrig durch die Luft, dann nahm sie einen rötlichen Schimmer an, als ich sie zum nächsten Streich hob. Mit der Mannschaft des Argenters drängte ich vorwärts. Die Piraten kämpften gut und mit einer Vielzahl von Waffen; doch wir konzentrierten unsere Kräfte und waren im Augenblick noch zu zahlreich für die wenigen Gegner, die bisher über die Bordwand gekommen waren. So vermochten wir das Deck zu räumen. Doch tönte von den beiden landwärts liegenden Schiffen neuer Lärm herüber. Gleich würde man uns von zwei Seiten gleichzeitig angreifen.

Kapitän Alkers' Arm war nun bandagiert, doch das Blut sickerte bereits hindurch. Er sah sich schweratmend um, von seinem Rapier tropfte Blut.

»Die Piraten wollen unsere Wertgegenstände und die Ladung. Sie überwältigen uns bestimmt! Mehr können wir als ehrliche Seeleute nicht tun. *Verlaßt das Schiff!*«

Aus diesem Ruf, der jedem Seemann das Herz im Leibe umdreht, machte Kapitän Alkers eine Segnung und einen Fluch zugleich. Ich wußte, daß er recht hatte. Allein auf mich gestellt, hätte ich den Widerstand vielleicht noch einige Zeit fortgesetzt, denn ich weiche keinem Kampf aus. Doch ich trug die Verantwortung für Tilda und Pando – und für Inch –, und so folgte Dray Prescot der Mannschaft, die über die anderen, bereits verlassenen Argenter kletterte, in den Sand hinabsprang und nach einem schnellen Rückzugsgefecht den Schutz der Bäume erreichte.

Tolly, der gedrungene kleine Hoboling, der sich auf den Inseln auskannte, übernahm die Führung, und wir stießen im Eilmarsch ins Innere vor. Nach kurzer Zeit fanden wir unsere Passagiere, und ich war wieder mit meinen drei Reisegefährten vereint. Tolly führte uns an einen sicheren Lagerplatz und machte dann kehrt, um sich an der Küste umzusehen. Inch äußerte sich etwas mürrisch darüber, daß er bei unseren Schützlingen hatte bleiben müssen, und begleitete ihn. Als die beiden zurückkehrten, meldeten sie, daß die Argenter ausgeraubt worden waren und die Schwertschiffe die Abfahrt vorbereiteten.

Danach wanderten wir niedergeschlagen zu einem Fischerdorf, das Tolly kannte. Dort wurden wir von dem Anführer willkommen geheißen, der eine große Ähnlichkeit mit Tolly hatte. Wir bekamen zu essen und zu trinken und fanden ein Dach für die Nacht. Die absolute Dunkelheit war längst vorbei; jetzt standen die kregischen Monde hell am Himmel. Tilda und Pando schliefen sofort ein. Inch und ich blieben auf und berieten uns mit Tolly, Kapitän Alkers, einigen Matrosen und mit dem Dorfältesten Tandy. Tandy schilderte uns seinen Haß auf die Schwertschiffe.

»Sie machen jeden Handel unmöglich«, sagte er. »Und unsere Fischerei wird gestört. Wir sind einfache Menschen. Wir leben einfach. Aber wir haben keine Chance, Kontakt mit der Außenwelt aufzunehmen, solange die Piraten alle normalen Handelsbeziehungen stören.«

Wir diskutierten bis tief in die Nacht, dann legte ich mich schlafen. Doch zuvor schenkte ich Tandy einen schönen, edelsteinverzierten Dolch, den ich erbeutet hatte. Ich spürte, daß er und sein Volk bald eine wichtige Stellung einnehmen würden. Immerhin saßen sie auf einer Insel in der Mitte eines strategisch wichtigen, wenn auch abgelegenen Operationsgebiets. Die Dorfbewohner würden morgen beim ersten Sonnenstrahl zum Strand hinabeilen und die gestrandeten Schiffe auseinandernehmen. Das Meer brachte ihnen die Ernte.

Wir trafen die notwendigen Vorbereitungen, um zur nächsten Hafenfestung Tomborams gebracht zu werden, die sich auf einer nahegelegenen Insel im Süden befand.

Diese Stadt war gebaut worden, um die Umtriebe der Schwertschiffe zu unterbinden – doch ein Erfolg hatte sich bisher noch nicht eingestellt. Die Stadt unterhielt eine eigene kleine Schwertschiffflotte, die dahin und dorthin eilte, um die Piraten zu jagen – ein undankbares Leben.

Hier schifften wir uns an Bord der *Stolz von Pomdermam* unter Kapitän Galna ein und wurden direkt in den Haupthafen Tomborams, nach Pomdermam, gebracht. Und so trat ich in die nächste

Episode meines Lebens in Pandahem ein. Vallia lag nun im Norden. Ich würde bald dorthin weiterreisen, das schwor ich mir.

11

Ich sagte Tilda die Meinung. Ich erklärte ihr, daß sie Inch und mich gebeten habe, sie in ihre Heimat zu geleiten; das hatten wir getan, und es sei nun Zeit für mich, weiterzureisen. Inch, bei dem ich vorsichtig auf den Busch klopfte, gab mir dieselbe Antwort, die ich schon in Pa Mejab von ihm gehört hatte.

»Ich bin ein Weltenbummler, Dray, ein Wanderer. Als Söldner kann ich mir ehrlich mein Brot verdienen. Und ich bliebe ganz gern bei dir.«

»Ich will nach Vallia.«

Er pfiff durch die Zähne. »Vallia! Möge Ngrangi dir beistehen! Jeder Pandahemer würde dich lieber zu den Eisgletschern Sicces schicken – nur nicht nach Vallia!«

»Ich weiß. Bitte sprich nicht über unser Ziel. Wir müssen aber weiter. Irgendwo finden wir schon ein Schiff, keine Sorge.«

Doch Tilda reagierte nicht wie erwartet. »Du bist undankbar, Dray Prescot!« Ihr Gesicht rötete sich, und ihre violetten Augen blitzten mich an. »Du solltest unser Champion sein, für mich und Pando. Und wo es jetzt ernst wird, verläßt du uns! Ist das wahre Freundschaft?«

Ich seufzte. Tilda hatte mir nicht die geringsten Avancen gemacht, so daß ich mich in ihrer Gesellschaft wohlfühlte. »Was meinst du, Tilda? ›Wo es ernst wird?‹ Du bist doch jetzt in deiner Heimat . . .«

»Glaubst du, dieser schmutzige Hafen ist meine Heimat?«

»Bormark?«

»Natürlich! Bormark liegt an der westlichen Grenze Tomborams, an der Grenze zum verfluchten Menahem. Wir müssen nach Bormark reisen, Dray, ehe Pando sein Erbe beanspruchen kann!«

Ich warf Inch einen Blick zu. Er rieb sich das Ohr und schob eine Paline in seinen Mund, ohne mich anzusehen – gemeiner Kerl!

»Gibt es denn hier niemanden, der euch helfen kann? Der König . . .«

»Ach der!« Verächtlich blitzten ihre herrlichen Augen. »König Nemo? Der würde mich und Pando am liebsten in ein Verlies sperren und den Schlüssel fortwerfen. Ich bin sicher, er haßt uns, weil wir Verwandte seines Bruders Marsilus sind.«

»Naja. Aber vielleicht jemand anders?«

Sie griff nach einer Paline und rollte sie zwischen den Fingern hin und her. »Ich war früher Schauspielerin, Dray. Oh, ich entstamme einer berühmten Theaterfamilie, die in den besten Häusern gespielt hat, und es schien mir vorbestimmt, in die Fußstapfen meiner Vorfahren zu treten. Dann kam eines Abends Marker ins Theater ... und ...« Sie blickte Pando an, der sie mit aufgerissenem Mund anstarrte. Palinesaft lief ihm über das Kinn.

»Wisch dir das Gesicht ab, Pando! Du siehst ja aus wie ein Gassenjunge!« fuhr sie ihn wütend an.

Tilda sah zu, wie sich Pando das Gesicht säuberte. Dann sagte sie: »Vielleicht können wir uns an Pallan Nicomeyn wenden. Er ist alt und klug. Er hatte immer sehr viel übrig für Marker und versuchte die Wut seines Vaters zu mildern – aber ohne Erfolg.«

Pallan ist das pandahemische Wort für einen Staatsminister, eine Bezeichnung, die auch in Vallia gebräuchlich war, wie ich später feststellen sollte.

»Also gehen wir zum Pallan Nicomeyn«, sagte ich.

Es war nicht ganz einfach, eine Zusammenkunft zu vereinbaren, da wir unter falschen Namen reisten. Doch schließlich führte man uns in ein kleines, fensterloses Vorzimmer, in dem menschliche Wächter vor einer Doppeltür standen. Kurz darauf trat der Pallan Nicomeyn ein. Er war alt, sein Haar war grau, fast weiß, sein Gesicht faltig – Spuren des Alters, die einen Kreger erst befallen, wenn er die Hundertundfünfzig überschritten hat.

Als er Tilda erblickte, drehte er sich um und gab den Wächtern mit einer flüchtigen Geste zu verstehen, sie sollten die Türen schließen. Gleich darauf waren wir mit ihm allein.

Er trug ein langes blaues Gewand, das durch eine rubinbesetzte goldene Kette zusammengehalten wurde, und auf seinem grauen Haar ruhte eine flache blaue Samtkappe, die mit blauen Schwanzfedern des Königskorf geschmückt war. Bei sich hatte er ein Buch, das mit einer Schnalle und einem goldenen Schloß versehen war.

Mit ausgebreiteten Armen ging er auf Tilda zu.

»Meine Liebe! Ich hätte nie gedacht, dich wiederzusehen! Welches Vergnügen für meine alten Augen, deine Schönheit zu schauen!«

Sie küßten sich, und ich glaubte zu erkennen, daß der Pallan echte Zuneigung zu Tilda empfand.

»Und dies ist . . .« Er wandte sich an Pando.

»Dies ist mein Sohn Pando.«

»So«, sagte Nicomeyn, »du bist also der junge Kov.«

Ich sagte so laut, daß alle zusammenfuhren: »Pando ist ein guter Junge. Allerdings weiß er noch nicht viel.«

»Dray!« rief Pando und versuchte mich zu treten. Ich drückte ihn auf einen Stuhl und lächelte. »Sitz still, junger Mann, schweig und hör zu, solange Erwachsene reden.«

»Er weiß es also noch nicht«, sagte Nicomeyn und nickte. Er hatte eine schnelle Auffassungsgabe. »Vielleicht ist es auch besser so.«

Pando fragte herausfordernd: »Lerne ich den König kennen?«

»Alles zu seiner Zeit, mein Junge«, sagte Tilda und wandte sich an Nicomeyn. »Du kennst die Wahrheit. Wirst du uns helfen?«

Er schürzte die Lippen, und die Linien um seinen Mund vertieften sich. Er legte einen langen, bleichen Finger vor die Lippen, schloß die Augen und überlegte. Als ich mich bereits darüber aufregen wollte, daß er Tilda mit seinem Schweigen kränkte, ergriff er endlich das Wort.

»Du brauchst mich nicht zu fragen, *ob* ich dir helfe, Tilda. Die Frage ist nur, *was* wir tun können!«

»O Nicomeyn!« sagte Tilda. »Lieber Nicomeyn!«

»Der alte Marsilus war in meiner Jugend gut mit mir befreundet. Es ist gefährlich, einen König mit seinem Bruder zu vergleichen. Mehr will ich nicht sagen.«

Ich stand auf. »Nun, das wäre also geklärt, und ich freue mich wirklich. Jetzt können Inch und ich weiterziehen. Kregen ist eine große Welt!« Ich begann mich höflich von Tilda zu verabschieden, wobei mich Pando anstarrte, als wäre mir plötzlich ein zweiter Kopf gewachsen. Doch Nicomeyn unterbrach mich schnell.

»Bitte schwatze nicht, junger Mann. Ich kenne dich nicht, doch vermutlich hat dich Kovneva Tilda als Leibwächter engagiert. Deine Kraft und dein Schwert sind jetzt mehr vonnöten denn je. Also setz dich und hör zu.«

Ich konnte mich nicht mehr beherrschen – und lachte lauthals. Die Situation reizte mich irgendwie zum Lachen. Inch sah mich peinlich berührt an, und Pando starrte düster herüber und schürzte trotzig die Lippen – doch ich mußte lachen.

Tilda starrte mich an, und ihre schmalen dunklen Augenbrauenbögen hoben sich pikiert.

Normalerweise wäre jeder, der so mit mir gesprochen hätte, in ziemlich lädiertem Zustand in einer Ecke des Raums wieder aufgewacht. Aber dieser Pallan Nicomeyn war so entwaffnend autoritär und außerdem so eindeutig bereit, uns zu helfen, daß ich mir durch ein herzhaftes Lachen Luft machen mußte. Darüber hinaus war er ein würdiger alter Herr, mit dem man sich nicht prügelte.

Ein Plan wurde geschmiedet, der in Nicomeyns Worten an mich gipfelte: »Ich habe seit Jahren für Tomboram gearbeitet und weiß, daß die Familie Marsilus in unserer Zukunft eine große Rolle spielen kann. Meine Loyalität reicht bis tief in die Vergangenheit zurück. Ich sähe Pando gern in der Position, auf die er ein Anrecht hat. Wenn Murlock Marsilus beseitigt und der König vor vollendete Tatsachen gestellt werden kann, dann läßt das Gesetz keine andere Alternative zu. Der rechtmäßige Titel . . .« – er blickte zu Pando hinüber – »liegt dort, wo er dem Gesetz nach hingehört, und das kann nicht bestritten werden. Aber zuerst müssen wir den unrechtmäßigen Kov beseitigen. Solange er im Amt ist – nun, Tatsachen zählen eben auch.«

»Und er ist ein gerissener Bursche?«

Nicomeyn zog eine Grimasse.

»Ich verstehe. Wir müssen ihn also loswerden – und dann ist der Weg frei?«

»Ja.« Nicomeyn sah mich an. Ich trug eine schlichte blaue Tunika mit ledernen Schulterstücken, darunter meine Waffen. Der Pallan fuhr fort: »Er ist schlau wie ein Rast. Er ist stark wie ein Leem. Er ist stur wie ein Calsany. Gegen ihn wird es nicht einfach sein.«

Pandos klare, kindliche Stimme ertönte: »Ich weiß nicht, wovon du redest, Onkel Nicomeyn, aber wenn überhaupt jemand etwas erreicht, dann Dray Prescot – das weiß ich.«

Ich stampfte mit den Stiefeln auf und erhob mich. Murlocks Rolle war mir schon klar: Er hatte die Mörder auf Tilda und Pando angesetzt, um sich sein Erbe zu sichern. »Dann sollten wir an die Arbeit gehen.«

Auf dem Weg aus dem Palast focht ich einen schweren inneren Kampf aus. Ich haßte mich selbst. Wieder hatte ich etwas zu tun versprochen, das mich daran hinderte, in das Land meiner Delia zu eilen und sie vor aller Welt zu meiner Frau zu machen.

Auf der Straße, die voller Menschen und Calsanywagen war, wandte sich Pando an seine Mutter: »Warum hat dich Onkel Nicomeyn eine Kovneva genannt?«

Ich nahm ihn sofort am Arm, beugte mich zu ihm hinab und flüsterte: »Habe ich dir das nicht gesagt, o Ungläubiger?«

Er blickte zu mir auf, kicherte und versuchte mich zu treten.

»Du wirst es ihm bald sagen müssen, Tilda«, sagte ich, als Inch und der Junge vorausgingen. »Wenn wir Helfer für dich suchen müssen, hört er bestimmt . . .«

Sie nickte. »Du hast natürlich recht, Dray. Wir haben dir für vieles zu danken . . .«

»Ja«, sagte ich. »Aber sprechen wir davon bitte erst, wenn die Arbeit getan ist. Dann . . .« Und ich ging das Risiko ein, ich machte einen tiefen Atemzug und sagte: »Und dann, schöne Tilda, muß ich schleunigst nach Vallia reisen.«

Sie blieb stehen. »*Vallia?!*«

»Du siehst, jeder von uns hat seine gefährlichen kleinen Geheimnisse.«

»Aber Dray – Vallia! Was bringt dich dazu, dieses widerliche Rastnest aufzusuchen?«

Wenn eine Frau, die so schön und anmutig und intelligent war wie Tilda, so über das Land sprach, das die Heimat meiner Geliebten war – was konnte ich da antworten?

»Ich habe gute Gründe, Tilda. Ich glaube, ich kann von dir ein gewisses Maß an Vertrauen erwarten. Du darfst mich nicht gleich für einen Dummkopf halten.«

Wenn sie daran dachte, eine unpassende Bemerkung darüber zu machen, daß ich vielleicht ein Spion sei, überlegte sie es sich anders. Ich bedauerte schon, daß ich überhaupt den Mund aufgemacht hatte, und um sie wieder zu beruhigen, sagte ich: »Ich habe die Tomboramer lieben gelernt, Tilda. Es gefällt mir sehr bei deinem Volk. Es wird mir sicher leid tun, fortreisen zu müssen, denn in Vallia werde ich viel Schlimmes erleben.«

Und bei Zair! Damit sollte ich recht behalten!

Vor uns griff Inch nach Pandos Arm, und ich tat es ihm bei Tilda nach, um sie sicher durch das Verkehrsgewühl zu der gastlichen Taverne zu führen, in der wir untergekommen waren. Der *Admiral Mauplius* lag am schattigen Ende eines Platzes, mit Blick auf das Meer. Die Temperaturen hier in Nord-Pandahem waren höher, als ich sie je auf Kregen erlebt hatte. Ich habe in meinem Bericht schon einmal darauf hingewiesen, daß Zenicce und die Städte am Binnenmeer etwa auf demselben Breitengrad liegen, und auch Vallia befindet sich mit dem größten Teil seiner Landmasse in dieser Klimazone. Es ist auffällig, daß sich die gemäßigten Zonen dieses Planeten viel weiter nach Norden und Süden erstrecken als auf der Erde. Vom südlichsten Punkt Süd-Pandahems ist der Äquator nicht mehr weit entfernt. Wenn ich schon von Nord- und Süd-Pandahem spreche, sollte ich vielleicht erwähnen, daß die beiden Landesteile durch eine Bergkette getrennt sind, die im Zickzack von Südost nach Nordwest verläuft. Der Gebirgszug setzt sich im Meer fort und bildet die lange Inselkette, die vor Erthyrdrin in Nord-Loh endet.

Unser Problem bestand nun darin, den falschen Kov Marsilus um seinen Titel und sein Erbe zu bringen – in dem Bewußtsein, daß uns König und Gesetz erst helfen würden, wenn die Tat vollbracht war, und daß bis dahin Murlock sämtliche Trümpfe in der Hand hielt. Er verfügte über das Erbe – also hatte er auch das Geld und die Leute.

»Wir müssen es ein bißchen raffiniert anstellen, Inch.«

»Mit Ngrangis Hilfe wird es mir ein Vergnügen sein!«

»Murlock«, sagte ich entschlossen. »Wir fangen ganz oben an.«

Eine Frau, die so schön war wie Tilda, konnte sich nicht unauffällig bewegen, und so hatte sie es sich angewöhnt, einen lockeren, halb durchsichtigen Schleier zu tragen, wie er in Loh üblich war. Als ich mich bei Inch nach Loh und den geheimnisvollen lohischen Gärten und ihren Schleiern erkundigte, lachte er nur leise und sagte: »Ich stamme aus Ng'-groga. Dort sind wir doch etwas anders gestrickt.«

»Die Wahrheit ist, daß *alle* Menschen irgendwie anders sind, wo immer man sie auf der Welt findet.«

Von der Hauptstadt Pomdermam nahmen wir ein Küstenboot, ein schmutziges kleines Schiff, das nach Fisch stank. Wir liefern zahlreiche hübsche kleine Häfen in den weiten Buchten der Nordküste an, die zusammen die riesige Panderk-Bay bildeten, und drangen so immer weiter nach Westen vor. Am dritten Tag sahen wir ein Schwertschiff auf Parallelkurs näherkommen. Der schmale Schiffsrumpf pflügte durch die Wellen, Gischt schäumte auf, die Ruder beugten sich unter der Last, und die blauen Banner und Flaggen lagen straff im Wind.

Ein Matrose spuckte verächtlich über die Reling. »Ein Schwertschiff des Königs!«

»Der gute Pandrite soll ihn verrecken lassen«, sagte ein anderer Seemann und knetete Teig, aus dem er lange kregische Brote bakken würde. »Mein Bruder wurde auf die Schwertschiffe geschickt – für nichts. Ich würde am liebsten . . .«

»Aye, Lart!« unterbrach ihn der erste Mann stirnrunzelnd. »Wenn du so weiterredest, bist du bald bei deinem Bruder auf den Galeeren!«

Ich merkte mir das kleine Gespräch. Offenbar war König Nemo bei seinen Untertanen nicht einhellig beliebt.

Zum Brot aßen wir kaltes Voskfleisch und Taylynesuppe. In diesem warmen Klima schmeckte die kalte Suppe sehr lecker, etwas, das ich nicht für möglich gehalten hätte. Taylynes sind erbsengroße gelbrote Früchte, die ausgezeichnet schmecken; sie werden besonders zu Voskfleisch serviert.

»In Vallia«, erzählte mir Tilda, als wir wieder einmal auf das unangenehme Thema kamen, »ißt man die Vosk- und Taylynesuppe so heiß, daß man sich daran den Mund verbrennt! Die Vallianer sind Barbaren!«

Am fünften Tag beobachteten wir eine Erscheinung, die ich zuerst für einen Schwarm von Fischen mit fast durchsichtigen Rükkenflossen hielt. Ein Schrei erhob sich, und die Mannschaft eilte an die Reling. Die aufschäumenden Wellen gaben zu erkennen, daß es sich in Wirklichkeit um ein riesiges schlangengleiches Meeresungeheuer handelte, ein Wesen mit einem ovalen Körper, an dessen Oberkante eine lange, gezackte Rückenflosse verlief. Der Kopf war im Verhältnis zum übrigen Körper ungewöhnlich groß und hatte ein gewaltiges zahnbewehrtes Maul.

»Ein See-Barynth«, sagte Lart, dessen Bruder an Bord eines königlichen Schwertschiffes ruderte. »Wenn wir das Biest fangen könnten, hätten wir heute abend einen Leckerbissen zu speisen.«

Doch das Küstenschiff war nicht auf die Jagd eingerichtet, und wir ließen den See-Barynth ziehen, der sich geruhsam durch das Wasser davonschlängelte. Das Wesen hatte unter dem Kopf zwei große Paddelflossen. Ich erfuhr, daß der Land-Barynth, den man – ähnlich groß und ähnlich gefährlich – in den Sümpfen Pandahems antreffen konnte, unter dem Kopf vier klauenbewehrte Beine besaß.

Am Tag vor unserer Ankunft im vorletzten Hafen entdeckte Tilda Läuse in Pandos Haar und wurde fast verrückt. Sie ließ sich große Kupferkessel mit kochendem Wasser und riesige kregische Seifenstücke bringen und schrubbte ihren Sohn gehörig ab.

Als Pando fast skalpiert worden war, erklärte sie ihn für geeignet, sich wieder in anständiger Gesellschaft sehen zu lassen. Ich dachte an die Ponshofelle der magdagschen Ruderer, auf denen die Sklaven gesessen hatten. Die Lebensbedingungen sind eben relativ.

Den letzten Hafen vor Port Marsilus, dem Zugang zu Bormark, verließen wir in einem kleinen Konvoi aus acht Schiffen, der in

Begleitung eines Schutzschiffes war. Dieser Wächter wurde von Bormark und den benachbarten Herzogtümern unterhalten, um Konvois vor Überfällen des Verfluchten Menaham zu schützen, das gleich hinter der nächsten Landzunge im Westen begann. Das Schiff war ein Argenter, allerdings etwas schmaler gebaut als die Schiffe, die den äußeren Ozean befuhren, und mit Vartern und Katapulten und einer ziemlich großen Mannschaft versehen. Ich betrachtete das Schiff und hatte das Gefühl, daß sich aus dieser Konstruktion und ähnlichen Schiffen etwas machen ließ.

In Port Marsilus, wo sich Tilda nur verschleiert zeigte und unter falschem Namen auftrat, mieteten wir zwei Onkers für Tilda und Pando und zwei Zorcas für Inch und mich. Wir ritten zu Tildas Farm, die zwischen Samphronbäumen und Muschafgewächsen lag. Ihre Eltern hießen uns herzlich willkommen, nachdem sie ihre erste Überraschung überwunden hatten. Wir ermahnten Tilda und Pando, sich nicht von der Farm zu entfernen – dann ritten Inch und ich zum Palast Murlock Marsilus', des falschen Kovs von Bormark.

12

Murlock schien in der Marsilus-Familie keine Ausnahme zu sein – trotz allem, was ich über Marker Marsilus gehört und von seinem Sohn Pando bisher gesehen hatte. Auch der alte Kov war ein rücksichtsloser Mann gewesen – nicht nur gegen Tilda, das Mädchen, welches sein Sohn gegen seinen Wunsch geheiratet hatte, sondern auch gegen ihre Familie –, und zwar derart, daß ihre Eltern der Bühne entsagt und mit entfernten Verwandten in diesem hübschen Tal einen Hof erworben hatten. Dieses Tal verließen wir nun auf dem Rücken unserer Zorcas, deren Hufe zielstrebig über das Straßenpflaster klapperten.

»Pando ist ganz in Ordnung, Dray«, sagte Inch. Er überlegte einen Augenblick lang und fügte hinzu: »Wenn er diese Sache überlebt.«

»Die Totenbettklagen des alten Kov und sein Wunsch, daß Pando als sein Erbe anerkannt wird«, sagte ich. »Das sind nur schwache Waffen – aber mehr haben wir nicht.«

»Wenn Pallan Nicomeyn die Wahrheit gesprochen hat – was ich annehme –, dürften sie aber ausreichen.«

»Erst einmal müssen wir Murlock haben!«

»Aha!«

Der Palast der Familie Marsilus erhob sich am höchsten Punkt schroffer Klippen, die steil zum Meer hin abfielen. Hellgrüne Vegetation bedeckte den roten Fels. Das Schloß, das ebenso rot war wie die Klippen, ragte stolz empor. Viele Flaggen prangten hier, und überall waren bewaffnete Wächter zu sehen. Während wir in einer Schänke ein Glas tomboramischen Wein tranken, erfuhren wir, daß der König durch Tomboram reiste und im Augenblick auf der malerischen Küstenstraße unterwegs war, um seine Domänen zu besichtigen. Er reiste langsam und mit großem Gefolge.

»Wir dürfen keine Zeit verlieren«, sagte ich zu Inch. »Sobald sich der König im Palast einquartiert hat . . .«

»Bei N'grangi! Wir müssen schnell handeln, Dray!«

So kam es, daß Inch und ich an diesem Abend schwerbewaffnet die gewaltige rote Klippe erstiegen, wobei uns nur der Schein der Jungfrau mit dem Vielfältigen Lächeln begleitete. Wir gingen mit den Wächtern sanft um, denn wir hofften natürlich, daß Pando bald die Herrschaft antrat, und wollten keine bösen Gefühle gegen ihn wecken. So ließen wir eine Reihe von Bewußtlosen zurück, während wir uns zu Murlocks Schlafkammer durcharbeiteten, wo Inch das rundliche Mädchen fesselte, das sein Bett teilte, und ich ihm meine Dolchspitze zeigte.

»Du kommst mit uns, Murlock«, sagte ich, und als er mein häßliches Gesicht erblickte, wich er unwillkürlich zurück. Er war ein dicker, wenn auch kräftiger Mann, und seine wabbeligen Wangen bebten, als ich mit der Waffe näherkam. »Zieh dich an oder nicht, wie es dir beliebt – aber beeil dich!«

Murlock bibberte vor Angst und fragte sich bestimmt, wie wir in seinen Palast hatten eindringen können – er konnte nicht wissen, daß uns Tilda die Geheimgänge verraten hatte, die sie von Marker kannte. Er legte hastig seine Kleidung an, und zu dritt stürmten wir aus der Bettkammer und ließen ein säuberlich in kostbare Seide gefesseltes Mädchen zurück.

Auf dem Rücken trugen wir Murlock die Klippe hinab, wobei wir ihn wie einen Teppich weiterreichten. Er war fast gelähmt vor Angst, doch er wußte, daß ihn ein einziger Schrei das Leben kosten würde – daran hatte ich keinen Zweifel gelassen.

Wir luden ihn auf ein Packtier, fesselten ihn an Handgelenken und Füßen zusammen und ritten dann durch das dunstige rosa Mondlicht über die metallisch schimmernde Straße. Tilda wollte uns zuerst nicht glauben, als wir ihr von unserem Abenteuer berichteten, doch ich überzeugte sie schnell. Murlock trug eine Augenbinde, damit er nicht erfuhr, wo sich Tilda versteckt hatte, und dafür war uns ihre Familie sehr dankbar. Mit Tilda und ihrem Sohn ritten wir dann im Galopp nach Osten, durch eine fruchtbare Gegend, wobei wir den Farmen aus dem Wege gingen. Wir näherten uns schließlich wieder der Küste und hatten bei Sonnenaufgang ein gutes Stück zurückgelegt. Drei Tage lang ritten wir zügig weiter, ohne mit anderen Menschen in Berührung zu kommen; wir lebten von den Vorräten, die wir mitgenommen hatten. Am Morgen des vierten Tages drangen wir kühn in das Lager des Königs ein. Sein Gefolge, die Bediensteten, Pferdeknechte, Höflinge und Wächter, standen eben erst auf, reckten sich, gähnten und dachten an den bevorstehenden Tag.

Ich hielt auf das größte Zelt zu und sprang vor dem Wächter aus dem Sattel. Es handelte sich um einen Mann mit Halbpanzer und einer blauen Tunika; als Waffe trug er einen raffinierten langschäftigen Speer, wie ich ihn auf Kregen bisher noch nicht gesehen hatte. Natürlich war er außerdem mit Rapier und Main-Gauche bewaffnet.

»Bleib stehen, Rast!« knurrte er, und seine Speerklinge näherte sich meinem Bauch.

»Gib dem König Nachricht, du Unverschämter, daß der Lord von Strombor über einen Verratsfall mit ihm sprechen will.«

Der Speer rührte sich nicht. »Verschwinde, du Umnachteter . . .« Der Mann hätte sicher noch weitere Beleidigungen geäußert, doch ich trat zur Seite, schlug den Speer beiseite, versetzte ihm einen Kinnhaken und eilte ins Zelt.

Im Vorraum räkelten sich andere Wächter, deren Hikdar mürrisch nähertrat. »Hikdar!« sagte ich, und meine Stimme klang rauh. »Ich bin Lord von Strombor. Wecke den König. Ich habe eine Nachricht für ihn.«

Der Hikdar zögerte, und mir entging nicht, daß seine Männer die Waffen hoben. In diesem Augenblick trat ein kleiner dicker Mann aus dem Zelt, der die Insignien eines Pallan trug.

»Was geht hier vor?« fragte er nicht ohne Schärfe. »Der König kleidet sich gerade an und verlangt, daß ihm der Mann, der die Störung verursacht, vorgeführt wird.«

Der Hikdar erbleichte. »Es lag nicht an mir, Pallan Omallin, nicht an mir! Dieser Mann – er behauptet Lord Sowieso zu sein . . .«

Ich stieß beide Männer zur Seite, wobei der Hikdar zu Boden ging, und drängte mich in den Hauptraum des Zelts.

Gleichzeitig rief ich über die Schulter: »Bring sie rein, Inch! Komm sofort durch! Kümmere dich nicht um diese Idioten!«

Das Zelt des Königs entsprach meinen Erwartungen. Überall Luxus. Kostbare Teppiche, schwere Brokatdecken, Kissen, doppelte Zeltbahnen, Waffen an den Zeltstangen – dies alles sah und übersah ich. Auf einem weich gepolsterten Diwan saß ein korpulenter Mann mit aufgedunsenem Gesicht, der damit beschäftigt war, riesige schwarze Stiefel anzuziehen. Die Sporen mußten selbst einem Zorca höllische Schmerzen bereiten. Der schmale schwarze Schnurrbart hob sich, als der Mann mich anstarrte. In seinen hellen Augen lag ein fanatischer Blick. Er fuhr sich zu oft mit der Zunge über die purpurnen Lippen. Der Mann gefiel mir nicht, und doch war er König Nemo, dem ich mich und meine Freunde nun auslieferte. Ich wußte, daß er zu Murlock tendierte – doch würde er sich gegen das Gesetz stellen? Es gab Zeugen; Pallan Omallin war uns keuchend gefolgt, ebenso die Wächter und ihr Hikdar.

»Du bist der Störenfried«, sagte der König mit unangenehm näselnder Stimme. »Man wird dich zur Klippe bringen, auspeitschen und dann ins Meer werfen. »Er winkte den Hikdar herbei. »Bringt ihn fort.«

»Du irrst dich, König«, sagte ich und betrachtete den Mann. »Ich bin Lord von Strombor. Dir sind die letzten Wünsche deines Bruders, des Kov von Bormark, hinsichtlich seines Enkels bekannt?«

Der König richtete sich kurzatmig auf und starrte mich wütend an. Er wollte etwas sagen, doch in diesem Augenblick betrat Inch das Zelt, wobei er sich ziemlich bücken mußte, um nicht mit dem Kopf anzustoßen. Über der Schulter trug er Murlock. Tilda folgte ihm; sie führte Pando an der Hand.

»Du bist ja verrückt!« brüllte der König. »Ihr werdet alle sterben!«

»Wir sind nicht verrückt, König, und ich glaube, du wirst mich anhören – sonst bist du derjenige, der hier stirbt!«

Mit diesen Worten packte ich ihn mit der Linken an seinem dikken Hals und zeigte ihm meinen Dolch. Er zuckte zusammen. Ich dachte schon, ihm würden die Augen aus dem Kopf fallen und wie Murmeln über die Teppiche kollern.

»Ich komme in aller Freundschaft, König. Ich möchte dir nichts tun, aber du mußt mich anhören. Du weißt, was dein Bruder Marsilus verlangt hat. Der falsche Murlock hier ist ein toter Mann, wenn er mir nicht zu Willen ist. Und hier ist auch der Kov von Bormark.«

Bei diesen Worten stieß Murlock einen schrillen Laut aus, und Inch warf ihn auf den Teppich. Dort kauerte er sich nieder, und ich hätte ihn fast bedauern können.

»Gnade! Gnade!« flehte Murlock. »Diese Männer sind wahnsinnig.«

»O nein.« Solange der König von meinem Dolch bedroht wurde, war niemand so dumm, eine Waffe gegen uns zu erheben.

»Was wollt ihr?« fragte der König mit zitternder Stimme. »Ich sehe den Kov von Bormark vor mir – Murlock . . .«

»*Hier* ist der Kov von Bormark«, sagte ich. Tilda schob Pando vor. Der Junge stand in seiner Zhantiltunika vor dem König und umfaßte den Griff seines Dolchs, und er machte einen ziemlich entschlossenen Eindruck – und auf seinem Gesicht spiegelte sich eine Energie, die nicht unbemerkt blieb. Ich wußte, daß der König in dem jungen Gesicht auch die Merkmale der Familie Marsilus wiedererkannte.

»Nach den Gesetzen Tomborams«, sagte ich mit lauter Stimme, »ist Pando, der Enkel Marsilus', Kov von Bormark. Verbanne den falschen Kov, oder er stirbt von meinem Schwert.«

Inch hatte inzwischen seine große Axt von der Hüfte gelöst und schwang sie hin und her, wobei er leise durch die Zähne pfiff.

Murlock quiekte auf und rief: »Tötet mich nicht! Ja, ich habe es getan!« Er wußte, was er sagen mußte, denn ich hatte mich vorher von den Tatsachen überzeugt. »Ich habe Männer losgeschickt, um Tilda und Pando umzubringen!«

Nun mußte sich der König entscheiden. Er kannte den jungen Pando nicht, während er Murlock im Griff gehabt hatte. Ich ließ den Hals des Monarchen los und trat zurück. Die Wächter duckten sich, doch sie griffen nicht an. Durch meine Handlungsweise hoffte ich sie zu überzeugen, daß alles vorbei war. Tilda hob den Schleier und lächelte den König an.

Vielleicht war es dieses Lächeln, das die Entscheidung brachte.

Der König fällte sein Urteil an Ort und Stelle – und zwar zugunsten Pandos. Murlock hatte zwanzig Burs Zeit, um aus Tamboram zu verschwinden. Er schlich aus dem Zelt. Ich wußte, daß wir noch einiges von ihm zu erwarten hatten; aber dagegen war im Augenblick nichts zu machen – wenn wir ihn nicht töten wollten. Und kaltblütiger Mord gehört nicht zu meinen Steckenpferden.

Jetzt war es an der Zeit, mich für mein schlechtes Benehmen gegenüber dem König zu entschuldigen. Ich brachte dies mit ernstem

Gesicht hinter mich, und als das Frühstück kam, wir uns alle zu einer guten Mahlzeit zusammensetzten und Pando uns bewies, daß er seine Pflichten als Kov durchaus kannte, ja und als Tilda auch noch recht gut mit dem König auskam – da begann ich zu glauben, daß wir es geschafft hatten. Der König kehrte sofort den Staatsmann heraus.

»Ich wollte Murlock besuchen, weil das Verfluchte Menaham die Absicht hat, in mein Reich einzufallen. Die Soldaten marschieren bereits vor deinen Grenzen auf, Kov Pando. Ich brauche viele Männer und viel Geld von dir, um das Land zu verteidigen.«

Mit aller Begeisterung, derer er fähig war, rief Pando: »Du sollst alle Männer bekommen, die ich finde, und das gesamte Geld Bormarks, König Nemo! Wir werden dem Verfluchten Menaham eine blutige Lektion erteilen! Wir marschieren gegen sie. Wir töten sie und brennen ihre Farmen nieder! Es wird einen großartigen Sieg geben!« Erregt wandte er sich an mich – ich erkannte den kleinen zehnjährigen Jungen kaum wieder. »Habe ich nicht recht, Dray Prescot, Lord von Strombor?«

Ich wollte ihn etwas beruhigen, doch da unterbrach mich der König. Er war bei bester Laune, was ich natürlich verstand. Er war auf ein hartes und unangenehmes Gespräch mit Murlock gefaßt gewesen – denn so sehr Murlock auch unter der Fuchtel des Königs gestanden hatte, kein Kov gibt gern Geld und Männer an seinen König. Nun hatte er es mit dem neuen Kov zu tun, einem kleinen Jungen, der ihm mit vollen Händen gab, was er verlangte.

König Nemo schien der Meinung zu sein, er habe ein gutes Geschäft gemacht, und äußerte sich später ähnlich zu mir: »Du kämpfst gut, Kyr Dray nal Strombor. Wirklich gut. Ich brauche Männer wie dich in meiner Wache. Ich brauche einen Mann, der seinem Herrn treu ergeben ist.«

Ohne zu zögern – was ein dummer Fehler war – sagte ich: »Das kann nicht sein, König. Ich habe ein Ziel im Leben, und nachdem ich nun meiner Pflichten gegenüber Kovneva Tilda und gegenüber Kov Pando ledig bin, muß ich weiterziehen.«

Der König runzelte mißmutig die Stirn.

So sehr ich die bloße Macht verabscheue – besonders wenn sie in Tyrannei und Unterdrückung mißbraucht wird, hatte ich doch einen Großteil meines Lebens auf Kregen unter Menschen verbracht, die Macht ausübten. Dennoch fühle ich mich im Grunde bei einfachen Leuten wohler und bin nicht der sicherste auf dem Parkett der hohen Politik. Ich lief König Nemo voll in die Falle, wie ich erkannte, als ich am nächsten Morgen nicht in dem Zelt erwachte, in dem man mich untergebracht hatte, sondern gefesselt und mit dem Gesicht nach unten im Bilgewasser eines Bootes. Da wußte ich, daß ich König Nemo erheblich unterschätzt hatte.

Ich war bis auf einen grauen Sklavenschurz nackt. Kein Zweifel, welches Schicksal auf mich wartete!

Während des Essens, das am Abend zuvor zu Ehren Pandos gegeben worden war, mußte mir ein Helfer des Königs ein Mittel in den Kelch getan haben. Der König hatte mich nicht gleich umgebracht, obwohl ich ihn vor seinen Wachen lächerlich gemacht hatte – vielleicht gedachte er nach meiner ersten Periode an Bord eines Schwertschiffs sein Angebot zu erneuern.

Wahrscheinlich hätte ihm mein schneller Tod keine Genugtuung verschafft. Die lange Qual der Sklavenbänke mußte viel erfreulicher für ihn sein. So versuchte ich mir jedenfalls einzureden, als wir hinausruderten und an Bord eines Schwertschiffes geschafft wurden, das auf Reede lag. Ich habe schon von meinem Leben an Bord einer Galeere berichtet. Die Unterschiede waren sehr kraß – doch das Ergebnis war dasselbe.

Ich wehrte mich fluchend und verschaffte einigen Leuten blutige Köpfe, indem ich meine Ketten schwang. Ich wurde ausgepeitscht. Aber damit gab ich mich nicht zufrieden; ich schlug einen Peitschendeldar nieder und wurde erneut ausgepeitscht, ehe ich schließlich zur Vernunft kam. Meine früheren Erfahrungen als Rudersklave hätten mich eigentlich viel schneller in den erforderlichen Zustand dumpfen und instinktiven Gehorsams zurückführen müssen. Irgendwann mußte die Qual dieses Lebens am Ruderbaum ein Ende haben! Mir stand ein tausendjähriges Leben bevor – und hier machte sich nun einer der Nachteile dieses Zustands unangenehm bemerkbar – tausend Jahre als Rudersklave an Bord eines kregischen Kriegsschiffes!

Nein!

Das würde ich nicht dulden.

Das Schwertschiff, auf dem ich mich befand, hieß *Nemo Zhantil Faril Opaz* – was bereits eine Abkürzung für den heraldischen Spruch war: »König Nemo ist mutig wie ein Zhantil und der Günstling Opaz'«. Um mich etwas aufzuheitern, was ich dringend brauchte, übersetzte ich den Spruch ins Englische: »König Nemo, Löwenherz, der Liebling Gottes.« Und fluchte und zog an meinem Ruder und ließ mich von meiner Verzweiflung übermannen.

Wir arbeiteten zu acht an einem Ruder, wobei fünf Mann zogen und drei schoben. Unser Schwertschiff, das kurz *Nemo* genannt wurde, hatte die Aufgabe, zwischen den Inseln nach Piraten-Schwertschiffen zu suchen. Es war kein sehr großes Schiff, und die einstöckige Ruderanlage war so eingerichtet, daß sich dreißig Ruder auf jeder Seite bewegten. Es gab erhebliche Unterschiede zwischen diesem Schwertschiff und den Ruderern des Binnenmeers – Unterschiede, die durch die unterschiedlichen Gegebenheiten von Meer und Wetter und Entfernungen bedingt wurden.

Während ein Ruderer wenig Freibord brauchte, mußte ein Schwertschiff mit den hohen Dünungswellen und dem größeren Seegang der äußeren Ozeane fertigwerden. Dafür waren die Ruder viel schwerer und länger und führten nicht so steil ins Wasser hinab. Vorn hatte das Schiff den krummen Rammsporn aus Bronze, der von vielen Seeleuten noch immer für die wichtigste Waffe der geruderten Galeere gehalten wird. Der zweite Vorsprung am Bug, der das getroffene Schiff vom Sporn schieben soll, war hier ebenso zweckmäßig geformt wie bei den Ruderern. Darüber ragte der Bugspriet auf, und auch hier gab es einen Unterschied. Der Bug der Ruderer war beweglich; er wurde je nach Kampflage angehoben oder gesenkt. Der Bug der Schwertschiffe war fest und so gebaut, daß er fast so weit vorragte wie der Rammsporn an der Wasserlinie, und erstreckte sich nach hinten bis zum Fundament des flachen Vorschiffs.

Während ich mit sieben Schicksalsgenossen an meinem Ruder schuftete, stellte ich mir vor, daß die Schwertschiffe alles in allem nicht übel waren – wenn eine Marine schon darauf bestand, den wenig zufriedenstellenden Versuch zu machen, ein Segelschiff zu rudern oder eine Galeere mit Segeln zu versehen.

Unter Wasser waren diese Schwertschiffe bei weitem nicht so gut gebaut wie die Ruderer und hatten einen viel größeren Tiefgang, was uns das Rudern erschwerte. Aber sie waren lang, schmal, wendig, gefährlich und darüber hinaus feucht und ausgesprochen ungemütlich.

Mit jedem Ruderschlag verfluchte ich König Nemo. Ihn mit einem Zhantil zu vergleichen, wäre eine Beleidigung für dieses edle Tier gewesen.

Im Gegensatz zu den meisten Piratengaleeren, die ich bisher gesehen hatte, protzte die *Nemo* mit drei Masten, und der Kapitän schien mir einer der schlechtesten Seeleute zu sein, mit denen ich je gefahren war – er zog es vor, seine Ruder einzusetzen. Dies erschwerte uns das Leben sehr. Wir fuhren in nördlicher und westlicher Richtung an der Inselkette entlang und machten in den verschiedenen tomboramischen Hafenfestungen Station, die dort unterhalten wurden. Dabei bekamen wir keinen einzigen Piraten zu Gesicht.

An einem Tag mit guter Sicht machten wir drei winzige Segel aus; doch wir drehten ab, und später wurde auf dem Sklavendeck gemunkelt, die Schwertschiffe wären aus dem Verfluchten Menaham gekommen. Selbst das wäre mir eine Erleichterung gewesen. Wohlgemerkt, ich kannte die Schrecknisse und Gefahren des Ruderdecks während eines Seekampfes, doch ich war so niedergeschlagen und wütend, daß ich bereit gewesen wäre, mit bloßen Händen gegen einen Leem anzutreten und ihm das Genick zu brechen.

Nemo Zhantil Faril Opaz trat schließlich doch in Aktion – und zwar auf eine Weise, die so lächerlich ist, daß ich hinterher noch oft verwundert den Kopf geschüttelt und geflucht habe.

Wir hatten an einer Insel angelegt, von der Valka sagte, sie sei verlassen. Valka war ein Sklavengenosse aus Vallia, der mir sehr gefiel und mit dem ich mich ein wenig angefreundet hatte. Eine Abteilung sollte an Land gehen, um Wasser zu holen. Durch die Ruderluke sah ich plötzlich etwas, das im ganzen Schiff sofort große Aufregung auslöste.

Am Strand war eine Horde halbnackter Mädchen erschienen.

Sie eilten zum Wasser herab und streckten dem Schwertschiff ergeben die Arme entgegen. So mancher sinnlose Fluch erhob sich in die heiße Luft.

»Bei Likshu dem Verräterischen!« sagte ein Chulik an unserem Ruder. »Wenn mich diese Ketten nicht hielten! Oho!«

»Oho, und wenn *uns* die Ketten nicht hielten, mächtiger Chulik!« spotteten wir.

»Gesegnete Mutter Zinzu!« tönte ein Ruf von weiter hinten, und beim Klang dieser Worte überkam mich die alte schmerzhafte Erinnerung. Doch das Fluchen nützte wenig. Wir waren Sklaven, nackt und angekettet, verdreckt und verseucht von Ungeziefer. Die hübschen nackten Mädchen waren nicht für uns bestimmt.

Der Kapitän und die Mannschaft holten von der Insel kein Wasser, sondern Wein in großen runden Amphoren. Die Mädchen, die Schmuck aus Blumen und Federn trugen, lachten und kamen mit auf das Schwertschiff, als die Doppelsonne in herrlichen Farben unterging. Wir Sklaven hockten auf unseren Ruderbänken und starrten düster nach achtern, während jeder ein paar Brotkrumen, eine Zwiebel und einen Streifen alten Hartkäse erhielt. Die Jungfrau mit dem Vielfältigen Lächeln ging auf, ehe die Sonnen ganz verschwunden waren. Eine seltsame Mischung von Farben legte sich über das Schwertschiff. Wir konnten uns nur ausmalen, was jetzt am Heck und im Vorschiff passierte; wir hörten das helle Gelächter und die lauten Stimmen der Seeleute.

Und dann ließ der Lärm allmählich nach. Wir vernahmen einen schrillen Schrei, dann einen zweiten, der schon leiser war. Stille senkte sich über das Schwertschiff.

Wir hörten nicht einmal mehr die Wache, die die Wendung der Sanduhr ausrief.

»Irgend etwas stimmt da nicht«, sagte Valka. Er weckte den Gon, der unmittelbar am Mittelgang saß – ein ungemütlicher Platz, da in unmittelbarer Nähe des Peitschendeldars. »He, Dom. Was ist los?«

»Laß mich, Valka! Ich will schlafen«, sagte der Gon. »Ich will schlafen und von den Mädchen träumen.«

»Schau nach achtern, du haariger Dummkopf! Steht die Wache an der Lampe?«

Der Gon reckte sich. »Die Lampe brennt nicht!«

»Bei Vox!« Valka fuhr auf. »Die Chance ist da . . .« Er begann verzweifelt an seinen Ketten zu zerren, bis ihm die Fingernägel brachen und Blut das Metall dunkelte.

Bis jetzt hatte ich noch kein Werkzeug gefunden, mit dem ich meine Kette hätte durchfeilen können, wie wir es an Bord der *Grodnos Gnade* getan hatten, als Zorg, Nath, Zolta und ich unsere Flucht planten. Aber Valka hatte recht. Diese Nacht war unsere Chance! Doch die Mannschaft hatte die grundlegenden Regeln der Vorsicht beachtet; es lag nichts an Deck herum, was sich zum Aufbrechen der Ketten verwenden ließ. Schon zeigte uns die unangezündete Lampe, daß die tägliche Routine an Bord des Schwertschiffs gestört war, und als wir nicht wie üblich vor dem Schlafengehen mit Wasser abgespritzt wurden, erkannten wir, daß die Mannschaft anderweitig beschäftigt war – doch wie falsch lagen wir mit unseren wollüstigen Träumen!

Dann plötzlich trat im rosa Mondlicht ein Mädchen auf den Mittelgang. Alle Köpfe wandten sich in ihre Richtung – doch es gab keinen Aufschrei der Bewunderung.

In absoluter Stille ging das schlanke Mädchen den ganzen Mittelgang entlang, von achtern zum Bug. Sie war halbnackt, ihre Beine und Arme schimmerten matt im Mondschein, und mit einer winzigen Faust hielt sie ihre Last. Sie hielt die Last am Haar gefaßt, und blicklose Augen starrten auf die Ruderbänke.

Vom durchtrennten Hals hing noch Gewebe herab, aus dem Blut tropfte. Das Mädchen schritt über den Mittelgang und hinterließ eine dunkle Blutspur.

Und nicht zufällig zeigte sie uns diesen Kopf. Jeder Rudersklave erkannte das verhaßte Gesicht.

Es herrschte ein unheimlicher Gegensatz zwischen dem geschmeidigen Mädchen und dem widerlichen abgetrennten Kopf, dessen Gesicht uns nur zu gut bekannt war.

Es war das Gesicht des Ersten Peitschendeldars.

13

Was die anderen für ein böses Omen hielten, nahm ich als ermutigendes Zeichen für die Zukunft: alle sieben Monde Kregens standen am Nachthimmel, als Viridia zu uns sprach.

»Verachtet die Kraft der Frauen nicht«, sagte Viridia. »Meine kampferprobten Mädchen haben die gesamte Mannschaft dieses königlichen Schwertschiffs niedergemacht – das Schiff gehört jetzt uns!«

Ich konnte Viridia nicht deutlich erkennen, denn eine Varter stand dazwischen, so daß ich nur ab und zu einen Blick auf sie werfen konnte, wenn sie gestikulierend hin und her ging. Dennoch erkannte ich in ihr die auffällig bunt gekleidete barbarische Gestalt auf dem Achterdeck des Schwertschiffs, das die *Dram Constant* kurz vor dem Auflaufen bedrängt hatte, auf dem der geheimnisvolle Bogenschütze mit den blauen Pfeilfedern stand.

Die Mädchen hatten die Mannschaft unseres Schwertschiffs verführt, ihr vergifteten Wein vorgesetzt und dann sämtliche Männer zu den Eisgletschern Sicces geschickt. Für mich lag das psychologische Meisterstück in der Tatsache, daß Viridia uns den Kopf des Peitschendeldars vorgeführt hatte, des Mannes, der bisher die Ursache unseres täglichen Leidens gewesen war.

Jetzt waren wir Mitglieder der Piratenbande Viridias. Viridia war eine wilde, kräftige, unberechenbare Frau, die sich immer – oder fast immer, wie Sie hören werden – gut in der Gewalt hatte. Sie wußte, was sie wollte, sie wußte, was sie tun mußte, um das Gewünschte zu erhalten, und sie tat das Erforderliche, und wenn dabei Blut fließen mußte, so war das der Preis, den sie zu zahlen bereit war.

Die Piraten hatten sich auf den Inseln eingenistet, weil hier starker Schiffsverkehr herrschte. Durch dieses Gebiet ging der Handelsverkehr Pandahems und Lohs – in alle Himmelsrichtungen. Viele Konvois versuchten die Zone zu umschiffen, wie es auch der Hoboling Tolly mit Bedauern vermerkt hatte. Aber schließlich waren Städte und Länder zu versorgen – und so gab es immer wieder Schiffe in dieser Gegend. Viridia war nur eine von vielen Piratenanführern, und sie war nicht die einzige Frau in dieser Stellung.

Die Piraten setzten keine Rudersklaven ein. »Wir nehmen keine Passagiere mit«, informierte uns Viridia. Hinter ihr standen vier riesige Männer. Sie schienen praktisch aus Muskeln und Sehnen zu bestehen, hatten Stiernacken und vorstehende Köpfe, so daß sie einem Gegner mit den beiden mächtigen Hörnern auf ihrer Stirn mühelos die Augen ausstechen konnten. Sie hatten zwei Arme und zwei Beine, massige, kräftige Glieder, und ihre Torsos waren erkennbar menschlichen Ursprungs. Sie trugen die farbenfrohe Kleidung der Piraten, dazu Kurzschwerter schwersten Kalibers, wie man sie normalerweise nicht bei Piraten findet. Auch hingen Rapiere und Dolche an ihren Gürteln.

Es handelte sich um Womoxes. Wie schon erwähnt, gibt es auf Kregen unzählige Rassen und Völkerstämme, und ich versuche Ihnen eine Vorstellung von den verschiedenen Typen zu vermitteln, sobald sie in meinem Bericht eine Rolle spielen, denn sonst verlören sie rasch die Übersicht, so vielfältig sind ihre Formen. Mit den Womoxes hatte ich noch nichts zu tun gehabt. Sie kommen von einer der Inseln vor der vallianischen Küste. Sie sind ein wildes, unabhängiges, nicht übermäßig einfallsreiches Volk und neigen dazu, ihre Auseinandersetzungen mit den Hörnern auszutragen. Trotz allem hatten sie – zumindest für mich – nichts Grobschlächtiges.

Vielleicht sollte ich an dieser Stelle erwähnen, daß sich die vielen verschiedenen Rassen und Volksgruppen auf Kregen meiner Meinung nach nicht wie bei uns durch natürliche Entwicklung auf dieser herrlichen Welt verteilt haben. Ich glaube, daß die kregischen Rassen künstlich gezüchtet und planmäßig in ihren Lebensräumen angesiedelt wurden. Wenn dies ein Experiment der Herren der Sterne war, wie ich fast annehmen möchte, dann muß ich wirklich noch erheblich mehr über ihre geheimnisvollen Ziele erfahren, als mir bisher klargeworden ist. Ich glaube indes nicht, daß die Savanti an diesen Versuchen mit verschiedenen kregischen intelligenten

Lebensformen beteiligt sind; ihre Aufgabe scheint mir eher eine Einflußnahme auf das Miteinander aller Völker zu sein.

Es hat in meinem Leben viel Gutes und viel Schlechtes gegeben, und in meiner jetzigen Lage blieb mir gar nichts anderes übrig, als den Piraten auf einem Schwertschiff zu spielen, das sich zwischen den Hoboling-Inseln herumtrieb. Wir brachten viele pandahemische und lohische Schiffe auf. So leid mir unsere Opfer taten – ich folgte der Devise, daß ich von den pandahemischen Nationen bis auf die Tomboramer keine als befreundet ansehen konnte – und selbst in diesem Land konnte ich wirkliche Freundschaft nur von Pando und Bormark erwarten. Ich machte mir Gedanken darüber, wie der Junge mit den Staatsgeschäften seines Herzogtums fertigwurde, und hoffte, daß Tilda und Inch in der Lage waren, seine natürliche Kampflust zu zähmen. Das Kriegführen ist kein Spiel.

Die pandahemischen Nationen, die sich ständig in den Haaren lagen, wurden nur zum Teil durch wirtschaftliche Gegensätze angetrieben, weit öfter vom Ehrgeiz ihrer Könige, die über ganz Pandahem herrschen wollten. Dabei stand ihnen das Beispiel Vallias vor Augen. Vallia mochte mit einer pandahemischen Nation einen Freundschaftspakt schließen – garantiert ignorierte ein anderes Land diese Vereinbarung und überfiel vallianische Schiffe, woraufhin Vallia schnell die Geduld mit ganz Pandahem verlor.

Von Anfang an entschloß ich mich, etwas gegen das brutale Abschlachten von Gefangenen zu unternehmen, das bei den Piraten üblich war.

»Du wirfst Geld fort!« sagte ich zu Viridia. Ich hatte die Hände in die Hüften gestemmt und stand unter ihr auf dem Deck des schönen walfargschen Argenters, den wir eben erbeutet hatten. Die verängstigten Gefangenen drängten sich vor dem Achterdeck zusammen. Ich trug einen Lendenschurz in der roten Farbe, die mir am Herzen liegt, dazu ein Rapier und einen erbeuteten Dolch. Viridia beugte sich über das Geländer des Achterdecks und starrte zu mir herab.

»Halt dein vorlautes Maul, Dray Prescot!«

Sie kannte also meinen Namen. Ich fand das seltsam, hatte sie doch sehr viele Neulinge in ihrer Bande. Ein seltsamer Ausdruck stand auf ihrem Gesicht. Sie war eine große, muskulöse Frau, die vorzüglich mit der Streitaxt umgehen konnte. Ich hatte sie immer für grob und rücksichtslos gehalten, für eine Frau, die wenig auf ihre Kleidung und ihre Zunge achtete. Doch jetzt betrachtete ich sie irgendwie mit anderen Augen.

»Hör zu, Viridia. Du willst die armen Leute umbringen und den Argenter verbrennen. Wie dumm von dir!«

Die Piraten sahen sich schockiert an. Ich deutete auf sie.

»Dadurch beraubst du deine Kampfgefährten um ihren wohlverdienten Anteil an der Prise!«

Viridias Gesicht rötete sich vor Zorn. »Achte auf deine Worte, Prescot! Ich bin Viridia!«

»Was soll's! Und du betrügst deine Kameraden!«

Viridia hob die Hand, um ihren Womox-Leibwächter zurückzuhalten, der sich am liebsten auf mich gestürzt hätte.

»Sag mir, was du meinst, ehe du stirbst, Rast!«

»Wenn ich ein Rast bin, was bist du dann, Viridia? Schick das Schiff in einen Hafen, verkaufe es für gute Silberdhems, fordere Lösegeld für diese Leute. Sie bringen Bargeld! Begreifst du das nicht, Viridia?«

Einige Männer um mich nickten, begannen etwas zu rufen; sie spürten bereits das Geld in den Händen. Besonders laut äußerte sich Valka, mein Ruderkamerad aus Vallia.

»Ruhe!« rief Viridia. Seitdem sie sich zur Piratenanführerin hochgekämpft hatte, war ihr kein Widerstand mehr entgegengesetzt worden. Diese Erfahrung war völlig neu für sie. Sie runzelte nachdenklich die Stirn.

Viridia, die frei und ungebunden war, absolute Herrscherin über ihre Schwertschiffe, starrte auf mich herab, und ihre Handknöchel wurden weiß, als sie die Reling des Achterdecks umfaßte. Gleich würde sie den Befehl geben, mich niederzustrecken und über Bord zu werfen. Natürlich würde ich mich wehren, doch der Kampf konnte mir nichts mehr nützen. Ich mußte vorsichtiger taktieren.

Ich hatte den Eindruck, daß Valka und einige andere auf meiner Seite kämpfen würden.

»Warum widersetzt du dich mir, Dray Prescot?«

»Weil ich weiß, daß ich recht habe und du unrecht!«

In ihrem gebräunten Gesicht zuckte ein Muskel. »Es gefällt mir nicht, wie du . . .«

»Willst du Geld für diesen Argenter und die Gefangenen – oder willst du einen Haufen Leichen und einen Haufen Asche, Viridia?«

»Dray Prescot hat recht!« brüllte Valka.

Die Spannung des Augenblicks äußerte sich in den harten Gesichtern der Männer, in der Art und Weise, wie die Chuliks ihre Hauer leckten, wie die Ochs ihre vier Vordergliedmaßen rangen, wie sich die Fristles nervös über das Fell strichen. Viridia blickte auf uns herab, und wer konnte sagen, wie sie entscheiden würde – für oder gegen uns?

Sie war eine kräftige, um nicht zu sagen stämmige Frau, doch gewann ich aus ihrer Haltung und dem Fall ihrer unmöglich bunten Kleidung den Eindruck, daß sie einen Panzer trug, daß die Roben und Umhänge eine absichtliche Verkleidung darstellten. Sie zog halb ihr Rapier und schob es wieder in die Scheide zurück – eine Bewegung, die von den Womoxes automatisch nachgeahmt wurde –, legte die Hand an den Mund, der groß und breit war, und bedachte das Problem, das ich in ihr geordnetes Piratenleben getragen hatte.

»Und wer soll die Gefangenen abliefern und das Lösegeld kassieren? Vielleicht du, Prescot? Würden wir dich je wiedersehen?«

»Ja, wer?« riefen die Männer, von ihrem Argument überzeugt.

»Zählt die Ehre nichts auf den Hoboling-Inseln?« rief ich zurück.

Als diese Frage erklang, begannen die Männer zu murren, und Viridia errötete; doch sie wußte so gut wie ich, daß Piratenehre nicht besonders hoch im Kurs stand. Ich fuhr hastig fort: »Du solltest jemanden schicken, dem du vertraust – wenn du mir schon nicht vertraust!« Wie um die Diskussion abzuschließen, breitete ich die Arme aus. »Ich will nur das Geld haben, das mir und meinen Kameraden zusteht, mehr nicht.«

Als Ergebnis meines Einschreitens verzichtete Viridia darauf, die Gefangenen zu töten, und ließ sie mit dem Argenter nach Walfarg schicken, um ein Lösegeld zu erpressen. Wir trieben uns eine Zeitlang nervös und unbehaglich vor der Küste herum, während Viridias Leutnant das Geschäftliche erledigte. Aber als er schließlich zurückkehrte und sich aus den Leinenbeuteln ein breiter Strom lohischer Goldstücke auf das Deck ergoß, gab es ein begeistertes Gebrüll. Sogar Viridia freute sich.

Sie rief mich in ihre prunkvolle Achterkabine. Zhantilpelze lagen über den Sitzen, überall lehnten Waffen an den Wänden, Kleidungsstücke bedeckten den Boden, und Toilettenartikel begruben einen Tisch unter sich. Sie musterte mich mit einem Ausdruck, den ich vergeblich zu ergründen versuchte.

Viridias Leutnant, der neben ihr stand, betrachtete mich mit offenem Widerwillen.

Er hieß Strom Erclan, ein grober Klotz, dem jedoch noch Überreste vergangener Kultur und Bildung anhafteten. »Strom« ist ein kregischer Titel, der am ehesten dem irdischen »Graf« entspricht.

Er hatte es gern, wenn ihn die Männer so anredeten, was ich für eine harmlose Marotte gehalten hatte; aber als ich mir die beiden nun ansah, erkannte ich, daß auch Viridia daran gelegen war, einen »vornehmen« Adjutanten zu haben. Sie entschied über Leben und Tod ihrer Mannschaften. Sie sah sich vielleicht als eine der sagenhaften Königinnen des Schmerzes, die aus der Geschichte Lohs bekannt sind. Ich dachte an Königin Lilah von Hiclantung, die einmal eine Königin des Schmerzes gewesen war – und seufzte, als ich die beiden Frauen verglich. Arme Viridia.

»Du wirst etwas zu groß für deine Stiefel, Prescot«, sagte Strom Erclan.

Ich blickte nach unten. Natürlich war ich barfuß.

Erclan fauchte mich wie ein Leem an: »Unverschämter Cramph!«

»Wie ich höre, wolltest du mich sprechen«, sagte ich zu Viridia. »Läßt du es zu, daß sich ein Kleesh in deiner eigenen Kabine so etwas herausnimmt?«

Ehe Viridia antworten konnte, fuhr Erclans Rapier aus der Scheide, und er sprang um den Tisch herum auf mich zu. Ich zog ebenfalls, parierte und setzte ihm meine Klinge an den Hals.

Ich starrte ihm in die Augen. Fast hätte ich die Beherrschung verloren und ihn getötet.

»Kleesh, habe ich gesagt, Strom! Willst du auf der Stelle sterben?«

»Halt ein, du Dummkopf!« rief Viridia. »Wenn du ihn tötest, verläßt du diese Kabine nur als Leiche!«

Dann sah ich durch einen Durchgang die Gestalt eines Womox, der einen Bogen spannte und einen Pfeil auf mich gerichtet hatte.

Ich ließ meine Klinge zur Seite zucken und versetzte Erclan mit der Linken einen Schlag ins Gesicht. Er stürzte aufschreiend in eine Ecke, wo er sein Gesicht in eine Schale mit einer übelriechenden Salbe steckte, die Viridia aus unerfindlichen Gründen zu irgendeiner Körperpflege verwendete.

In diesem Augenblick überraschte mich Viridia – sie lachte.

»Ach, Strom Erclan, du Onker! Laß mich ein paar Murs lang mit dem wilden Mann allein.«

Erclan war ganz und gar nicht glücklich über den plötzlichen Stimmungswechsel seiner Herrin. Mit verschmiertem Gesicht zog er sich zurück, wobei er mich bösartig von der Seite musterte. Viridia hob die linke Hand, und der Schatten des Womox senkte den Bogen und trat zurück.

»Versuch nicht mit mir zu spielen, Viridia«, sagte ich. »Ich habe schon größere Burschen als Strom fertiggemacht. Wenn du keinen besseren hast, vergiß ihn lieber. Und der gehörnte Womox da hinten – den schlage ich nieder, ehe sein langsamer Geist begreift, was überhaupt geschieht.«

Sie biß sich auf die Lippen. Als perfekte Piratenanführerin hätte sie jetzt mit dem Finger schnipsen müssen, damit ich meine Prahlerei beweisen konnte.

Aber sie sagte nur: »Ich glaube, ich werde dich eines Tages doch töten müssen, Dray Prescot.«

»Aber zunächst wolltest du mich um etwas bitten.«

»Nicht bitten!« fuhr sie auf. »Ich habe dir befohlen, dich bei mir zu melden, damit ich dir sagen kann, du sollst das Kommando über die Varters übernehmen. Valka hat mir berichtet, daß du dich mit dieser Waffe auskennst.«

Ich nickte, ohne zu antworten.

»Nun, Dray Prescot?« Sie war überrascht und verwundert. »Willst du mir nicht danken?«

»Wofür? Für die undankbare Aufgabe, deine dummen Mannschaften an den Varters zu drillen?«

Sie atmete schwer, doch wieder hatte ich den Eindruck, als sei sie durch einen Brustpanzer eingeschnürt. »Nimm dich in acht, Mann! Viridia ist überall auf den Inseln bekannt. Meine Schwertschiffe schlagen zu, brandschatzen, versenken – wir sind überall gefürchtet, wo es Argenter gibt . . .«

»Ach ja. Und ihr rammt und ihr entert. Ich habe deine Katapulte und Varters im Kampf erlebt. Hoffnungslos! Wenn ich deine Calsanys ausbilden soll, verlange ich absoluten Gehorsam. Wer mir widerspricht, wird sofort niedergeschlagen. Ist das klar?«

Sie wollte etwas erwidern, wurde jedoch durch einen Fristle-Boten unterbrochen, der den Kopf durch den Türspalt steckte und mit schriller Stimme und bebenden Schnurrbarthaaren seine Nachricht verkündete.

»Die *Venus* liegt längsseit und sinkt!«

Ich habe den Namen *Venus* gewählt, weil der kregische Schiffsname unübersetzbar ist. Es handelte sich um das Schiff, auf dem der größte Teil von Viridias Mädchentruppe untergebracht war.

Wir alle rannten an Deck, und da lag die *Venus*, die bereits ziemlich vollgelaufen war.

Grazile Mädchengestalten kletterten an Bord von Viridias Flaggschiff, das *Viridia Jikai* genannt wurde – ein passender Name, wenn ich auch mit dem Begriff »Jikai« andere Werte und Erinnerungen verband.

Als sich die Aufregung gelegt hatte und die *Venus* gesunken war, begann Viridia mit ihren Ermittlungen. Ich hatte Zeit, Valka aufzusuchen. Er sah mir mit verschmitztem Lächeln entgegen, während er einen gefährlich aussehenden Enterhaken schärfte.

»Du hast mich da in eine verdammt mißliche Lage gebracht«, sagte ich. »Ich soll den Calsanys das Varterschießen beibringen! Na?«

Er lachte und schabte weiter. »Aber natürlich, Dray! Ich erfuhr so einiges über dich, als man dich an Bord der alten *Nemo* brachte.« Er blickte plötzlich auf. »Wie dem auch sei, jedenfalls kommen wir von den Ruderbänken, nicht wahr, Dom?«

Und damit hatte er recht!

14

Ich halte mich für einen Mann, der anderen Menschen so lange mit Toleranz begegnet, bis sie sich als nicht vertrauenswürdig erweisen; vielleicht ist das ein Fehler. Doch wenn mir eine Aufgabe gestellt worden ist, bin ich intolerant, zuweilen grausam, bis die Aufgabe erfüllt ist. Ich sorgte dafür, daß die Piraten Blut und Wasser schwitzten, wenn es darum ging, an den Varters und Katapulten zu üben. Ich habe schon an anderer Stelle geschildert, was ich von Geschützmannschaften halte – Disziplin und Tüchtigkeit sind die einzigen Maximen, Eifer, Gehorsam, Arbeitswilligkeit weitere wichtige Gesichtspunkte.

Wenn ich mit einer Gruppe fertig war – so widerspenstig und talentlos die Männer zu Beginn gewesen sein mochten –, hatte Viridia eine Vartermannschaft, die geschickt und begeistert bei der Sache war, wie man es nur bei den besten Freiwilligenmannschaften findet.

Wie es sich ergab, hatte ich nicht genug Zeit, um Viridias Meeresleems zu richtigen Kanonieren auszubilden – wenn Sie mir diesen Ausdruck verzeihen. Wir stießen eines Tages auf eins der seltsamen Schiffe aus dem südlichen Ozean, über die niemand Näheres weiß. Wir kämpften mit dem Schiff, und nur ein Unwetter rettete uns vor dem Untergang. Wir ließen uns von dem Sturm treiben, und als wir wieder Segel setzen konnten, war der Südländer verschwunden. Ich werde später noch mehr von diesen schrecklichen Schiffen zu berichten haben.

Die Tage vergingen, und Valka und ich arbeiteten mit den Vartermannschaften. Wir zogen von einem Schiff Viridias zum nächsten, und wenn ich an Bord eines Schiffes zurückkehrte, auf dem wir schon gewesen waren, und dabei feststellte, daß die Calsanys alles wieder vergessen hatten, setzte es Tritte und gab es Veilchen. Ich war nicht sehr beliebt. Doch Valka sagte, die Männer respektierten mich trotzdem, denn sie begriffen meine Absicht.

»Sie wissen, wie gefährlich das Rammen und Entern ist. Wenn du einen Argenter zwingen kannst, sich zu ergeben, ohne daß die Piraten ihr Leben riskieren müssen, sind sie dir sehr dankbar.«

Valka war mir in dieser Zeit wirklich eine große Hilfe.

Und hauptsächlich mit seiner Hilfe suchte ich mir aus verschiedenen Mannschaften eine ausgezeichnete kleine Gruppe – Menschen und Halblinge – zusammen, die nicht nur mit Varters umgehen konnte, sondern mir – nach Valkas Ansicht – Respekt und Loyalität entgegenbrachte. Natürlich wußte ich um die Gefahren und ging entsprechend vorsichtig mit den Männern um. Es ging mir darum, sie zu einer Mannschaft zusammenzuschmieden, mir ein Schiff zu besorgen und dann davonzusegeln.

Das Problem lag in der Frage, wohin ich mich wenden sollte.

Nach Tomboram? – Oder nach Vallia?

Meine Verpflichtung gegenüber Tilda und Pando betrachtete ich als erledigt, so daß ich durchaus nach Vallia fahren konnte. Dort würde mir Valka als Vallianer eine unschätzbare Hilfe sein.

Im Grunde bin ich ein Einzelgänger. Ich arbeite gern allein. Gleichzeitig bin ich mir einer seltsamen Macht bewußt – Wie soll ich sie nennen? – , Anziehungskraft? Wie auch immer, es ist die unheimliche Fähigkeit, die Loyalität und Ergebenheit anderer Männer auf mich zu ziehen. Ich lege es nicht darauf an, und nicht selten bringt mich dieses Talent sogar in Verlegenheit. Ich spüre, daß sich Männer mir zuwenden und auf meine Entscheidung warten. Vielleicht läßt sich dies aus der Tatsache erklären, daß ich einen Mitmenschen nie im Stich lasse, wenn es irgend möglich ist. Aber das kann nur ein Teil der Erklärung sein.

Dieses Charisma bringt natürlich auch Gefahren. Wenn Viridia oder einer ihrer Adjutanten erfuhr, daß eine Gruppe Männer zu mir aufsah, würden sie sofort an eine Meuterei denken, und die Klinge eines Meuchelmörders würde sich rot färben. Ich mußte meine Pläne also sehr vorsichtig in die Tat umsetzen.

Sie halten mich wahrscheinlich für einen heißblütigen Barbarenkrieger, der sich ohne nachzudenken in den Kampf stürzt – doch das ist ein Irrtum. Der Offizier eines 74-Kanonen-Schiffs hört nie auf zu denken und zu planen, weder auf Freiwache, noch im Kampfgetümmel, das dürfen Sie mir glauben.

Meine Angewohnheit des Vorausdenkens, die während meiner Nachtwachen dazu führte, daß ich mir jede mögliche Katastrophe ausmalte und meine Reaktion darauf festlegte – diese natürliche Vorsicht hat sicher auch zu meiner Entscheidung geführt, keinen Versuch zu machen, die *Viridia Jikai* in meine Gewalt zu bringen. Das Flaggschiff war von den sechs Schwertschiffen umringt. Selbst wenn ich die Piratenanführerin in meine Gewalt brachte und sie zu töten drohte, mochten die Kapitäne der anderen Schwertschiffe, Viridias Leutnants, angreifen.

Eines schönen Morgens machten wir am östlichen Horizont ein Segel aus und begannen das Schiff zu jagen. Wir holten mit einer Geschwindigkeit auf, die mich auf den Gedanken brachte, daß der Fremde ungewöhnlich langsam war. Seine Segelform war mir fremd. Das Schiff nahm Tempo auf und versuchte immer wieder nach Westen auszubrechen und die Inseln zu erreichen.

Valka kam zu mir auf die vordere Steuerbord-Varterplattform und starrte über die unruhige See. Das Wetter war gut, die kräftige Brise angenehm kühl.

»Was hältst du davon, Valka?«

Er sah mich überrascht an. Ich hatte ihm sehr wenig von mir erzählt, und auch er war nicht sehr redselig gewesen; unsere Freundschaft, so zerbrechlich sie war, gründete sich einzig und allein auf unsere gemeinsame Sklaverei und unsere Stellung als Varteristen.

»Erkennst du das Schiff nicht, Dray?«

Unvorsichtigerweise sagte ich: »Müßte ich das? Zwei Masten, viereckige Segel, Bugspriet. Sieht ein wenig plump aus. Heck hoch, aber schmal. Ich würde wahrscheinlich die Masten anders setzen, wenn ich den Kahn über größere Strecken segeln müßte.«

»Das Schiff kommt aus Zenicce.«

»Oh«, sagte ich und schwieg.

Zenicce! Die große Enklavenstadt mit der Millionenbevölkerung, durchzogen von Kanälen und Boulevards, die Stadt, in der Delia und ich versklavt gewesen waren, in der Prinzessin Natema in glücklicher Ehe mit Prinz Varden lebte! Die Stadt, in der ich Gloag kennengelernt hatte, der zwar kein Mensch, dafür aber um so menschlicher gewesen war. In dieser Stadt hatte ich in den schwarzen Marmorbrüchen geschuftet. In dieser Stadt wunderte sich meine mächtige Strombor-Enklave wahrscheinlich, was aus ihrem Lord geworden war. Ich hoffte, daß Großtante Shusha – die nicht meine Großtante war – die Geschicke des Hauses für mich lenkte, wie es ihr zustand.

Dann erkannte ich das Banner.

Purpur und ockerfarben schimmerte es im Licht der Doppelsonne.

»Ponthieu«, sagte ich. »Das Schiff gehört zum Haus Ponthieu!«

Nun, Prinz Pracek von Ponthieu hatte meine Delia zum Altar führen wollen – doch im letzten Augenblick waren seine Pläne vereitelt worden. Ponthieu war eine Enklave, die sich mit den Feinden Strombors verbündet hatte. Also . . .

»Woher weißt du das, Dray?« fragte Valka überrascht. »Du mußt in Zenicce gewesen sein, wenn du die Zeichen der einzelnen Häuser kennst . . .«

»O nein, Valka. Jeder See-Leem kennt die Farben seiner Opfer.«

»Das stimmt. Trotzdem ist es seltsam. Für mich sehen alle zeniccischen Flaggen gleich aus.«

Valka hatte also doch nicht alles über mich erfahren, als ich an Bord der alten *Nemo* gebracht wurde.

Wir eroberten das Schiff mühelos, das einen lustigen Namen hatte: *Wasser-Zorca.* In Wirklichkeit war es eine lahme Ente.

Es war im Klinkerstil gebaut, während Ruderer, Schwertschiffe und Argenter Kraweelschiffe waren. Dies gab mir zu denken.

Am gleichen Tag erreichten wir die Insel der Ruhe, unseren Piratenstützpunkt. Wir hatten eine erfolgreiche Reise hinter uns, und die Männer freuten sich auf ein bißchen Zerstreuung. Viridia wollte mit einem anderen Piratenkapitän über ein neues Schwertschiff verhandeln, das die gesunkene *Venus* ersetzen sollte. Die Insel, deren Bucht durch eine unauffällige Insel verdeckt wurde und deren weißer Strand alle Fremden täuschte, war der Ausgangspunkt für unsere Piratenzüge gegen die Handelsschiffe dieser Gegend. Bis jetzt hatte kein Schwertschiff des Königs unseren Ankerplatz gefunden.

Die Piraten ergriffen die Chance und veranstalteten ein großes Fest.

Im Licht der Frau der Schleier unternahm ich einen Spaziergang über den weißen Strand. Ich war niedergeschlagen. Wie üblich trug ich meinen roten Lendenschurz und die Waffen. In dem warmen Klima genügte diese Kleidung völlig, selbst in der Nacht. Im rosa

Schein der Monde – einer der kleineren Monde zog rasch über den Himmel – wanderte ich mit geneigtem Kopf dahin und dachte nach.

Strom Erclan hätte mich fast überrumpelt.

Er sprang hinter einem Felsbrocken hervor, und ich sah seinen Dolch aufblitzen. Im letzten Augenblick gelang es mir, sein Handgelenk zu packen, dann schob ich ihn von mir. Doch er versetzte mir einen Tritt in den Leib und sprang zurück, wobei er sein Rapier zog, als er erkannte, daß er um einen echten Kampf nicht herumkam.

Ich zog meine Waffe.

»Du stinkender Cramph!«

Strom war angeblich ein guter Kämpfer mit Rapier und Main-Gauche. Ich hatte ihn beim Entern beobachten können, und er war ein Mann ohne Angst. Ich nahm Kampfstellung ein und wartete ab, denn ich wollte ihn nicht töten – noch nicht.

»Du räudiger Rast! Du Offalhaufen!« brüllte er und belegte mich mit weiteren Schimpfworten, wobei er offenbar hoffte, daß ich die Beherrschung verlor.

Nach einer Weile sagte ich: »Du Kleesh! Du solltest jetzt lieber bescheiden verschwinden – oder du bist ein toter Mann.«

Ob seine frühere Erziehung den Ausschlag gab oder ob er nur eifersüchtig war, ist nicht von Bedeutung. Er stürzte sich mit beiden wirbelnden und zustoßenden Klingen zugleich auf mich. In seinem Angriff lag eine unbändige Wut.

Ich parierte, stoppte ihn, drehte mich zur Seite – doch er entwischte mir. Ein zweitesmal wollte er auf den Trick nicht hereinfallen. Ein echter Schwertkämpfer merkt sich solche Dinge – wenn nicht, lebt er nicht lange.

Unsere Klingen kreuzten sich und glitten klirrend aneinander entlang. Er sprang vor, ich drängte ihn zurück und stieß zu, er fing meine Klinge mit dem Dolch ab, hielt dagegen und zuckte vor, so daß ich sein Rapier meinerseits mit dem Dolch stoppen mußte. Einen Augenblick lang ragten die vier Stahlklingen in den rosa Mondschein, gefährlich schimmernd, tödlich und noch ohne Blut.

Schnell wie ein Leem zog er plötzlich seinen Dolch zurück und setzte zu einem tiefen Stich an. Ich taumelte zur Seite, fing mich und nahm sofort wieder Kampfstellung ein.

Er war gut – daran gab es keinen Zweifel. Ich dachte an Galna, mit dem ich im Korridor des Strombor-Palastes gekämpft hatte; ja, das war lange her, doch ich spüre noch heute den Aufprall von Stahl auf Stahl und höre das Klirren der Klingen, die zum tödlichen Duell gekreuzt werden.

Dann versuchte er eine komplizierte Passage durchzubringen, doch ich erwischte ihn; im rosa Mondlicht der Frau der Schleier brach Strom Erclan laut keuchend und mit in ungläubigem Staunen geweiteten Augen zusammen. Mein Rapier hatte sich in sein Herz gebohrt.

15

Heiseres Geschrei und gutmütige Streitworte tönten aus den Holzhütten, in denen die Inselpiraten feierten.

Am Saum der Büsche weiter unten am Strand lag die Leiche Strom Erclans. In kurzer Zeit mochten die Waldbewohner den Leichnam bis auf die Knochen abgenagt haben.

Ich wußte, daß man Strom Erclan nicht lange nachtrauern würde.

In dem scheunenähnlichen Holzhaus, in dem Viridias Vertraute zusammensaßen, roch es nach schweren Weinen, die aus den Frachträumen von hundert Schiffen stammten. Die Tische waren mit Köstlichkeiten aller Art überladen. Verschwitzte Mädchen eilten hin und her und mußten dabei oft den forschenden Händen der Männer ausweichen. Es gab reichlich zu essen – die Piraten gingen mit einem unvorstellbaren Hunger ans Werk. Unmengen von Wein wurden getrunken. Ab und zu sprang ein Mann auf, schrie etwas und begann einen wilden Tanz oder ging auf Händen durch den Raum, oder zwei begannen einen tödlichen Zweikampf mit Dolchen, der damit endete, daß einer blutspuckend am Boden verendete und der andere sich dem Ermittlungsgericht der Piraten stellte. Halbmenschen verschiedener Art tranken und feierten auf ihre Weise – doch im Kreis der Kapitäne waren hier alle gleich.

Viridia hatte mich, Dray Prescot, in diese illustre Gesellschaft eingeladen.

Sie saß am Kopfende eines Tisches, schüttete ihren Wein hinunter und schrie und lachte wie jeder andere Pirat im Raum. Mir fiel auf, daß Valka am unteren Ende des Tisches saß und die Nase in einen Weinkrug gesteckt hatte. Als ich an ihm vorbeiging, blickte er auf und blinzelte mir zu. Unwillkürlich mußte ich an Inch denken.

»Dray Prescot!« rief Viridia und lehnte sich schwankend zurück. Ihre blauen Augen waren klar und scharf, und ich bemerkte in ihnen eine wache Intelligenz; doch ihr Körper torkelte, und ihr Kopf ruckte hin und her, und sie lachte schriller als sonst. Neben ihr saß ein Chulikkapitän, eine gewaltige Masse in einem Prunkanzug aus Goldbrokat, Spitzen und roter Seide; seine Hauer schimmerten weiß und waren mit Goldkronen verziert – etwas, das ich bisher noch nicht gesehen hatte. Er versorgte Viridia mit Wein. Sie lachte, leerte ihren Kelch und hob ihn, damit er wieder gefüllt werde.

Wie schon erwähnt – Chuliks eignen sich durchaus als Seeleute; von den Halblingen sind die Hobolings zweifellos die besten Matrosen auf Kregen, während ich Fristles, Ochs oder Rapas überhaupt nicht an Bord dulden würde. Ich wußte, daß die Relts, die sanfteren Vettern der Rapas, als Aufseher und Schreiber zur See gingen, aber auch sie hielt ich nicht für seetüchtig.

Der Chulikkapitän, ein gewisser Chekumte, wollte Viridia ein Schwertschiff verkaufen. Mir war seine Absicht klar – und wie ich sah, hatte ihn Viridia ebenfalls durchschaut. Wahrscheinlich konnte sie ihn mühelos unter den Tisch trinken.

»Ein schnelles, wendiges Schiff, Viridia«, sagte Chekumte mit schwerer Zunge zu ihr. Er verschüttete seinen Wein, als er sich zudringlich zu ihr hinüberbeugte. »Hundertundzwanzig Ruder – und schnell wie ein Königskorf!«

»Hundertundzwanzig Ruder!« sagte Viridia verächtlich. »Zemzile-Anordnung!«

»Warum nicht? Das Schiff hat mir gute Dienste geleistet, aber ich habe ein neues Schwertschiff aus Walfarg gekapert und meine Streitmacht ist ausgewogen. Ich brauche es nicht mehr.«

»Und nun versuchst du mir deine alten Kähne anzudrehen, Chekumte!«

Ich stand vor den beiden und hörte zu, denn Zuhören bringt Informationen.

Viridia hob mir ihr Glas entgegen. Die Finger, die um den Stengel lagen, schimmerten vor Ringen. Ihr gebräuntes Gesicht rötete sich von Minute zu Minute mehr. »Dray Prescot! Du trinkst ja gar nicht!«

»Sobald ich weiß, was du von mir wolltest, nehme ich mir etwas Wein.«

Sie runzelte die Stirn, als hätte ich sie beleidigt. Aber dann nahm sie sich zusammen.

»Hast du Strom Erclan gesehen? Ich muß diesen Abschluß mit

ihm besprechen. Für einen Chulik ist mir dieser Chekumte zu schlau.«

Chekumte lachte auf, fuhr sich mit der Zunge über die goldenen Hauer und leerte seinen Kelch.

Ich wollte nicht lügen. »Ich habe ihn noch vor einer halben Stunde am Strand gesehen.«

»Wahrscheinlich mit einem Mädchen.« Viridia ließ sich mit mürrischem Gesichtsausdruck zurücksinken.

Ich sagte ihr nicht die volle Wahrheit – denn ich wollte keinen Ärger. Stattdessen fuhr ich beiläufig fort: »Ein Zemzile-Schiff würde nicht in deine Flotte passen, Viridia; da es nur hundertundzwanzig Ruder hat, muß das Schiff kurz sein, und wenn es kurz ist, muß es schmal sein, um schnell zu sein, und wenn es schmal ist, nützt es uns bei schwerem Seegang nichts. Ich habe schon genug Mühe mit den Vartermannschaften auf dem ruhigen Deck deines Flaggschiffs.«

Chekumte richtete sich auf. Seine Augen waren blutunterlaufen. Seine dünnen Lippen gaben die goldverzierten Hauer frei. Ein Chulik hat wenig Ähnlichkeit mit einem Menschen. Das einzig Positive, das ich je über die Chuliks gehört habe, ist ihre Treue gegenüber ihrem Arbeitgeber.

Chekumte wandte sich wutschnaubend an Viridia: »Läßt du es zu, daß dir ein likshugezeugter Offal wie der in deine Geschäfte hineinredet, Viridia?«

Viridia war wütend. Sie spielte mit dem Griff ihres Rapiers. Als wollte sie ihre Wut auf die Womoxes übertragen, die im Schatten hinter ihr warteten, stand sie auf. Einen Augenblick lang standen wir drei uns gegenüber, und allmählich verstummte der Lärm im Saal, als die anderen die wachsende Spannung spürten.

Chekumte zog sein Rapier und hob es langsam, bis die Spitze meine Brust berührte. Meine Haut wurde nicht verletzt.

»Diesem elenden Wurm muß ich eine Lektion erteilen, Viridia!«

Ich sah sie an. Die Auseinandersetzung war ein Test für sie, das wußte ich. Ich fragte mich, ob sie es auch schon gemerkt hatte.

»Beim verfluchten Armipand, Chekumte! Laß ihn in Ruhe!«

»Erst wenn er vor mir kniet und mich um Verzeihung bittet!«

Ich hatte keine Bewegung gemacht. Stirnrunzelnd starrte ich Viridia an. Unter ihrem Brustpanzer atmete sie schwer. Sie war sichtlich hin- und hergerissen – was mich doch sehr verwunderte.

»Laß die Sache auf sich beruhen, Chekumte! Ich kaufe das Schwertschiff. Hier! Geben wir uns die Hand drauf!«

Aber der Chulik nahm seine Rapierspitze nicht von meiner Brust.

»Erst muß sich dieser Cramph entschuldigen!«

»Diese Insel heißt die Insel der Ruhe«, sagte ich. »Ich hatte nicht damit gerechnet, hier in einen Streit verwickelt zu werden.«

»Dies ist kein Streit, Cramph! Du, Prescot! Auf die Knie! Leck mir die Stiefel! Bitte mich um Verzeihung, oder ich spieße dich auf!«

»Chekumte!« protestierte Viridia. Sie begann die Beherrschung zu verlieren, und ein Funke ihrer alten Wildheit glimmte in ihren Augen auf. »Ich habe meine Männer hier. Willst du, daß hier in unserem Versteck Blut vergossen wird?«

»Es geht um meine Ehre, um Chulikehre! Bei Likshu dem Verräterischen! Ich mache den Kerl fertig!«

Unverwandt starrte ich Viridia an – doch sie wollte meinen Blick nicht erwidern.

Ein betrunkener Pirat, der weiter unten an der Tafel saß, lachte laut auf. Er stammte aus dem Verfluchten Menaham – oder Menahem; beide Schreibweisen sind gebräuchlich – und hatte wenig übrig für einen Mann aus Tomboram, das er für meine Heimat hielt. »Töte ihn, Chekumte! Worauf wartest du noch?« Er schwenkte seinen Weinkrug und verspritzte die Flüssigkeit über seine Schärpe, die in den Farben seines Landes blaugrün gemustert war.

»Halt!« rief Viridia. Ihre blauen Augen blitzten mich nun mit einer Leidenschaft an, die jeden Augenblick ausbrechen und eine tödliche Auseinandersetzung auslösen konnte.

»Anscheinend können wir diesen Chulik nicht mehr umstimmen, Viridia«, sagte ich. Mit einer schnellen und überraschenden Bewegung trat ich zurück, so daß Chekumte sein Rapier plötzlich ins Leere hielt. Ich erhob die Stimme und rief: »Hört mich an, ihr Inselpiraten! Ich werde diesen hitzigen Chulik im fairen Kampf besiegen! Die Sache geht nur ihn und mich etwas an! Es geht um die Ehre, nicht wahr?«

Nach einer lautstarken Diskussion ging die allgemeine Ansicht dahin, daß der Streit tatsächlich nur mich und Chekumte betraf. Er sprang vom Tisch zurück und kam auf mich zu.

»Du hast mich lächerlich gemacht, Mensch! Jetzt wirst du sterben.«

Ich zog meine Waffe und erwartete ihn.

Er war ein Meister mit dem Rapier, wie vor ihm Strom Erclan. Als sich unsere Klingen kreuzten, spürte ich die Kraft seiner massigen Handgelenke und wußte, daß ich meine ganze Kraft brauchen würde. Und doch frage ich mich zuweilen, ob ich nicht die Fähigkeiten anderer Schwertkämpfer übertreibe, um meine Geschicklichkeit herauszustreichen. Ich weiß es nicht. Ich weiß, daß ich gegen viele Könner gekämpft habe, die in ihren Ländern berühmt waren – und daß ich bisher jeden besiegt habe. Ist dies der Beginn einer Paranoia? Doch mit jedem neuen Kampf spüre ich, daß ich diesmal vielleicht einen ebenbürtigen oder überlegenen Gegner gefunden habe. Wahrscheinlich ist es diese kribbelnde Spannung vor dem Unbekannten, diese Empfindung, daß jeder Kampf der letzte sein kann, die mir die Nervenkraft zum Weitermachen gibt. Ich bin auf Schwertkämpfer gestoßen, die sich nach unzähligen Erfolgen für unbesiegbar gehalten haben und die es bei ihrem Kampf nur auf das Töten und den Ruhm anlegten. Dies ist für mich die reinste Barbarei. Ich verabscheue das Töten, wie ich schon mehrfach gesagt habe. Wenn ich annähme, daß ich nie einen Kampf verlieren könnte – wo läge dann der Spaß an einem Kampf? Zair möge mir vergeben – aber Kämpfen macht mir Spaß!

Chekumte war ungewöhnlich gut. Er hätte Strom Erclan nach zwei oder drei Passagen mühelos erledigt. Chekumte kam von einer der vielen Chulikinseln, die sich vor der Südostküste von Segesthes in einer Kette nach Nordosten erstrecken. Auf diesen Inseln werden die Kinder an allen möglichen Waffen ausgebildet, die ihnen in ihrem späteren Söldnerleben vielleicht begegnen – und der Söldnerberuf ist der Hauptbroterwerb der Chuliks.

Chekumte hatte eine ausgezeichnete Ausbildung genossen – durch einen Meister, den ich gern kennengelernt hätte. Außerdem war er Pirat geworden, was für einen Chulik ungewöhnlich war, und hatte sich die Führung über seine Bande gesichert.

Wir kämpften schnell und energisch – Vorstoß, Parade, Rapier gegen Main-Gauche, Wende, Zurückweichen in dem Gewirr der zu Boden geworfenen Knochen und Fleischstücke.

Doch schließlich vermochte ich ihn mit einer sehr schönen Passage gegen einen Tisch zu drängen, so daß er sich nach hinten beugen mußte, um nicht aufgespießt zu werden. Mit tiefgehaltenem Dolch und erhobenem Rapier schnellte er vor. Er fintete einen Dolchstoß und hieb schnell wie ein Leem diagonal mit dem Rapier herab. Bei ihm arbeiteten Jiktar und Hikdar in vorzüglichem Zusammenspiel. Ich hörte einen schrillen Angriffsschrei, der abrupt verstummte, dann hatte ich die herabzuckende Klinge mit meiner Main-Gauche aufgefangen und abgelenkt, und im nächsten

Augenblick ragte meine Rapierspitze dem Chulik aus dem Rükken.

Sofort zog ich die Klinge zurück, und Chekumte ließ seine Waffen fallen. Er blickte erstaunt an sich herab und legte beide Hände auf das blutende Loch in seiner Brust. Meine Spitze war glatt hindurchgegangen; aber er hatte keine Chance mehr.

»Du kämpfst gut«, sagte er noch, ehe ihm helles Blut über die Lippen sprudelte. »Für einen Menschen kämpfst du zu gut.«

Dann brach er zusammen.

Ohne innezuhalten eilte ich zu dem Mann aus Menaham und zeigte ihm die blutige Rapierklinge. »Was wolltest du sagen?« fragte ich.

Er starrte mich an. Sein Gesicht war aschfahl. »Ich habe nichts gesagt, Dray Prescot.«

»Das ist auch gut so.«

Nachdem man etwas saubergemacht hatte, ging das Fest weiter. Einige Piraten hatten ihre Zecherei gar nicht unterbrochen. Später ließ mich Viridia holen; einer ihrer Womoxes trottete behäbig durch das dunstige rosa Mondlicht vor mir her.

Viridias Zimmer im Piratendorf war mit der gleichen barbarischen Pracht eingerichtet wie ihre Kabine an Bord des Flaggschiffs. Als mich der Womox abgeliefert hatte und sich zurückzog, fiel mir auf, daß sie irgendwie anders aussah. Dann erkannte ich, daß ich recht behalten hatte. Sie trug wirklich einen Panzer, ein geschmeidiges Kettenhemd, das vermutlich nicht aus einer Waffenschmiede des Binnenmeeres, sondern aus dem geheimnisvollen fortschrittlichen Havilfar stammte. Das Kettenhemd hatte sie nun abgelegt.

Sie stand neben der Samphronöllampe. Ihr gebräuntes Gesicht schimmerte. Sie hatte ein Makeup aufgelegt, das sehr reizvoll war. Sie trug ein langes weißes Kleid, das ihr bis zu den Knöcheln reichte. Ihr dunkles Haar war frisch gekämmt worden – und das war wahrhaftig eine Aufgabe für Kyr Nath gewesen, den kregischen Herkules! Ihre blauen Augen musterten mich mit einem seltsam schmelzenden Ausdruck, der mich nervös machte. Ich kannte diesen Blick in den Augen von Frauen, ich kannte den Ärger, den er bringen konnte, und machte mich auf das Schlimmste gefaßt.

Sie kam auf mich zu und hielt mir die Arme entgegen.

»Du hast ausgezeichnet gekämpft, Dray. Chekumte war ein gefürchteter Schwertkämpfer.« Ihre Stimme zitterte.

»Das hättest du mir vorher sagen können«, erwiderte ich leichthin. Ich versuchte die Sache herunterzuspielen – doch Viridia hatte andere Absichten, die ich durchaus erkannte, die mir aber gar nicht willkommen waren.

»Magst du mich so wenig, Dray?«

»O doch. Du bist, was du bist ...«

Sie biß sich auf die Lippen. »Das ist nicht galant.«

»Warum nicht? Du hast den Beruf der Piratin gewählt, du bist ein Piratenkapitän und kleidest dich entsprechend. Du bist sicher stärker und gewalttätiger als deine Männer. Also ...«

»Aber ich bin jetzt anders, Dray!« In ihren blauen Augen fing sich der weiche Schimmer der Samphronöllampe. Sie zitterte. »Ich habe mir das Haar gekämmt, und ich habe ein Bad genommen, und ich bin sauber, habe mich mit duftendem Öl gesalbt ... und ...«

»Du bist sehr schön, Viridia«, versicherte ich – und ich log nicht, so überraschend meine Worte auch sein mögen. Ihr Körper zeichnete sich in festen reizvollen Kurven unter der einfachen weißen Robe ab. Die pandahemische Seide war sehr glatt, sehr weich und fast durchsichtig. Sie atmete heftig, und die Seide raschelte bei jedem Atemzug.

»Warum verschmähst du mich? Du mußt doch gemerkt haben, mit welcher Gunst ich dich behandelt habe ...«

Ich lachte nicht, doch ich spürte, wie sich meine Lippen zu einem unangenehmen Lächeln verzogen. »Ich muß eine Herde Calsanys ausbilden, die Stroh im Kopf hat! Ich muß gegen den berühmtesten Schwertkämpfer der Inseln antreten! O ja, Viridia, du hast mir manche Gunst erwiesen!« – Sie explodierte.

Viridia sprang auf mich zu und begann mir mit den Fäusten auf der Brust herumzutrommeln. Sie schrie und weinte, und ihr Haar wehte mir in die Augen, und die edelsteinbesetzten Haarnadeln flogen in alle Richtungen. Sie versuchte mich sogar zu treten, und ich mußte an Pando denken. Hastig packte ich ihre Handgelenke und senkte ihre Arme, und wir starrten uns einen Augenblick lang an.

Über ihre Wangen liefen dicke Tränen. Ihre vollen Lippen bebten. »Dray Prescot! Ich hasse dich! Ich hasse dich!«

»Ich hasse dich nicht, Viridia. Aber ich liebe dich auch nicht. Das kann nicht sein.«

Ihre Erregung verebbte. Sie ließ sich gegen mich sinken, so daß unsere Hände zwischen uns gefangen waren und ich die Weichheit ihres Körpers spüren konnte. Sie stöhnte.

»Sag, daß das nicht stimmt, Dray! Bitte! Ich bin Viridia! Mein Wort ist Gesetz! Ich kann dich fesseln und auspeitschen lassen! Sag nicht, daß du mich nicht liebst!«

»Was immer deine Männer tun – sie könnten meine Gefühle nicht ändern, Viridia! Und das weißt du auch, bei Zair! Das weißt du ebenso, wie du meine Zuneigung zu dir kennst! Aber Liebe – das kann ich dir nicht geben.«

Sie trat zurück, und ich ließ los. Der Seidenstoff legte sich eng um ihren Körper, als sie die Schultern straffte. Mit einer ungeduldigen Bewegung streifte sie sich das Haar aus dem Gesicht.

»Du weißt ja nicht, was du sagst . . .«

»O doch. Ich werde dir getreu bei deinen Piratenzügen helfen, Viridia. Ich werde ein loyales Mitglied deiner Bande sein. Aber mehr kann ich dir nicht versprechen.«

Ich sah den Schimmer in ihren blauen Augen. Ich sah, wie sich ihr Körper anspannte, wie sie tief einatmete und die Fäuste ballte. Ich wartete.

»Raus hier! Raus, Dray Prescot! Oh, du Dummkopf! *Verschwinde!*«

Und um meiner Liebe zu Delia willen ließ ich die leidenschaftliche Viridia unbefriedigt und zornbebend inmitten ihrer Piratentrophäen allein.

Um ehrlich zu sein, fast hätte mich das Mitleid übermannt.

16

Am nächsten Morgen spielte sich am Strand vor dem Inseldorf eine makabre Szene ab. In der Hafenbucht dümpelten die Schwertschiffe im Wasser. Das Wetter war heiß. Die Männer eilten herbei, um der Bestrafung von zwölf Piraten beizuwohnen, die ein Boot hatten stehlen wollen – mit der offen eingestandenen Absicht, zur nächsten Hafenfestung auf der Inselkette zu fahren. Diese Festung gehörte zu Lome, einem Land, das im äußersten Nordwesten Pandahems lag. Lome war nicht übermäßig groß, besaß jedoch eine wehrhafte Flotte, die waagerechte blaugrüne Streifen in der Flagge führte.

Ich möchte das Schicksal der armen Männer nicht im einzelnen schildern. Ob sie bezahlte Spione waren oder des Piratenhandwerks überdrüssig, oder ob sie sich vielleicht mit ihrem Piratenkapitän zerstritten hatten, sollte ich nie erfahren. Ich wandte mich ab, als die Hinrichtungen begannen, und zog mich zurück, um nachzudenken. Kein Zweifel, mein Fluchtplan mußte verteufelt gut ausgetüftelt sein, sonst würde ich so enden wie die armen Teufel unten am Strand.

Als wir schließlich wieder in See stachen, achtete ich darauf, nicht an Bord von Viridias Flaggschiff zu sein. Wir legten uns mächtig in die Riemen; an Bord der Piratenschiffe kam jeder auf den Ruderbänken an die Reihe, sogar ich, obwohl ich inzwischen zum Anführer der Varteristen, zum Varter-Hikdar, aufgestiegen war.

Aber meine Hoffnung, daß ich mich Viridias Aufsicht eine Zeitlang entziehen konnte, erfüllte sich nicht. Ihr Flaggschiff rückte gefährlich nahe an unsere Ruder heran, und ein Ausrufer brüllte herüber:

»Dray Prescot ü-ber-setzen!«

Wie ein Ponsho-Hund, der mit zusammengekniffenem Schwanz seiner Bestrafung entgegensieht, wurde ich wieder hinübergerudert. Valka und die Männer, die ich als meine Vartergruppe ausgebildet hatte, wurden ebenfalls auf das Flaggschiff geholt.

Viridia war nicht an Deck, als ich an Bord kam. Ein gutaussehender großer Mann, der das rote Haar eines Lohiers hatte, begrüßte mich. Er war Viridias Leutnant gewesen und stolzierte nun mit einer neuen Goldborte herum. Ich vermutete, daß dieser Mann, Arkhebi genannt, Strom Erclans Position eingenommen hatte.

Hinter mir nahm das Schwertschiff, das ich verlassen hatte, seine Boote wieder an Bord, und in vollkommenem Rhythmus senkten sich die Ruder ins Wasser und brachten das Schiff an seine Position im Konvoi. Ich hatte keine Lust auf weitere Übungen am Ruder und sagte: »Du brauchst gute Geschützmannschaften, Arkhebi, da will ich gleich ein bißchen mit den Leuten trainieren. Ich bringe sie schon in Trab.« Arkhebi lächelte.

»Der Kapitän hat Sonderbefehl gegeben, daß du herüberkommst, Dray. Aber sie hat nichts weiter gesagt, und im Augenblick hat sie sich in der Kabine eingeschlossen.« Er schlug mir auf die Schulter. »Halt den Kopf ein bißchen unten, Dray Prescot!«

»Aye, Arkhebi, das will ich gern tun. Und Glückwunsch zu deiner Beförderung.« Ich deutete mit einem Kopfnicken auf unsere sechs Begleitschiffe. »Du wirst sie bald kommandieren.«

»Aye!« sagte er mit entwaffnender Zuversicht.

Mit der Steuerbordbreitseitenmannschaft stürzte ich mich in den Drill. Dabei konzentrierte ich mich mehr auf die Varters, da mit dieser Waffe eine flachere Flugbahn zu erzielen war als mit den normalen Katapulten. Ich strebte die Zielgenauigkeit und Schußgeschwindigkeit an, die ich mir auch auf meinem eigenen Schiff gewünscht hätte. Es mag Ihnen seltsam erscheinen, doch mir fehlte manchmal das rauhe Gebrüll der Breitseiten unserer irdischen Kanonen.

Bald hatte der Wind soweit aufgefrischt, daß die Ruder eingezogen und sämtliche Segel gesetzt werden konnten. Hauptsegel an Fock- und Hauptmast, Besansegel, Topsegel an Fock- und Hauptmast und das Klüversegel – so eilten wir durch das Meer. Schwertschiffe sind eine unangenehme Sorte Wasserfahrzeuge. Ich hätte lieber weiter die Ruder eingesetzt – solange ich nicht selbst auf der Bank schuften mußte. Mit den Segeln legte sich das Schiff schnell herum, die Gischt spritzte uns ins Gesicht, und gewaltige Wassermassen klatschten innenbords. Doch wir machten ziemlich gute Fahrt. So war nun mal das Piratenleben – voller Unbequemlichkeiten, Gefahren, aber auch voller Beute: Silber, Juwelen, Seidenstoffe und seltene Weine . . .

Unser erstes Opfer hatte die diagonalen blaugrünen Streifen gesetzt, die auf einen Argenter aus dem Verfluchten Menahem hindeuteten. Wir jagten darauf zu. Einige gut gezielte Schüsse unserer Bugvarters kosteten den anderen einige Stengen. Wir sahen drüben an Deck Waffen schimmern und wollten uns schon in Rammfahrt auf den Gegner stürzen, als Viridia, die sich bei der ersten Sichtmeldung nicht gerührt hatte, an Deck kam.

»Los, ihr Hunde!« brüllte sie in alter Wildheit. »Prescot, du Calsany! Laß deine dummen Varters schießen! Verdien dir deinen Anteil! Knüppelt mir den dicken Ponsho nieder und spart das Blut meiner Männer!«

»Aye! Aye!« Mehr brachte ich nicht heraus, ehe ich mich über die nächste Varter beugte. Die Waffe war gespannt, und ein Felsbrocken von Voskschädelgröße lag im Schlitten.

Ich betätigte den Auslöser, als das Schwertschiff von einer Welle angehoben wurde.

Der Stein fand sein Ziel. Jubelgeschrei ertönte, als sich der Hauptmast des Argenters zur Seite lehnte und in einem wilden Durcheinander von Takelage und Segeltuch ins Kielwasser stürzte.

Danach war die Sache nur noch ein Aufräumen.

Wir erbeuteten Gewürze, Stoffe, große Krüge mit pandahemischen Waren, Juwelenkisten, Waffen und Schmuckstücke und Dutzende von Amphoren. Kostbare Weine verschiedener Sorten wurden von der fröhlichen Mannschaft und den verängstigten Passagieren an Bord geschleppt, die jetzt unsere Gefangenen waren.

»Wir können das Ding notdürftig zurechtflicken«, sagte ich zu Viridia, während wir das lebhafte Treiben beobachteten. »Das Schiff wird uns viel lohisches Gold bringen.«

»Aye, Dray Prescot. Und Gold macht dir Freude, was? Gold ist alles, was du verlangst?«

Ich wandte mich nach ihr um. »Was immer du von mir denken magst, Viridia, ich werde dir und deinen Piraten immer treu sein. Keine Angst.«

»Das rate ich dir auch, Dray!«

In den nächsten beiden Tagen bekamen wir kein anderes Segel zu Gesicht, und Viridia trug sich mit dem Gedanken, zur Insel der Ruhe zurückzukehren. Wir hatten alle Segel gesetzt, und das Meer war dermaßen aufgewühlt, daß der Einsatz von Rudern unpraktisch gewesen wäre. Wenn ich auch etwas gegen das sinnlose Zusammenscharren von Reichtum hatte, wußte ich doch, daß ich auf meinen Piratenfahrten bereits eine ziemlich große Summe zusammengerafft hatte. Nun ging es nur noch darum, ein Schiff zu finden, das mich nach Vallia brachte. Dieses Leben korrumpierte mich.

»Segel voraus!«

Die Männer stürzten aufgeregt an die Reling und sichteten ein weißes Dreieck am Horizont. Nach einigen Burs kam die Takelage eines großen Argenters in Sicht – ein herrlicher Dreimaster unter vollen Segeln. Die Männer begannen schon abzuschätzen, was für Reichtümer sich an Bord befinden mochten.

Dann sah ich die Flaggen, die stolz an den Mastspitzen flatterten. Ganz blau waren sie, von einem stolzen Blau, und in der Mitte des blauen Felds schimmerte der orangerote Kopf eines Zhantil.

Ich kannte diese Flagge!

Pando hatte mir einmal aufgeregt gesagt, daß er einen Zhantilkopf zum Symbol seiner Herrschaft machen wollte – zur Erinnerung an die Zhantiltunika, die ich ihm hatte nähen lassen.

»Beute aus Tomboram!« rief Arkhebi begeistert.

Ich dachte an die *Dram Constant* und ihre blauen Flaggen, und ich dachte daran, wie wir mit Kapitän Alkers gegen das Schwertschiff gekämpft hatten, auf dem ich jetzt stand. Ich konnte mir sehr gut das Entsetzen und die Aufregung vorstellen, die jetzt auf dem Argenter aus Bormark herrschten.

Mein Gewissen ist ein schlüpfriges Gebilde. Mein Piratendasein hatte mir überhaupt keine Sorgen gemacht, solange ich nur Opfer plünderte, die Feinde von Vallia und Bormark waren. Doch jetzt mußte ich das Schiff eines Freundes erobern und vielleicht vernichten! Es gab keinen Ausweg aus meinem Dilemma; wie konnte ich diese Sache bereinigen, ohne daß mir ein Womox den Kopf vom Rumpf trennte?

»Segel reffen!« brüllte Arkhebi aufgeregt. Eifrige Hände machten sich ans Werk. Wir mußten die Segelfläche reduzieren, sonst schossen wir an dem Argenter vorbei wie ein Zorca an einem Vove.

Unsere vier Begleitschiffe – ein Schiff war mit dem erbeuteten Menaham-Argenter umgekehrt – lagen weit zurück. Wir waren zunächst mit dem stolzen Argenter Pandos allein. Vor meinem inneren Auge sah ich ihn und Tilda – doch es war wohl die Erinnerung an Kapitän Alkers, die mein Gewissen anstachelte.

Ich nahm ein langes, starkes Holzstück auf, das ich bequem mit beiden Fäusten umspannen konnte. Dann ging ich zur Reling. Dort schimmerte eine Enteraxt in der Hand eines Mannes, der mit gierigem Grinsen wie fixiert über das schimmernde Meer auf seine Beute starrte. Ich nahm ihm wortlos die Axt ab, fuhr herum, hieb mit ihr in die Brassen des Hauptsegels und durchtrennte mit schnellem Hieb auch die Taue der Hauptrahe.

In einem sirrenden Durcheinander aus reißenden Brassen und Tauen begann das Hauptsegel zu knallen, dann polterte dröhnend die Hauptrahe auf Deck.

Sofort herrschte größte Verwirrung.

Viridia kreischte Befehle, Arkhebi lief brüllend und gestikulierend herbei. Ich eilte nach vorn und wiederholte meine Aktion am Fockmast.

»Dray! Du Wahnsinniger! Hör auf!«

Viridia rannte über das Deck auf mich zu, gefolgt von ihren vier Womoxes, die bereits die Schwerter zogen. Ihre häßlichen Gesichter zeigten keine Vorfreude auf den blutigen Kampf, doch ich wußte, daß sie mich nicht leiden konnten – und sie waren äußerst gefährlich. »Wir können den Argenter nicht aufbringen, Viridia, das ist alles. Der Schaden hier läßt sich schnell beheben.«

Die Männer liefen verwirrt durcheinander, und das Schiff rollte und fiel vom Wind ab, als das Besansegel es herumzog. Mir war alles gleichgültig, solange ich Pandos Schiff nur die Chance zur Flucht eröffnete. Und wirklich – kaum hatte der Argenter aus Bormark unser Problem bemerkt, da begann er auch schon zu wenden und hielt jetzt auf die schützenden Inseln zu, die sich undeutlich am westlichen Horizont abzeichneten.

Wenn ich gehofft hatte, daß Viridia etwas für mich empfand, das die Gewalt ihrer Rache mildern würde, hatte ich mich getäuscht.

Valka und die anderen Angehörigen meiner kleinen Gruppe drängten sich im Hintergrund zusammen und wußten sichtlich nicht, was sie tun sollten. Sie begriffen nicht, was ich erreichen wollte.

»Das Schiff kommt aus einem Land, das mit mir befreundet ist!« brüllte ich. »Niemand beraubt meine Freunde! Vergeßt das nicht!«

»Und niemand stellt sich zwischen mich und meine Beute!« rief Viridia mit schriller Stimme. Sie war außer sich vor Wut, ihr Gesicht war so rot wie mein Lendenschurz. Sie deutete auf ihre Leibwache. »Ergreift ihn – tötet ihn aber nicht! Ich unterhalte mich weiter mit ihm, wenn ihr ihn in Ketten gelegt habt!«

Ich sah zwei rothaarige Männer ihre Langbogen senken und wußte, daß ich eine Chance hatte. Ich warf die Axt zu Boden.

»Dann töte ich auch nicht!« brüllte ich.

Doch schon gingen die Womoxes zum Angriff über.

Sie versuchten mich niederzuschlagen, mich zu verwunden. Sie stürmten so wild heran, daß ich zurückgeschleudert wurde und in die Knie brach. Ich verwendete das lange Holzstück, um mich wieder hochzustemmen. Dann packte ich es, als wäre es mein Krozairschwert, und rammte dem nächsten Womox das spitze Ende in den Unterleib. Noch ehe er ächzend zusammenbrach, hatte ich mein Holzschwert gegen den Kopf des nächsten knallen lassen. Er duckte sich mit der instinktiven Anmut eines Kämpfers, doch das Holz prallte gegen eins seiner Hörner und brach es ab. Er schrie entsetzt auf. Schon wich ich den Klingen seiner Artgenossen aus, die es nun doch auf mein Leben abgesehen hatten. Sie gerieten förmlich in einen Blutrausch. Ich konnte keine Gnade mehr von ihnen erwarten.

Ich hörte Viridia schreien und kümmerte mich nicht um sie. Durch schnelle Bewegungen und Täuschungsmanöver, durch eine ständige Folge von Angriffen und Schlägen hielt ich mir die beiden Womoxes vom Leib, bis ich das Holzschwert über die Rippen des einen ziehen und ihm dann das spitze Ende ins Gesicht stoßen konnte, als er zusammenklappte.

Blutspuckend torkelte er zurück.

Der zweite hatte sich von dem Verlust eines Horns erholt und stürmte heran. Der letzte senkte den Kopf und versuchte mir mit den Hörnern die Augen auszustechen. Ich hüpfte zurück, ließ das

Holzstück schwingen und schlug ihm damit den Schädel ein. Der erste Womox, der sich langsam wieder gefangen hatte, griff zusammen mit seinem Kameraden an. Jetzt wurde es gefährlich. Ich umkreiste die beiden, wobei ich das lange Holzschwert schwenkte. Ich glaube nicht, daß es die Womoxes jemals mit einem Langschwertkämpfer zu tun gehabt hatten, denn ich konnte sie mit einer Serie von Passagen verwirren, ohne mich um ihre Dolche zu kümmern, die mich an den Rippen etwas Haut kosteten, und hieb meine Holzwaffe schließlich in das Gesicht eines Womox. Er torkelte zurück, und ich erwischte den letzten mit dem Rückhandschlag, indem ich ihm den Brustkorb eindrückte – dann sprang ich los, und erledigte den letzten Überlebenden.

Der Kampf war schnell und erbarmungslos gewesen, doch bis jetzt war noch nichts entschieden – bildete ich mir jedenfalls ein.

Viridia hatte die Hände vor den Mund geschlagen. »Dray . . .«, flüsterte sie.

»Ich will dir nichts Böses, Viridia, aber deine Leibwache existiert nicht mehr.«

In diesem Augenblick hörte ich Valkas schrille Stimme.

»Dray! Hinter dir!«

Ich wirbelte herum. Ein Angehöriger der Brokelsh-Rasse versuchte mich mit einem Axthieb von hinten zu erledigen. Ich sprang zur Seite, und als ihn der Schwung der Bewegung nach vorn riß, gab ich ihm einen Schlag auf den Rücken. Der Mann knallte auf das Deck, doch mein hölzernes Langschwert zerbrach in der Mitte.

»Männer!« brüllte ich und schwang den abgesplitterten Stumpf. »Wir sind Kameraden! Es gibt viele dicke Ponshos auf dem Meer. Uns kann jeden Augenblick ein neues Schiff vor die Varter laufen!«

Viridia stand wie versteinert vor mir. Noch begriff ich nicht das Ausmaß der Katastrophe, die ich über sie gebracht hatte. Ich trat neben sie und versuchte sie zu beruhigen, auch wenn es mir schwerfiel.

»Bitte, Viridia. Versuch mich zu verstehen! Erfülle mir diese Bitte – respektiere die Flagge eines Verbündeten, dann wird alles gut.«

»Du verstehst wohl überhaupt nichts mehr, Dray Prescot?«

Ehe ich etwas erwidern konnte, ertönte der Ruf: *»Segel voraus!«*

Die Reaktion erfolgte sofort und automatisch. Alle eilten zur Reling – so groß ist die Beutegier an Bord eines Piratenschiffs.

Es war ein breiter Argenter aus Jholaix, wie wir schnell an der blauen Flagge mit der hellroten Amphore feststellten. Dieser

Anblick gab mir wieder Mut. Ein Schiff aus Jholaix versprach gute Beute.

Ich sprang in die Wanten, warf den zersplitterten Stumpf des Holzschwertes fort, das mir so gute Dienste geleistet hatte, und zog mein Rapier.

»Seht ihr!« brüllte ich. »Seht, was uns die Götter geschickt haben! Habe ich's euch nicht gesagt?« Ich hob meine Waffe. »Und ihr alle wißt, ihr Meerleems, was ein Schiff auf Jholaix an Bord hat!«

»Aye!« brüllten sie. »Aye, Dray Prescot! Wein aus Jholaix, der beste auf allen Meeren!«

Wie die Wilden machten wir uns daran, unsere Takelage wieder in Ordnung zu bringen. Es wurde viel geflucht, doch als wir wieder Segel setzen konnten, hatten die anderen Schiffe unserer Flotte aufgeholt. Gemeinsam stürzten wir uns auf das Weinschiff aus Jholaix, das keinen Widerstand leistete.

Als die Doppelsonne untergegangen war und die Hoboling-Inseln am Horizont auftauchten, erreichte das Fest an Bord seinen Höhepunkt.

Viridia trat neben mich. »Jetzt hast du also das Kommando übernommen, Dray Prescot«, sagte sie.

»Aber nein, Viridia . . .«

»Die Männer folgen dir. Du hast dich als Kämpfer bewiesen. Du bist ein Kapitän des Glücks.«

»Ich bin ein Mann des Friedens. Ich will deine Mannschaften und deine Schiffe nicht! Du wirst andere Leibwächter finden.«

Sie starrte mich an. »Ich hatte ihnen gesagt, sie sollten dich nicht umbringen, und sie haben ihre Schwerter nicht benutzt. Aber dann . . .«

»Aber dann wollten sie mich doch töten, Viridia. Das hast du selbst gesehen.«

So standen wir eine Zeitlang nebeneinander, und ich wußte nicht, was sie in diesen Augenblicken dachte.

Im Rückblick fällt mir ein, daß Sie sich vielleicht fragen, warum ich nicht doch das Kommando über die Piraten übernommen hatte. Dadurch hätte ich doch die Möglichkeit gewonnen, nach Vallia zu segeln. Aber so einfach wäre das natürlich nicht gewesen, denn ein Schwertschiff hätte ziemliche Mühe mit der Passage gehabt. Ich kann nur sagen, daß mir dieser Schritt damals nicht vernünftig vorkam.

17

Mein veränderter Status an Bord löste große Unruhe aus, bis ich Valka bat, den Männern die Lage klarzumachen. Viridia war noch immer Kapitän. Wir hatten einen kleinen Streit ausgefochten, bei dem es um ein Schiff gegangen war, das einem meiner Freunde gehörte. Die Sache war freundschaftlich geregelt worden, und jetzt war ich bereit, die Vartermannschaften wieder das Fürchten zu lehren – und sie hatten ja gesehen, wie ich mit einem Prügel umzugehen verstand. Valka hatte offenbar den Wunsch, daß ich das Kommando übernahm. Ich musterte ihn mit offener Neugier, als wir in den Hafen einliefen und der Anker in das ruhige Wasser fiel.

»Du behauptest, du seist aus Vallia, Valka. Aber du hast mir noch gar nicht viel über dich erzählt.« Inmitten der anderen Piraten waren wir in das Langboot gestiegen. Kräftige Arme bewegten die Riemen, und wir flogen förmlich über das stille Wasser zum weißen Strand. »Ich erwarte natürlich nicht, daß du mir alles erzählst, aber ich bin neugierig, das gebe ich offen zu. Was könnte es dir nützen, wenn ich hier das Kommando führte?«

Er wollte mir auf seine schnelle und wortgewandte Art antworten, aber ich hob die Hand. »Denk daran, Valka, es würde den Tod Viridias bedeuten. Soviel ist sicher.«

»Aha, Dray Prescot! *Deshalb* hast du also das Kommando ausgeschlagen! Aus Sorge um Viridia die Piratin?«

Wenn er das vermutete, war es mir recht. Vielleicht hätte ich ihn sofort berichtigen sollen, aber ich vertraue mich nur Menschen an, die ich wirklich gut kenne.

Wir gingen zum Dorf hinauf und hatten uns bald eingehend mit einer Flasche Jholaix-Wain beschäftigt. Das Getränk war süffig und mild und trug dazu bei, daß sich Valkas Zunge lockerte.

»Kennst du Vallia, Dray?« fragte er. »Bist du schon einmal in diesem schönen und bösen Land gewesen?«

Ich überlegte einen Augenblick. »Nein, niemals«, sagte ich dann.

Er seufzte und leerte seinen Krug. »Es ist ein Land, wo man alles finden kann, was das Herz begehrt – doch nur jene, die in den privilegierten Positionen sitzen, die Macht und Reichtum haben.«

»Das ist doch überall dasselbe.«

»Sicher, mein alter Dom.« Er blickte auf, und sein Blick umwölkte sich. »Im Norden Vallias liegen die Berge – die herrlichen Berge von Vallia! In diesem Gebirge entspringen gewaltige Flüsse, die sich in erfrischenden Strömen zu den Küsten im Osten, Westen und Süden ergießen. Ah! Die Südküste! Auf ganz Kregen gibt es keinen Ort, der sich mit diesem Land vergleichen ließe!«

Er war ziemlich ins Schwärmen geraten; doch ich ließ mir kein Wort entgehen.

Delia hatte mir einiges über ihre Heimat erzählt, und ich wußte von diesen Bergen, bei denen es sich aber nicht um die Blauen Berge handelte. »Die ganze Insel ist durch ein System von Kanälen erschlossen. Überall gibt es Kanäle. Folglich sind die Straßen in sehr schlechtem Zustand. Ich gehöre zu den Kanalleuten. Wir bilden eine Gemeinschaft ...« Er hielt inne, rülpste vernehmlich und brüllte hinter einem Piraten her, der ein Mädchen durch das Lager jagte.

Schließlich sagte er erbittert: »Ich verstieß gegen ein Gesetz. Die Racterpartei ist sehr mächtig. Sie tut, was sie will – sie und ihre Söldner. Also bin ich ausgerückt und zur See gegangen. Und wurde gefangengenommen. Und nun bin ich hier.«

»Und würdest du nach Vallia zurückkehren, wenn du die Gelegenheit hättest?«

Er verzog das Gesicht, und seine Grimasse war kein schöner Anblick. »Bei Vox! Mir fehlen die Kanäle! Aber wenn ich nach Hause zurückkehre, werde ich aufgehängt!«

»Durch die Racterpartei – oder die Regierung?«

»Regierung?« Er spuckte aus. »Der Herrscher ist sehr mächtig. Er ist ein Teufel. Aber er muß sich vorsehen, wenn den Ractern etwas mißfällt.«

Ringsum sangen und lachten die Piraten; auch Valka konnte nicht mehr stillsitzen. Er mußte mitsingen und tanzen.

Als ich das Zimmer aufsuchte, das man mir zugewiesen hatte, begleiteten mich Valka und die Männer, von denen ich jetzt wußte, daß sie mir wirklich treu ergeben waren, denn ich hatte ihre Reaktion während des Kampfes auf dem Flaggschiff gesehen. Sie sollten nebenan schlafen.

Als ich eintrat, stellte ich fest, daß meine Samphronöllampe brannte. Auf dem Bett lag Viridia in einem kurzen orangefarbenen Kleid, das ihre Beine und Knie freiließ – die nette Grübchen hatten, ich schwöre es!

In ihrem zurückgekämmten Haar schimmerten Brillanten. Draußen hörte ich Valka und die anderen lachen. Viridia stemmte sich auf die Ellbogen.

»Du hast dich bei Valka nach Vallia erkundigt, Dray.« Sie lächelte, und ihr sinnlicher Mund öffnete sich einladend. »Komm, setz dich zu mir. Ich kann dir auch etwas über Vallia erzählen.«

»Bist du aus Vallia?« Tatsächlich hatte ich ein Gerücht gehört, daß sie aus Vallia sei, doch ich hatte es nicht für möglich gehalten.

»Ich will dir alles erzählen, Dray, aber setz dich zu mir.«

Ich hatte keine Lust auf eine Wiederholung der Szene, die ich mit Königin Lilah durchgemacht hatte. Damit will ich Viridia um Himmels willen nicht herabwürdigen. Sie war eine liebenswerte, aufgeweckte Person und sehr verführerisch. Ich vermutete, daß sie sich unter meinen Schutz stellen wollte, nachdem ihre Womoxes nicht mehr lebten. Als ich an diese Wesen dachte, erschauderte ich unwillkürlich, denn der Kampf mit ihnen war wirklich nicht leicht gewesen. Nun setzte sie ihre natürlichen Waffen ein – und die konnten sich wahrhaft sehen lassen.

Ich schwieg beharrlich.

Viridia fuhr auf. »Dray! Hast du Fieber?«

»O nein, Viridia. Hör mir zu, hör mir mal gut zu.«

Bei diesen Worten richtete sie sich auf dem Bett auf und legte schüchtern die Hände zwischen die Knie. Ihr Gesicht nahm einen unterwürfigen Ausdruck an, und sie senkte den Blick. Wenn sie mir hier etwas vormachte, konnte sich die Vorstellung sehen lassen. Es gab keine Sklaverei bei den Piraten, doch ich wurde plötzlich das Gefühl nicht los, daß Viridia früher einmal Sklavin gewesen war.

»Ich höre, o Herr.«

»Du bist jetzt wehrlos, du bist auf dich allein gestellt, Viridia. Ich weiß, daß du kämpfen kannst. Aber deine Gegner sind Männer.«

»Herr, ich möchte deine Sklavin sein. Du mußt mich strafen, wenn ich mich schlecht benehme, du mußt mich auspeitschen. Ich habe viele Männer getötet, die gegen mich vorgehen wollten. Doch bei dir will ich tun, was Chekumte von dir verlangt hat – ich werde deine Füße küssen.«

Ich hatte allmählich den Eindruck, daß sie es ernst meinte. Obwohl ich bis auf den Lendenschurz nackt war, begann mir heiß zu werden.

»Hör zu, Viridia. Ich will deine Makki-Grodno-Piraten nicht! Behalte sie, behalte die Schwertschiffe. Und wenn du dieses dumme Spiel weitertreibst, hebe ich dir dein kurzes Nachthemd hoch und vertrimme dich . . .«

»O ja, Herr bitte!«

Mit einem Wutschrei hob ich sie hoch, öffnete mit der freien Hand die Tür und wollte sie hinausschieben – doch da hatte sie mir schon die Arme um den Hals gelegt. Im nächsten Augenblick küßte sie mich leidenschaftlich – ein sehr angenehmes Gefühl, wie ich zugeben muß, denn sie küßte perfekt. Doch automatisch mußte ich an meine Delia denken – und begann zu lachen. Jawohl, ich lachte.

»Es hat keinen Sinn. Viridia. Ich begehre dich, begehre dich sogar sehr – aber ich liebe dich nicht. Und jetzt geh in dein Zimmer, bitte! Arkhebi, Valka und ich werden vor deiner Tür wachen. So bist du in Sicherheit.«

»Aber, Dray«, sagte sie charmant schmollend. »Vor dir möchte ich doch nicht in Sicherheit sein!«

Ich staunte. Aus einem wilden, harten Meerleem war plötzlich diese verführerische, sinnliche, unterwürfige Sklavin geworden? Wieviel davon war gespielt? Würde sie mir einen Dolch zwischen die Rippen stoßen, sobald ich meiner Waffen ledig war?

Zum Abschied sagte sie: »Wenn ich weiter das Kommando führen soll, Dray Prescot, dann möchte ich dich zum Kapitän des Schwertschiffs ernennen, das ich heute gekauft habe.«

Das klang schon besser.

Wenn ich erst eine Mannschaft hatte und von den anderen Schwertschiffen unabhängig war, mochte mir die Flucht leichter fallen.

»Also gut, Viridia«, sagte ich, trug sie in ihr Zimmer, warf sie auf ihr Bett und knallte die Tür zu. Anschließend weckte ich Valka und Arkhebi, und wir wechselten uns bei der Wache vor ihrem Zimmer ab bis zum Morgen.

Am nächsten Tag ging ich zum Hafen hinab, um das neueste Schiff in Viridias Flotte, mein künftiges Kommando, zu besichtigen.

Als ich das Schiff sah, rief ich aus: »Ein Meeresbüffel! Viridia, du schlauer Leem! Das ist ja ein Zenzile-Schiff! Uralt, altmodisch, leck – eine alte Badewanne!«

Das Lächeln, das mir Viridia zuwarf, reizte mich, sie wirklich zu vertrimmen. Ich stemmte die Hände in die Hüften.

»Ja, Dray Prescot – du glaubst vielleicht, daß das Schiff lahm und alt ist. Aber wenn du in meiner Flotte ein Kommando führen willst – dann ist das dein Schwertschiff.«

Neben mir brach Valka in lautes Lachen aus, und ich sagte, ohne ihn anzusehen: »Lach ruhig, Valka. Vergiß nicht, daß du auf dem Kahn die Varters kommandieren wirst.« Woraufhin der Vallianer schleunigst verstummte.

Ich hatte es mir im Auge der Welt angewöhnt, alle von mir kommandierten Ruderer *Zorg* zu nennen – in Erinnerung an meinen toten Ruderkameraden. Aber nun mußte ich wohl von diesem Prinzip abrücken; es kam nicht in Frage, daß ich diesen alten Kahn so taufte!

Wortlos ging ich zum nächsten Boot, das am Strand lag. Meine Männer musterten mich kurz von der Seite, kletterten mir stumm nach und setzten sich an die Ruder. Ich blickte nicht zu Viridia zurück. Ich wußte, daß sie lachte. Aber im Grunde war das alte Zenzile-Schwertschiff gar nicht so übel – es war eine Waffe des Meeres, lang, schmal, flach – tödlich.

Die Zenzile-Ruderanordnung galt, als sie zuerst eingeführt wurde, als großartige Erfindung – die Ruderbänke wurden diagonal gestellt, so daß sich der am weitesten innen sitzende Mann weiter achtern befand als der Mann an der Bordwand. Mit drei Männern auf jeder Bank, die jeweils Ruder verschiedener Länge hatten, so daß die Ruderbäume herrlich parallel zueinander standen, bot das Schwertschiff einen prachtvollen Anblick – eine einzige Ruderreihe, die jeweils zu Dreiergruppen angeordnet war.

Ein Mann an jedem Ruder, drei Ruder auf jeder Schrägbank, die drei bis vier Fuß voneinander entfernt waren – je nach Laune des Werftarchitekten. Zwanzig Bänke pro Seite – also insgesamt hundertundzwanzig Ruderer. Als ich an Bord ging und mein neues Kommando übernahm, sagte ich mir, daß Viridia hier offenbar doch das Schiff gekauft hatte, das ihr von Chekumte angeboten worden war.

Wenn das stimmte, wollte sie mich vermutlich ärgern. Nun, bei diesem Spiel konnte ich mithalten.

Valka machte einige mürrische Bemerkungen, während ich mit der Gruppe meiner Getreuen über den Mittelgang schritt und das Schiff von oben bis unten erkundete.

»Urteile nicht zu hart, Valka. Solche Galeeren haben schon manchen großen Kampf ausgefochten – und das werden sie auch weiter tun, solange man nur an sie glaubt.«

»Ich bin für ein langes Ruder mit einem halben Dutzend Männer daran!« sagte Valka heftig.

»Dieses Schiff ist ein Zorca des Meeres«, sagte ich. »Wenigstens theoretisch. Für kleinere Galeeren ist die Zenzileanordnung bestens geeignet, bei größeren Schwertschiffen braucht man natürlich mehr Ruderkraft!«

Die seltsame Neuerwerbung hieß *Strigicaw*. Ein *Strigicaw* ist ein muskulöser Fleischfresser mit einem Fell, das an Schultern und

Brust gestreift und ansonsten in einer Vielfalt von braunen und roten Tarnfarben gefleckt ist. Das Tier hat eine gewisse Ähnlichkeit mit einem Leem, auch wenn es nur auf sechs Beinen läuft.

Das Boot war hundert Fuß lang – mehr wäre bei der Ruderkraft zuviel gewesen – und hatte nur einen Fock- und einen Hauptmast, jeweils mit Groß- und Topsegel. Dazu ein Steuerruder. Ich wanderte auf dem Schiff herum und begann mich trotz aller Einwände, trotz der Tatsache, daß wir ständig pumpen mußten, wie zu Hause zu fühlen – ich hatte mein Kommando!

Nach dem Untergang der *Venus* waren Viridias Piratenmädchen auf ein anderes Schiff gekommen, dessen Mannschaft auf die übrigen Schiffe verteilt worden war, so daß wir es in letzter Zeit ziemlich eng gehabt hatten. Mir stand nun das langwierige Feilschen um meine Mannschaft bevor.

Während wir noch durch das neue Schwertschiff gingen, hallte ein seltsamer Ton durch die Hafenbucht. Sofort wurde es totenstill. Gelächter, Flüche, Hammerschläge, Gesang – alles verstummte.

Wieder das laute Tuten.

»Alarm!« rief Spitz, ein rothaariger Bogenschütze aus Loh, der einer der ersten Anwärter für meine Mannschaft war – denn in seinem Köcher trug er Pfeile mit den hellblauen Federn des Königskorf und Pfeile mit pechschwarzen Federn, wie sie mir von Sosie na Arkasson mitgegeben worden waren. Diese Pfeile, die ich auf Spitz verschossen hatte, waren von ihm zur weiteren Verwendung eingesammelt worden. »Ein Schwertschiff des Königs!«

Wir stiegen ins Boot und ruderten hastig an Land. Es war ungewiß, welcher Nation der ungebetene Besucher angehörte; trotzdem hießen bei uns alle Polizeischiffe »Schwertschiffe des Königs«. Viridia kam uns am Strand entgegen. Sie wirkte aufgeregt und hatte ihr Kettenhemd angelegt.

»Macht euch zur Verteidigung bereit – falls sie an der Tarninsel vorbeisegeln!« rief sie ihren Leutnants zu, den Kapitänen ihrer Schiffe, zu denen ich jetzt auch gehörte. »Ich und meine Mädchen – wir wollen sehen, was wir machen können.« Sie lachte und warf den Kopf in den Nacken, daß das schwarze Haar herumwirbelte. »Wie wir's schon oft gemacht haben!«

»Aye, Viridia!« riefen die Piraten. »Hai, Jikai! Viridia!«

Viridia führte ihre Mädchen zur anderen Seite der Insel, während die Schwertschiffmannschaften an Bord gingen und sich zum Ablegen bereit machten, falls Viridias Plan nicht funktionierte. Da ich bis auf die kleine Gruppe meiner Getreuen keine Mannschaft hatte, führte ich sie bewaffnet auf Viridias Spuren über die Insel.

Sie konnte vielleicht Hilfe brauchen.

Wie es sich herausstellte, brauchte sie keine Hilfe – und schon gar nicht von einfachen Männern.

Wieder lief das Schauspiel ab, mit dem die alte *Nemo* erobert worden war. Das unbekannte Schwertschiff, das den Auftrag hatte, die Piraten zu fangen und das aus dem Verfluchten Menaham stammte, wurde nach der gleichen Methode mühelos überwältigt.

Ich möchte behaupten, daß es dasselbe halbnackte Mädchen war, das den abgetrennten Kopf des Peitschendeldars über den Mittelgang trug.

Das Schwertschiff des Königs wurde um die Landspitze und an der Tarninsel vorbei in das Hafenbecken gerudert, wo die Sklaven von ihren Ketten befreit wurden. Sie stimmten ein großes Freudengeschrei an, und ich wußte, daß sie sich alle den Piraten anschließen würden.

Nachdenklich betrachtete ich das neue Schiff – ein modernes, schnelles Schiff mit drei Masten und einem Klüversegel über dem Bugspriet. Der bronzene Rammsporn hatte die Form eines mythischen Raubvogels, der etwa wie ein Falke aussah – wobei der Schnabel die glatte Bronzespitze bildete. Jede Art von Hakenform – etwa ein Falkenschnabel – wäre bei einem Rammsporn sinnlos gewesen. Man muß zurückweichen und sich von einem gerammten Schiff wieder lösen können, ehe das Wasser durch das Leck einströmt und der Gegner das eigene Schiff mit unter Wasser drückt.

Ich beobachtete die ehemaligen Sklaven, die an Land gebracht wurden. Am Strand bildete sich sofort eine Gruppe um ein Gebilde im Sand, und ich hörte lautes Gelächter und fröhliche Verwünschungen.

Langsam schlenderte ich hinüber.

Ein Mann, ein sehr großer Mann, machte einen Kopfstand im Sand, und seine Beine wirbelten nach Art eines Fahrradfahrers durch die Luft. Einige Männer versuchten ihn umzustoßen – er sah wirklich zu komisch aus. Ich hörte ihn brüllen: »Verschwindet, ihr Onker! Ich muß meine Tabus beachten!«

Lautes Gelächter, und ein langhaariger Mann von einer der Inseln jenseits von Erthyrdrin stieß den großen Mann um, der in den Sand rollte.

Er hatte sich sofort wieder aufgerichtet. Sein langes blondes Haar lag im Sand, und seine Beine zuckten hin und her.

Die Piraten und die ehemaligen Sklaven brüllten vor Lachen.

»Tabus!« riefen sie und sannen über den nächsten Streich nach.

Ich seufzte.

Ich trat näher und lockerte mein Schwert in der Scheide.

Dann stellte ich mich vor Inch.

»Wenn irgend jemand diesen Mann umstoßen will, während er sich um seine Tabus kümmert, muß er an diesem Rapier vorbei!«

Danach blieb Inch ungestört, und ich konnte nur warten, bis er all die aufgelaufenen Tabu-Verstöße geahndet hatte, ehe ich ihn nach Neuigkeiten fragen durfte.

18

Die *Strigicaw* auf Beutejagd durch das Meer.

»Ich hätte es nicht für möglich gehalten, Dray Prescot, daß ein Mann von den Eisgletschern Sicces zurückkehrt!«

»Da ich keine Lust habe, dieses kalte Gebiet so bald zu erkunden, Inch, ist deine Überraschung fehl am Platze.«

»Aber Mann! Du warst einfach verschwunden!«

»Offensichtlich ist dir das gleiche passiert«, sagte ich und erzählte ihm kurz, wie mich König Nemo beseitigt hatte.

Inch seufzte. »Ja, so ähnlich war es bei mir – wahrscheinlich bin ich etwas zu unvorsichtig geworden. Als du verschwunden warst, wußte niemand Rat, doch Tilda bestand darauf, daß ich blieb. Und da konnte ich nicht anders – das verstehst du doch, nicht wahr, Dray?«

»Natürlich – war ja Ehrensache!«

Mein Schwertschiff kam mit dem starken Wind, der aus der falschen Richtung blies, nicht gut zurecht, außerdem war die See so bockig, daß wir die Ruder nicht einsetzen konnten. Das Schiff stampfte und rollte. Gischt besprühte uns. Meine Flaggen standen steif wie Bretter im Wind.

Das Schiff führte keine Panzerung für die Ruderer, so daß wir unsere Artillerie – wenn ich die Varters so nennen darf – am Bug konzentrieren mußten. Folglich waren wir mehr eine Galeere als eine Galeasse, wie ich die Schwertschiffe insgeheim nannte. Die anderen Schiffe aus Viridias Konvoi lagen viel besser im Wind als wir und entfernten sich schnell in der aufgewühlten See. Wieder blickte ich zu meinen Flaggen empor. Dort oben flatterte das gelbe Kreuz meiner Klansleute auf dem Rot Strombors. Ein hellgelbes, aufrechtstehendes Kreuz auf einem roten Feld, ja, das waren meine Farben! Ein Gefühl durchzog mich, das ich nicht näher analysieren wollte – vielleicht so etwas wie ein Gewissensbiß, daß neben der meinen eine Piratenflagge hing.

Inch hatte mir alles berichtet. Er hatte Tilda zu helfen versucht, um Pando im Griff zu behalten, doch dem ungestümen jungen Zhantil war die neue Position als Kov zu Kopf gestiegen. Er hatte dem König Geld und Soldaten überlassen und war nach einer großen Aushebung in den Krieg gezogen. Es tat mir leid, daß ich ihm nicht hatte helfen können – indem ich ihn vor dieser Dummheit bewahrte.

»Ich habe mich ernsthaft dagegen gesträubt, Dray, und als ich wieder zu mir kam, war ich auf der Ruderbank eines Schwertschiffs angekettet – wohlgemerkt, auf der Ruderbank eines menahamischen Schiffes!«

»Ist mir schon aufgefallen. Anscheinend hat man dich verkauft.«

»Mit dem Krieg stand es nicht zum Besten, als ich . . . äh . . . fortging.«

»Pando ist ein Dummkopf!« sagte ich. »Wenn er nun ums Leben käme! Aber man würde ihn wohl eher fangen und auf ein Lösegeld hoffen.«

»Wir haben ihn nicht gut genug vorbereitet, fürchte ich. Die Position ist ihm ein bißchen zu Kopf gestiegen.«

»Du hast recht, Inch. Und es war allein mein Fehler.«

»O nein, Dray. Du hast ihn immer lenken können. Aber als du fort warst, drehte er durch. Er ließ sich nicht mehr helfen.«

»Und Tilda?«

Er lächelte. »Sie ist eine gute Mutter, eine großartige Frau und eine hervorragende Schauspielerin. Aber die Rolle als Kovneva geht doch etwas über ihren bisherigen Rahmen hinaus. Sie gibt sich große Mühe, aber sie hat in letzter Zeit getrunken . . .«

»Nein!«

»Leider ja.«

»Wir müssen zurück, Inch, und die Sache in Ordnung bringen.«

»Ja. Uns bleibt anscheinend nichts anderes übrig – wir müssen unsere Sünden abarbeiten.«

Aber was war mit Vallia! Was mit Delia aus Delphond?

Ich hatte größte Zweifel, daß unser stampfendes Schwertschiff eine längere Fahrt auf offener See überstehen konnte. Die *Strigicaw* war eine schnelle Galeere für den Küstenverkehr. Unsere Piratengefährten lagen bereits eine volle Dwabur vor uns. Delia – ich betete darum, daß sie mich verstehen und mir verzeihen würde! Aber zugleich quälte mich der Gedanke, daß ihr Widerstand womöglich gebrochen war, daß sie sich einverstanden erklären mochte, den ihr vom Vater verordneten Mann zu heiraten. Ich litt Seelenqualen und war hin- und hergerissen in meinen Absichten.

»Bei Ngrango!« rief Inch, als das Schiff wieder einmal mächtig rollte. »Dieser Kahn zerbricht uns unter den Füßen!«

»Spitz!« brüllte ich dem lohischen Bogenschützen zu. »Ehe unser Flaggschiff verschwindet, setz schnell die weiße Flagge am Hauptmast!«

Mit der weißen Flagge zeigte ich an, daß wir gezwungen waren, zur Insel der Ruhe zurückzukehren.

Während ich noch das Wendemanöver einleitete, kletterte Valka durch die Planen, die wir zum Schutz über die Ruderbänke gespannt hatten, und eilte auf uns zu.

»Wurde auch Zeit, Kapitän, wenn du mich fragst! Das Wasser steht schon ziemlich hoch – und es steigt schneller als die Pumpen arbeiten!«

»Stell eine Schöpfmannschaft zusammen«, befahl ich. »Die Männer sollen sich ranhalten. Ich bringe das Schiff nach Hause – keine Angst –, es sei denn, wir finden noch etwas Besseres.«

Daraufhin lachten alle, als hätte ich einen guten Witz gemacht.

Der neue Kurs ließ die *Strigicaw* etwas ruhiger im Wasser liegen, und ich machte einen Inspektionsgang durch das ächzende Schiff. Dabei wurde mir klar, wie gefährlich unsere Lage war. Meine erste Kontrolle vor der Abreise war offenbar zu oberflächlich gewesen – und jetzt erkannte ich, daß man Viridia hereingelegt hatte, was sie aber sicher nicht mehr schmerzte. Das neue Schwertschiff, das sie gerade erobert hatte, war nach unserer Rückkehr sicher auslaufbereit. Die Planken unter Wasser waren zum großen Teil angefault, und ich konnte mühelos meine Dolchspitze in das Holz drücken. In mir wuchs die Befürchtung, daß wir womöglich leck schlagen würden, ehe wir den Hafen erreichten. Und das nur, weil uns Viridia zur Abfahrt gedrängt hatte.

Mürrisch stieg ich wieder an Deck und ordnete an, daß jeder einen guten Schluck Rotwein erhalten sollte.

Als Spitz, der die weiße Flagge eingeholt hatte, wieder die Piratenflagge setzen wollte, knurrte ich ihn an: »Beleg das!«

Mir war nämlich eine Idee gekommen, über die ich noch nachdenken mußte. Ich hatte genug vom Piratenleben – konnte aber nicht abstreiten, daß es eine gewisse Faszination auf mich ausübte.

»Segel voraus!«

Ich stand auf meinem lächerlichen Achterdeck in der bewegten See und sah zu, wie auf Gegenkurs ein herrliches Schiff auf uns zuschäumte. Es passierte uns wie eine Königin des Meeres, ohne uns zu beachten. So wie wir aussahen, wäre ein Angriff wohl nicht lohnend gewesen. So zog das schöne Schiff an uns vorbei, elegant vor dem Wind geneigt, mit prallen Segeln und stolz flatternden Fahnen.

Ich betrachtete das Schiff und seine Farben. Ein gelbes Kreuz, ein Saltir auf einem roten Feld. Und ich wußte, woher das stolze Schiff kam – aus Vallia!

Die Galleone aus Vallia passierte uns und war bald am Horizont verschwunden.

»Verdammte Vallianer!« sagte Spitz. »Die glauben, ihnen gehört das Meer und alle, die darauf segeln! Bei Hlo-Hil! Sie halten sich für die Höchsten auf Kregen, denen die Welt untertan ist!«

Wir mühten uns weiter, und zu unserer Erleichterung beruhigte sich das Meer, und der Wind drehte nach achtern, so daß wir ihn besser ausnutzen und vor ihm herlaufen konnten. Die Doppelsonne näherte sich dem westlichen Horizont – zuerst Genodras, dann Zim – und bald würde sich die nächtliche Prozession der Monde vor den unzähligen Sternen bewegen.

Wieder ertönte der Schrei, der jedem Piraten das Herz höher schlagen läßt.

»Segel voraus!«

Es war ein Schwertschiff aus Yumapan, aus einem Land südlich von Lome, auf der anderen Seite des Gebirges, das Nord- und Süd-Pandahem trennt. Man hatte uns gesehen und kam näher, und während wir noch hinüberschauten, wurden die Ruder ausgefahren. Die langen Ruderbäume bewegten sich parallel wie Flügel, ehe der Trommeldeldar sein erstes Zeichen gab und die Blätter in perfekter Übereinstimmung eintauchten.

Valka deutete auf das Schiff und brüllte mir etwas zu.

»Keine Ruder!« gab ich zurück.

Jetzt redeten auch Spitz und die anderen Offiziere auf mich ein. Ich sprang auf das Deck hinab und brachte sie zum Schweigen.

»Der Yumapaner ist groß und schnell und holt uns mühelos ein – und wer von euch will für die Kerle rudern? Wie? Meldet sich jemand freiwillig?«

Die Männer lachten unsicher.

Yumapan gehörte vor langer Zeit zu den ersten Ländern, die vor der Gründung des großen Imperiums von Walfarg erobert worden waren. Obwohl dieses Reich nun nicht mehr bestand, bekannten sich die Yumapaner zu seiner Geschichte und vollzogen sie auf ihre Weise nach. Es hieß sogar, daß sie am liebsten eine Königin auf dem Thron ihres Landes sahen, im Gedenken an die alten Königinnen des Schmerzes von Loh.

»Aber Dray!« rief Valka. »Wie sollen wir denn ohne Ruder kämpfen?«

»Wir lassen uns natürlich rammen, du haariger Calsany! Sollen sie doch ihren Rammsporn in uns hineinbohren – um die arme alte *Strigicaw* ist es sowieso geschehen! Aber dann, meine Meerleems – *dann*!«

»Aye!« brüllten die Männer.

Und so rollten wir wie ein leckes Faß im Meer und erwarteten den Rammstoß des yumapanischen Schwertschiffs.

Als es schließlich soweit war, als das Schiff durchgeschüttelt wurde, als knirschend unsere Bordwand brach, als sich schäumendes Wasser über uns ergoß und wir fast kenterten, wußten meine Männer, was von ihnen erwartet wurde. Sie kannten den Plan. Ehe der Schwertschiffkapitän mit schnellen Ruderschlägen zurücksetzen und sich von uns losmachen konnte, waren wir über die Bordwand gesprungen. Geschosse schwirrten. Männer sprangen aus unseren Wanten.

Spitz lenkte meisterhaft unsere Bogenschützen, die im Nu das Achterdeck des Angreifers räumten. Ich stürmte an der Spitze meiner Meerleems los, balancierte über den bronzenen Rammsporn, an der Seite des gegnerischen Bugspriets entlang und zog mich mit schneller Bewegung hoch. Dann hob ich mein Schwert und führte die brüllenden Männer über den Mittelgang des Schiffes. Wir kämpften. O ja, wir kämpften! Wenn wir diesen Angriff nicht durchstanden, würden wir sterben und über Bord geworfen – oder wir würden als Rudersklaven enden.

Es war ein Kampf, bei dem es um alles ging.

Ich sah Inch mit einer großen Axt – die fast so aussah wie seine Riesenwaffe, die er in Bormark verloren hatte. Sie schlug eine blutige Schneise durch die Yumapaner. Viele Männer zogen es vor, über Bord zu springen, als sich der Riesengestalt mit den langen Armen und der gefährlichen Axt zu stellen.

Einige Männer aus meiner Mannschaft sprangen befehlsgemäß zwischen die Ruderbänke, traten die Ponshofelle zur Seite, zerschlugen die Schlösser oder brachen die Ketten auf. Wie ein Mann begannen uns die Rudersklaven zu unterstützen. Sie nahmen Waffen an sich, die von meinen Männern ausgeteilt wurden, und griffen erbittert in den Kampf ein. Wir begannen am Bug und hörten an der Heckreling auf – und alles, was dazwischenlag, gehörte mir!

Im Rückblick frage ich mich, wie ich stolz sein konnte auf all das Blut! Wie konnte ich befriedigt darüber sein, daß brave Seeleute getötet und über Bord geworfen worden waren? Aber an der Spitze meiner Meerleems stehend, das blutige Rapier in der Hand, spürte ich nur Lust und Siegesfreude. Ich verschwendete kaum einen Gedanken daran, daß dies ja zum Piratenhandwerk gehörte. Yumapan war ein Gegner Vallias, war ein Gegner Tomborams – und, soweit ich wußte, war dieses Land auch mit Zenicce und Strombor verfeindet. Es gehörte alles zu dem Kampf, den ich, ohne um seine tieferen Gründe zu wissen, auf Kregen unter den Sonnen Scorpios ausfocht.

Die arme *Strigicaw* war fast schon untergegangen.

Ehe sich die Wellen über dem Schiff schlossen, holten wir noch alle wichtigen Dinge auf das eroberte Schiff herüber, in erster Linie natürlich unsere Wertsachen.

Besonders wichtig war mir die schöne Flagge, das gelbe Kreuz auf rotem Feld. Ich zog sie persönlich am Hauptmast auf. Sie entfaltete sich knatternd im Wind und verkündete der Welt, daß dieses Schwertschiff mir gehörte!

Stolz und Besitz und Macht – eine Katastrophe!

Die freigelassenen Sklaven wollten sich uns anschließen.

Ich rief alle Männer zusammen und hielt vom Achterdeck aus eine kleine Rede: »Dieses Schwertschiff heißt jetzt *Freiheit*!«

Die Männer jubelten.

»Wir kehren zur Insel der Ruhe zurück. Es gibt Arbeit für uns, Arbeit, die uns reiche Beute bringen wird – Gold, Silber, Wein und Frauen! Versteht ihr, Jungens?«

»Aye!« brüllten sie. »Aye, Kapitän Prescot! Wir folgen dir zu den Eisgletschern Sicces!«

Ich bemerkte, daß Inch mich von der Seite ansah, und blinzelte ihm nicht zu; doch ich glaube, er begriff, was ich meinte.

Die *Freiheit* war ein schönes Schiff. Sie hatte vierzig Ruder auf jeder Seite und neun Mann auf jeder Bank – also arbeiteten siebenhundertundzwanzig Männer an den Rudern. Dazu die Seeleute und die Seesoldaten – sie war also auch ein großes Schiff. Im Gegensatz zu den Ruderern des Binnenmeers, die ein gefährlich niedriges Freibord hatten, lag die *Freiheit* mit der Bordwand sehr hoch und konnte mit ihren drei Masten und dem Klüversegel einigen Wind vertragen. Aber selbst die stolzeste vallianische Galleone reichte nicht an die Segeleigenschaften einer Fregatte meiner Tage heran, das sollten wir nicht vergessen.

Das Freibord war für hiesige Verhältnisse ungewöhnlich hoch, und die Varters und Katapulte hatten dadurch eine hervorragende Position. Ich hatte das Gefühl, daß ich mit diesem Schiff notfalls auch nach Vallia segeln konnte – *notfalls!* Aber zunächst mußte ich mich um Tilda und Pando kümmern; doch wenn diese Aufgabe zu meiner Zufriedenheit erledigt war, dann wollte ich den stolzen Bug dieses schönen Schiffs nach Nordosten richten, mit Kurs auf Vallia!

Inch war in alle meine Pläne eingeweiht – doch er wußte nur, daß ich nach Vallia segeln wollte. Da er ein ungebundener Söldner war, hatte er nichts dagegen. Valka und Spitz und die anderen Offiziere erfuhren nur soviel, daß sie bei Laune blieben. Sie waren bestens für ihre Aufgaben geeignet; wenn wir die Insel der Ruhe erreichten, konnte ich mit einer vorzüglichen und ergebenen Schwertschiffmannschaft rechnen, das spürte ich. Und mit einer guten Mannschaft fühle ich mich stark genug, Berge zu versetzen.

Im Unterschlupf der Piraten wurde viel diskutiert. Wir machten große Versprechungen und brachten viele gute Männer auf unsere Seite. Der große Durchbruch kam, als ein Schwertschiff einen Argenter aus dem Verfluchten Menaham einbrachte. Die anderen Piraten hatten es Viridia nachgemacht und verzichteten neuerdings darauf, ihre Gefangenen zu töten, die sie samt Schiff zum Rückkauf anboten. Nun erfuhr ich, daß Menaham gegen Tomboram im Krieg lag und in Bormark eingefallen war. Die Soldaten hatten dieses Kovnat bereits überrollt und näherten sich der Hauptstadt Pomdermam.

»Wir müssen das Verdammte Menaham dort treffen, wo es am schmerzlichsten zu treffen ist – in der Heimat!« drängte ich. Als Viridia mit einem armseligen kleinen Küstenschiff als Beute zurückkehrte, wurde sie fast gegen ihren Willen von der allgemeinen Begeisterung mitgerissen.

Wir konnten am Südende der Inseln zuschlagen, wenn wir auf gut berechnetem Kurs an der Nordküste Pandahems entlangfuhren und im Verfluchten Menaham aus einer Richtung einfielen, aus der man den Angriff am wenigsten erwarten würde. Ich arbeitete für unsere Kapitäne einen Plan aus, und als sich auf den Inseln das Gerücht über ein großes bevorstehendes Abenteuer verbreitete, dessen Ziel nur den Kapitänen bekannt war, kamen immer mehr Schwertschiffe herbei, bis unsere Hafenbucht keinen Platz mehr bot und die Neuankömmlinge andere Liegeplätze suchen mußten. Seit langem, so hieß es, lechzten die Piraten nach einem wirklich großen Jikai. Und jetzt schien die Zeit gekommen zu sein.

Wenn Sie mich für verblendet halten, haben Sie vielleicht recht. Doch ich wollte endlich nach Vallia, und das konnte ich erst, wenn ich mein Versprechen gegenüber Tilda und Pando eingelöst hatte.

Schließlich rückte der große Tag heran. Wir hatten jeden Köcher gefüllt. Die Munitionskisten waren vollgestopft mit handlichen Felsbrocken. Wein, Wasser, Nahrungsmittel, Waffen – alles war an Bord der Schwertschiffe verstaut. Mit wehenden Fahnen und begleitet vom lauten Tuten der Hörner, gingen wir Anker auf und stachen in See – nach Pandahem!

19

Als wir die Ruder einholten und die Segel sich füllten, sah ich über mir den herrlichen rotgoldenen Gdoinye, den Boten der Herren der Sterne, der mich beobachten und über mich wachen sollte. Wenn sich auch die Taube der Savanti nicht sehen ließ, so ermunterte mich doch der Anblick des majestätischen Raubvogels; ich faßte seinen Besuch als gutes Zeichen auf. Dies war, wie Sie bald sehen werden, recht naiv von mir.

Wir machten gute Fahrt nach Süden und Osten, beschrieben einen großen Bogen um die nordwestliche Spitze Pandahems, wo Lome liegt, und kreuzten nach Osten mit Kurs auf die Insel Panderk, die vor dem Westende der gewaltigen Panderk-Bay liegt, unmittelbar nördlich der Grenze zwischen Menaham und Tomboram. Hier schickten wir unsere Spione an Land.

Die eintreffenden Meldungen erzürnten mich – und trieben mich dazu, eine Torheit zu begehen, die fast zur Vernichtung der Piratenflotte geführt und mich völlig aus dem Gleis geworfen hätte, aber damals glaubte ich nach den Plänen der Herren der Sterne zu handeln und war der Meinung, daß ich nicht fehlgehen konnte.

Die Spione berichteten, die menahamische Armee marschiere auf die tomboramische Hauptstadt Pomdermam zu und habe König

Nemo und alle seine Streitkräfte gebunden. Zugleich nähere sich verstohlen von der anderen Seite der Panderk-Bay eine gewaltige Armada, um Pomdermam überraschend vom Meer her anzugreifen.

Dies war allein schon schlimm genug. Doch für Inch und mich gab es noch schlimmere Nachrichten. Einer der Spione, ein agiler Piratenkapitän, der in Menaham geboren war, meldete eine wichtige Tatsache: Der Kov von Bormark – »ein richtiges Jüngelchen!« – und seine Mutter hätten fliehen müssen und versteckten sich irgendwo, doch Pandrite mochte wissen, wo.

Ich sagte nur ein Wort: »Murlock!«

Inch nickte. »Sähe ihm ähnlich – ein eiskalter Schachzug.«

»Aber er muß verrückt sein! Blind! Begreift er denn nicht, daß Menaham ihn hinterher fallen lassen wird? Er bekommt sein Vermögen und den Titel nie wieder, beim Schwarzen Chunkrah!«

»Murlock Marsilus«, sagte der Piratenkapitän und lächelte wissend. »Ja, das war der Name. Aber er ist nicht bei der Flotte in der Bucht. Er wurde auf dem Weg nach Pomdermam gesehen, auf einem Zorca, den er antrieb, als sei Armipand persönlich hinter ihm her.«

Anschließend deutete der menahamische Kapitän mit einem Kopfnicken zum nordöstlichen Horizont und machte mich auf das nächste große Problem aufmerksam – die mächtigen Wolken, die sich dort zusammenballten. Rings um die Insel, vor der wir ankerten, war das Wasser ungewöhnlich glatt.

»Bei Diproo dem Fingerfertigen!« sagte der Pirat und zeigte mir damit, daß er einmal der Diebeskaste angehört hatte. »Die Flotte könnte gerade noch nach Pomdermam durchkommen – aber dann kann auf Tage kein Schiff mehr durch!«

Plötzlich schienen mich alle anzusehen. Ich spürte ihre Blicke, die mich wie Blutegel auszusaugen schienen.

Eine schnelle Entscheidung war kein Problem, mochte sich aber als verhängnisvoll erweisen. Und wie weit die Piraten auf mein Kommando eingehen würden, blieb ebenfalls abzuwarten. Ich knurrte Inch und Valka etwas zu und ging in meine Kabine. Dabei hielt ich unwillkürlich nach dem rotberockten Marinesoldaten mit Muskete und aufgepflanztem Bajonett Ausschau, der in Habachtstellung meine Tür bewachen sollte – so sehr fühlte ich mich von den Problemen bedrängt. Aber ich befand mich auf Kregen – und der nächste Königliche Seesoldat mit Muskete und Bajonett war vierhundert Lichtjahre entfernt. Und ich kannte die Antwort bereits

– mein untypisches feiges Zögern war nur eine Entschuldigung vor mir selbst, daß ich wieder einmal vor Delia versagte. Ich liebte Delia, und Delia liebte mich – das wußten wir. Ich sagte mir auch, daß Delia nicht an mir zweifeln würde, daß sie nicht freiwillig heiraten würde; und so war es vor allem die Raffinesse, die ich fürchtete, die schlauen Manipulationen ihres mächtigen Vaters. Sie würde verstehen, daß ich Tilda und Pando verpflichtet war, ehe ich mich ihrem Vater stellte. Ich würde wohl grob mit ihm umspringen müssen . . . O ja.

Die Liebe zwingt einen sanft dazu, sich seelisch umzustellen. Wenn man selbstlos nur auf eine Frau fixiert ist und dabei das Leben und die Hoffnungen anderer vernichtet, nur um dieser Liebe zu dienen, kann man nicht wirklich lieben. Die Liebe verlangt Opfer, sie erleichtert das Geben. Und sie bedeutet, daß auch das Nehmen ein Teil der Liebe ist.

Ich trat auf das Achterdeck, die Männer musterten mich schweigend. Alle Blicke waren auf mich gerichtet, als meine Hand den Rapiergriff umfaßte, und ich wußte, daß mein Gesicht wieder seinen altbekannten teuflischen Ausdruck angenommen hatte.

»Reiche Beute wartet auf uns an Bord der menahamischen Armada! Große Schätze werden uns gehören! Darauf vernichten wir das Verfluchte Menaham und nehmen uns Reichtümer, die uns den Rest unseres Lebens vergolden!«

Ich wandte mich an Valka, der nun die Stelle des Ersten Leutnants innehatte, während Spitz als Varter-Hikdar fungierte. »Gib das Signal: Anker auf! Wir segeln sofort los!«

Eine Sekunde lang herrschte absolute Stille.

Hatte ich es nicht geschafft? Würden mir die Männer nicht gehorchen? Im nächsten Augenblick warf Inch seinen Hut in die Luft. »Gegen das Verfluchte Menaham!« brüllte er. »Wir zerfetzen die Kerle in der Luft! Hai! Jikai! Hai, Dray Prescot!«

Danach ging es nur noch darum, den Anker zu lichten und unsere Ruderer an die Arbeit zu schicken. Eins hinter dem anderen folgten uns die übrigen Schwertschiffe, die meine Führung anerkannten und keine anderen Pläne hatten. Als wir Geschwindigkeit aufnahmen, kam ein Langboot längsseits. Mit einem Seil wurde eine Truhe an Bord gehievt, gefolgt von Viridia. Sie sprang auf das Deck, schüttelte sich das Haar aus dem Gesicht und rief: »Bei Opaz, Dray Prescot! So leicht wirst du mich nicht los!«

Ich deutete mit einer Kopfbewegung auf die düsteren Wolken, die sich am Horizont zusammenballten und auftürmten, und sagte so leise, daß nur sie mich hören konnte: »Es könnte sein, daß du hier deine letzte Reise antrittst, Viridia!«

Sie lachte laut.

»Und wenn schon – dann möchte ich mit keinem anderen Mann als dir zu den Eisgletschern Sicces eingehen!«

Die schwarzen Wolken türmten sich immer höher, und das Licht der Sonnen verdüsterte sich. Der Wind frischte auf, und bald ging die See ungewöhnlich hoch. Wir zurrten alles fest und setzten Sturmsegel. Jetzt mußten die Schwertschiffe beweisen, ob sie seetüchtig waren.

Mancher Piratenkapitän drehte bei – aus Feigheit oder Vorsicht oder Notwendigkeit –, doch die *Freiheit* steuerte geradewegs über die gewaltige Panderk-Bay, und ein großer Teil der Piratenarmee folgte ihr auf diesem schweren Wege.

Wenn wir es nicht schafften, war Pomdermam verloren – und mit der Stadt das Land, und mit dem Land auch Bormark, Tilda und Pando.

Ich hatte mich auf dem Achterdeck festgezurrt. Der Wind fuhr mir durchs Haar, brannte mir in den Augen, durchnäßte mich. Wir schlugen alle Waffen zurück, die der Ozean gegen uns aufbrachte, und am zweiten Tag ließen wir den Sturm hinter uns zurück, tüchtig durchgeschüttelt, aber in gutem Zustand, und glitten mit abflauendem Wind auf einem sich beruhigenden Meer dahin.

Und dann der Ruf: »Segel ahoi!«

Am Horizont erschien das herrliche Panorama der Armada aus Menaham. Die Schiffe waren ziemlich weit verstreut; sie hatten Ausläufer des Sturms mitbekommen. Signale gingen von Schwertschiff zu Schwertschiff, und meine Flotte hielt sich zurück und ritt in aller Ruhe die letzten großen Dünungswellen aus, während die Schäden repariert wurden und die erschöpften Mannschaften sich erholten.

Viele Binnenländer glauben naiv, daß sich Schiffe wie Soldaten drillen und führen ließen, und obwohl die Marine mit ihrem Signalsystem große Fortschritte gebracht hatte, konnte man selbst im Zeitalter der Segelschiffe nicht erwarten, daß sich die Einheiten zu sauberen vierfachen Linien formierten, mit Außenposten und Kundschaftern. Überhaupt braucht eine Flotte viel Platz, und die Entfernungen sind manchmal so groß, daß es lange dauert, bis die Signale zum letzten Schiff vordringen. Ich hatte mir also einen Rat Nelsons zu eigen gemacht: »Wo immer ein Feind auftaucht, haltet darauf zu.«

Vielleicht werde ich ein andermal die Schlacht in der Panderk-Bay ausführlicher beschreiben.

Jedenfalls war das Meer im nächsten Morgengrauen in lange rotgrüne Lichtbahnen getaucht. Vögel flogen tief über das Wasser dahin, das in glasiger, flacher Dünung dalag, während der Wind zu einem Zephir herabsank, so daß wir voll und ganz auf die Ruder angewiesen waren, und das war Knochenarbeit! Die Männer konnten nicht etwa bequem sitzen und sich mit den Füßen abstemmen – sie mußten stehend den Ruderbaum umfassen, um ihn nach unten zu stoßen, ihn anzuheben und sich mit dem ganzen Körper nach hinten zu werfen, wobei sie mit ihrer geplagten Kehrseite heftig auf die gepolsterte Bank prallten. Ja, es ist ein voller physischer Einsatz erforderlich, um ein Schwertschiff zu rudern. Jeder Muskel muß helfen, das Ruderblatt durchs Wasser zu ziehen. Wir rauschten also durch die durchsichtigen Wellen, während weißes Wasser unsere bronzenen Rammsporne umschäumte, und näherten uns zielbewußt der Armada aus dem Verfluchten Menaham.

Das größte Problem würde darin liegen, daß sich einzelne Kapitäne bestimmt auf ein Schiff konzentrieren und es ausrauben wollten.

Der Trommeldeldar gab seinen dröhnenden Rhythmus an – *Bongg! Bongg! Bongg!* Ein einfacher Schlag, der immer schneller wurde, denn wir hatten es eilig. Wir schnitten elegant durch das Wasser der Bay. Vor uns flatterten die diagonal gestreiften blaugrünen Flaggen Menahams an hundert Masten. Die Armada! Ich bestimmte unser Ziel. Die Steuerdeldars bewegten das Steuerruder. Unser Sporn schnitt schäumend durch die See. Ich schätzte die Entfernung . . . *»Fertigmachen zum Rammen!«*

Spitz' Varterschützen feuerten und hielten sich fest. Ein kurzer Augenblick gespannter Erwartung, ein zerbrechlicher Augenblick, da alles zusammenfloß – dann bohrten wir uns in das Heck des Argenters, und die Welt löste sich in ein knirschendes, tobendes Chaos auf. Sofort ließ ich los, sprang von unserem hohen Bug durch das Heckfenster des Argenters und stieß auf eine Wand zuckender Rapiere, die sich uns entgegenreckten. Gefolgt von meinen Meerleems durchbrach ich die Verteidigungslinie und eilte brüllend über das Achterdeck. Nach wenigen Augenblicken hatten wir das Schiff erobert. Wir fesselten die Mannschaft und brachten sie unter Deck, ließen eine kleine Prisenmannschaft an Bord und kehrten auf die Ruderbänke zurück. Und wieder hieß es rudern, wieder galt es, den ganzen Körper zurückzuwerfen, um das Ruderblatt durch das widerspenstige Wasser zu ziehen. Wir besiegten einen zweiten Argenter, wichen dem tödlichen Stoß eines menahamischen Schwertschiffs aus und fuhren dicht an seiner Flanke entlang, so daß unser Bug die gegnerischen Ruder abscherte wie Streichhölzer, während wir die unseren im letzten Augenblick eingezogen hatten.

Den Rest des Tages waren wir damit beschäftigt, menahamische Schiffe zu jagen und alles zu erobern oder zu versenken, was die diagonal gestreifte blaugrüne Flagge führte.

Als die Jungfrau mit dem Vielfältigen Lächeln am Nachthimmel stand und Inch sich einen großen Turban um den Kopf wickelte, waren wir die Herren des Meeres. Die Armada war geschlagen.

»Und dies ist der große Sieg, den du uns versprochen hast, Dray!« rief Viridia aufgeregt. Von ihren Waffen tropfte Blut, ihre bunte Kleidung war zerrissen, man sah das Kettenhemd, das sie darunter trug.

»Erst zum Teil, Viridia, erst zum Teil. Als nächstes müssen wir in Pomdermam landen!« Ich ließ meinen yumapanischen Brustpanzer zu Boden sinken und hängte mein Rapier an einen Haken. Ich war müde, aber nicht müder als sonst nach einem langen Kampf. Viridia sah mich ausdruckslos an.

»Morgen oder übermorgen landen wir in Pomdermam, Viridia. Anschließend treiben wir die Menahemer über die Grenze zurück.«

»Warum tue ich das alles für dich, Dray?« fragte Viridia. »Warum folgen dir die Inselpiraten bei einem so gefährlichen Unternehmen?«

»Wegen der Beute.«

»Aye – aber auch wegen etwas anderem.«

Ich wußte, wie schnell der Kontakt zwischen mir und den Piraten abreißen konnte. Es waren beutegierige Männer, die sich immer nur die leichtesten Opfer aussuchten. Ich mußte sie dazu bringen, mit mir gegen die menahamische Armee anzutreten. Aber sie würden mir folgen, davon war ich fest überzeugt.

»Sobald sich die Piraten im Verfluchten Menaham austoben, Viridia, gibt es Beute im Überfluß.«

Sie neigte den Kopf. »Und warum sollen wir nicht die Tomboramer ausnehmen?«

»Wenn das geschähe, wäre dein Kopf der erste, der auf den Mauern Pomdermams aufgespießt würde!«

Viridia griff nach einem Zweig mit Palines. »Das würdest du doch nicht tun, Dray?«

»Sei dir da nicht so sicher, Mädchen!«

Sie lachte laut und begann ihr Kettenhemd auszuziehen, das nicht weniger blutverkrustet war als mein Brustpanzer. Ich schickte sie in die Nebenkabine, denn wir hatten viel Platz an Bord dieses Schwertschiffs. Die Männer schliefen in Pelzen und Seidenstoffen zwischen den Ruderbänken und auf dem Mittelgang. Die Wachen waren eingeteilt, und ich achtete darauf, daß alles genau nach Plan lief.

Von der Insel Panderk beträgt die Entfernung nach Pomdermam in gerader Linie etwa hundert Dwaburs, und nach dem Sturm und der Seeschlacht nahm ich an, daß wir erst am übernächsten Tag eintreffen würden. Einige Piratenkapitäne hatten erwartungsgemäß ihre Prisen genommen und waren zu den Inseln zurückgefahren; doch noch immer folgte mir eine erfreulich große Anzahl von Schiffen, deren Segel vor dem leuchtenden Himmel einen großartigen Anblick boten.

Von einer Hafenstadt sichtet man gewöhnlich als erstes den Leuchtturm. Bei Pomdermam gibt es sogar zwei Türme – der eine wird von der Regierung unterhalten, der andere von den Todalphemen Pomdermams. Die Todalpheme, die geheimnisvollen Mathematiker und Philosophen der kregischen Ozeane, berechnen die Gezeitenfolgen und geben Tabellen heraus, die vor Hochwassern warnen.

Ich ließ unsere Armada in eine kleine Bucht westlich der Stadt einlaufen. Kregens Landmasse ist größer als die der Erde, und die Besiedlung ist darüber hinaus wesentlich dünner als bei uns, was natürlich angenehmer ist, wenn man die Weite und ausreichenden Lebensraum schätzt. Soweit wir feststellen konnten, beobachtete uns niemand, als die Schwertschiffe im ruhigen Wasser der Bucht vor Anker gingen. Die Kapitäne und Mannschaften ruderten an Land, wo ich eine Versammlung abhielt.

»Piratenkapitäne!« rief ich. »Ihr habt gut gekämpft. Ihr seid durch einen Sturm gesegelt, der einen See-Barynth töten würde. Ihr habt euch Reichtümer angehäuft. Jetzt geht es gegen das Verdammte Menaham, und wir werden fette Beute machen.« Ich starrte in die Runde. »Wenn jemand unter euch aus Menaham kommt und sich zurückziehen möchte, würde ich das verstehen. Er kann gehen, er und seine Mannschaft.«

Niemand rührte sich.

»Also gut. Wir greifen die Menahamer von der Flanke her an. Sie werden uns nicht erwarten. Nein, sie vermuten im Gegenteil, daß ihnen eine Armada vom Meer her zum Entsatz naht. Mit euch verfilzten Meerleems rechnen sie auf keinen Fall!«

Dann marschierten wir los; da wir keine Reittiere hatten, mußten wir laufen. Die Piratenarmee war ein bunt zusammengewürfelter Haufen. Männer und Halblinge vieler Rassen schritten nebeneinander dahin – doch etwas hatten wir alle gemein. Wir waren vorzügliche Krieger.

Wie es sich ergab, griffen wir die menahamische Armee doch nicht von der Flanke an.

Wir überraschten sie vielmehr von hinten.

Die Soldaten waren dabei, die Stadt zu erstürmen, die Mauern einzureißen und Häuser in Brand zu stecken. Die Tomboramer hatten sich mutig gewehrt, doch jetzt wurden sie überwältigt und zurückgeschlagen. Wir sahen Flammen und Rauch. Überall, wo die diagonalen grünroten Streifen auftauchten, griffen die Piraten wie die Seeteufel an. Rapiere hoben sich und zuckten herab. Enterhaken fuhren um erhobene Arme. Unsere Bogenschützen jagten den gefiederten Tod in die Reihen der Gegner. Die Tomboramer glaubten ihren Augen nicht zu trauen, als die Rettung in letzter Minute herannahte.

Während des blutigen Geschehens kämpfte ich an der Spitze meiner Männer, umgeben von meinen Getreuen, die sich wie ein Keil in die Reihen des Feindes bohrten. Über unseren Köpfen schwebte meine Flagge, das gelbe Kreuz auf rotem Grund. Viridia blieb an meiner Seite. Inch und seine unbesiegbare Axt waren ebenfalls zur Stelle. Valka, dessen Rapier sich wie ein stählerner Blitz bewegte, stand mir um keinen Hieb nach. Spitz und seine Bogenschützen bahnten uns den Weg. Immer weiter drangen wir vor, und nach kurzer Zeit begannen die Menahamer vor uns zurückzuweichen und zu fliehen – und wir hielten Ausschau nach Beute.

»Ihr laßt den Besitz der Tomboramer in Ruhe!« hatte ich meinen Piratenkapitänen gesagt. »Jeder, der hier plündert, wird aufgehängt.« Ich erinnerte mich an Wellington und seine Methoden. »Wenn wir erst in Menaham einfallen, bekommt ihr dort alle Schätze, die ihr euch erträumt – und die menahamische Armee ist bereits vernichtet. Euch wird das ganze Land gehören!«

Eine letzte Gruppe menahamischer Kavalleristen leistete am Palast König Nemos zähen Widerstand. Ihre Zorcas waren längst getötet worden, und sie kämpften zu Fuß und machten uns viel zu schaffen. Mit bedenklich wenigen Männern leitete ich den letzten

Angriff ein, der das gelbe Kreuz meiner Flagge tief in die Reihen der blaugrünen Streifen trug.

»Deine Flagge zieht die Männer mit!« schrie Viridia atemlos, während wir wild um uns hieben. Die Kavalleristen trugen schwere Rüstungen, und wir hatten es nicht leicht. Aber dann strömten wir durch eine Bresche und wüteten unter den Menahamern, als bereite uns die Flagge wirklich den Weg zum Sieg.

»Folgt der Flagge!« schrie Viridia. Sie hatte ihr Rapier hingeworfen und umklammerte die blutige Fahnenstange.

Wir rannten hinter dem großartigen Mädchen mit dem wehenden schwarzen Haar her und überrannten die letzten menahamischen Kavalleristen. Jetzt waren nur noch die wenigen Soldaten übrig, die zuvor schon in den Palast eingedrungen waren. Sie duckten sich wie in die Enge getriebene Cramphs und waren bereit, ihre Haut so teuer wie möglich zu verkaufen.

»Großartig ist sie!« sagte Inch atemlos.

»Aye!« rief Valka und schwang sein Rapier.

Wir eilten die Marmorstufen hinauf und betraten König Nemos Palast.

Wie erwartet, stieß ich hier auf Murlock Marsilus.

Viridia, die mit der Linken die Flagge hielt und mit der Rechten ein anderes Rapier vom Boden aufgehoben hatte, trat mit dem Fuß eine Doppeltür auf. Spitz jagte drei Pfeile in den Raum, dann sprangen Inch und ich über die Schwelle. Wir erblickten ein halbes Dutzend menahamische Soldaten. Drei waren von Spitz' blauen Pfeilen getötet worden. Die anderen gingen vor Inch, Valka und mir in die Knie. Dann blickte ich durch die offene Tür ins Nachbarzimmer.

Murlock hatte ein Rapier erhoben, um es Pando in den Rücken zu stoßen. Mit der anderen Hand hatte er die Mutter des Jungen um die Hüfte gepackt.

Tilda wehrte sich heftig. Sie hieb mit der Weinflasche nach seinem Kopf, die Murlock aber wild auflachend zur Seite schlug. Doch die Ablenkung hatte genügt. Er hörte unser Eindringen und fuhr herum – und ich drehte mein Rapier um, wog es einen Augenblick in der Hand und schleuderte es auf eine Weise, wie ich sonst nur mit den Javelins meiner Klansleute umgehe.

Das Rapier traf ins Ziel.

Murlock schrie auf, der Schrei brach ab, als die Waffe seinen Hals durchdrang. Mit weit aufgerissenen Augen stand er einen Augenblick lang reglos da – sein Gesicht war eine schreckliche

Maske des Hasses und des Unglaubens. Dann brach er zusammen.

Laut aufschreiend eilten Tilda und Pando quer durch den Raum und warfen sich in meine Arme.

»Dray! Dray!« riefen sie atemlos und klammerten sich an mich. »Dray Prescot! Du bist zurückgekehrt!«

Viridia, die über und über mit Blut beschmiert war und meine Flagge im Arm hielt, starrte mich an. Ihr gebräuntes Gesicht bildete einen reizvollen Gegensatz zur klassischen, weißhäutigen Schönheit Tildas. Pando schluchzte vor Erleichterung.

»Soso«, sagte Viridia. »*Dazu* hast du mich und meine Piraten also gebraucht! Eine Frau und ihr Balg! Nur darum haben wir gekämpft!«

»O nein, Viridia. Dies ist Pando, Kov von Bormark. Und dies Tilda, seine Mutter. Die beiden sind meine Freunde, und wenn du mein Freund und Kamerad bist, so sind sie es auch für dich. Vergiß das nicht. Und was mich angeht – mein Glück liegt in einem anderen Land.«

»Sag das nicht, Dray!« sagte Tilda und klammerte sich an mich. »Sag nicht, daß du immer noch nach Vallia fahren willst!«

»Vallia!« sagte Viridia. »Was bedeutet das, Dray Prescot?«

Plötzlich spürte ich die alte Wut in mir, den Wunsch, mich umzudrehen und alles zu zerschlagen, was mir in die Hände kam. Ich hatte nicht wegen solcher kleinlichen Streitereien alles auf eine Karte gesetzt!

»Ich reise nach Vallia, Viridia, und niemand kann mich aufhalten – weder du noch Tilda!« Ich hob Pando in die Höhe. »Pando. Du hörst mit der Kriegspielerei sofort auf. Du bist ein Kov! Du mußt dein Land weise regieren und auf die Ratschläge deiner Mutter und Inchs hören. Sonst versohle ich dir das Fell! Und du, Tilda, du solltest auf den Jholaix-Wein verzichten, denn Pando braucht nüchterne Ratschläge. Ihr beide müßt euch auf Inch verlassen. Er kennt meine Einstellung.«

Wenn sich diese Worte pompös und autoritär anhören, ich sagte nur die Wahrheit, und das war im Augenblick das wichtigste. Ich konnte kaum noch an mich halten. Vallia! Delia! Die Sehnsucht nach ihr brannte in meinen Adern, erfüllte mich mit Verlangen. Zu lange hatte ich sie schon warten lassen, zu lange schon hatte ich mich mit Piraten und Kovs und anderen Dingen aufgehalten.

»Dray, du willst uns doch nicht – verlassen?« Tilda versuchte vergeblich, die Tränen zurückzuhalten. Ein seltsamer Ausdruck erschien in ihren Augen, der mir neu war. Wenn ich jetzt hierblieb, hatte ich bald den gleichen Ärger mit ihr wie mit Viridia!

Das Piratenmädchen starrte mich wütend an. »Wenn du nach Vallia ziehst, Dray Prescot, was hindert mich daran, dich zu begleiten?«

Ich seufzte. »Es gäbe nur weiteren Kummer für dich in Vallia, Viridia.«

»Ist sie denn so viel schöner als ich, Dray?«

»Oder als ich?« wollte Tilda wissen.

Hierauf gab es keine höfliche Antwort. Doch mein Schweigen war beredt genug. Die Stille zog sich peinlich in die Länge.

Schließlich rettete uns Pando. »Und mich willst du versohlen, Dray?« rief er.

Ich lachte. »O ja, ich vertrimme dich, du Sicce-Wicht, wenn du dich nicht wie ein echter Kov benimmst und für die Menschen in Bormark sorgst! Krieg spielen kann jeder kleine Junge, Frieden und Wohlstand erhalten, ist die Kunst, die dir ansteht.

Ehe Pando etwas erwidern konnte, füllte sich das Zimmer mit den Piraten, die mir gefolgt waren. Sie drängten herein und schwenkten siegesbewußt ihre Rapiere. »Hai, Jikai!« riefen sie. »Hai, Dray Prescot! Hai! Jikai!«

Nun, sie waren glücklich, wartete doch in Menaham reiche Beute auf sie. Ich hörte mir das wilde Durcheinander ihrer Begeisterungsrufe einen Augenblick lang an. Das herrliche Sonnenlicht Antares' strömte durch große Fenster herein und schimmerte auf dem kostbaren Schmuck des Saales, auf den Waffen, auf den erregten Gesichtern und auf dem Blut. Ich sah durch die Fenster in das grelle Licht hinaus und erblickte den riesigen Raubvogel, dessen rotgoldenes Gefieder in den vermischten Strahlen der Doppelsonne schimmerte.

Und eine seltsame Kälte breitete sich in mir aus.

Auf unsicheren Beinen drängte ich mich durch die Menge und verschwand in einem kleinen Nebenzimmer. Kaum merkte ich, daß Viridia und Tilda mir besorgt folgten, und wenn sie etwas sagten, hörte ich ihre Worte nicht. Wahrscheinlich schlossen sich auch Inch, Valka und Spitz der Gruppe an, und Pando wollte sicher auch nicht allein bleiben.

Mir war schwindlig.

In dem Augenblick – und wie gut ich mich an diesen Augenblick des Entsetzens und der Verzweiflung erinnere! – sah ich in dem leeren Zimmer die dahinhuschende Gestalt eines Skorpions.

Eines Skorpions!

Da wußte ich Bescheid . . .

Ich sollte zur Erde zurückgebracht werden, ich sollte aus Kregen verbannt werden . . .

Als die verfluchte blaue Strahlung mein Blickfeld einengte und ein Gefühl des Fallens mich erfaßte und meine Glieder, meinen Körper, mein Gehirn einhüllte, schrie ich auf.

»Vergeßt mich nicht, vergeßt mich nicht!«

Und als ich den Herren der Sterne und den Savanti lauthals meine Verachtung bezeigen wollte, weil sie mich so rücksichtslos zur Erde zurückholten, kam kein Laut über meine Lippen.

Die blaue Tönung wurde dunkler.

Sie gewann Ähnlichkeit mit einem riesigen, blauschimmernden Skorpion.

Ich stürzte.

Durch meinen Geist gellten die Worte, die ich nicht über die Lippen brachte: »Delia! Meine Delia aus Delphond! Delia aus den Blauen Bergen! Ich komme zurück! Warte auf mich! Ich komme zurück, Delia!«

Und ich wußte, daß sich dieser Wunsch erfüllen würde.